Goldmann Science Fiction

Von Glen A. Larson/Robert Thurston
sind außerdem im Goldmann Verlag lieferbar:

Kampfstern Galactica · 23302
Kampfstern Galactica 2
Die Todesmaschine von Cylon · 23329

SCIENCE FICTION
ABENTEUER-ROMAN

Glen A. Larson/Robert Thurston

# Kampfstern GALACTICA 3

# Die Gräber von Kobol

BATTLESTAR GALACTICA 3
THE TOMBS OF KOBOL

Deutsche Erstveröffentlichung

Wilhelm Goldmann Verlag

Aus dem Amerikanischen übertragen von
Christoph Göhler

Made in Germany · 11/82 · 1. Auflage · 1112

BATTLESTAR GALACTICA 3: THE TOMBS OF KOBOL
A Novel by Glen A. Larson and Robert Thurston
Based on the Universal Television Series »BATTLESTAR GALACTICA«
Created by Glen A. Larson
Adapted from the episode »TOMBS OF KOBOL«
Written by Glen A. Larson & Donald Bellisario

Umschlagentwurf: Atelier Adolf & Angelika Bachmann, München
Umschlagfoto: Berkley Books, New York
Gesamtherstellung: Mohndruck Graphische Betriebe GmbH, Gütersloh
Verlagsnummer 23750
Lektorat: Helmut Putz/Peter Wilfert · Herstellung: Peter Papenbrok
ISBN 3-442-23750-5

# Prolog

Baltar erinnerte sich daran, daß er gestorben war. Ja, er mußte tot sein. Wenn er jetzt seine Augen öffnete, was würde er dann sehen? Das absolute Nichts? Ein Leben nach dem Tod? Eine riesige Wolke, auf der ununterbrochen gebetet wurde? Oder vielleicht einen unendlich tiefen Flammenschlund? Nachdem er keine dieser Möglichkeiten mit Sicherheit ausschließen konnte, beschloß er, noch ein wenig zu warten, bevor er seine Augen öffnete.

Statt dessen konzentrierte er sich darauf, sich die Ereignisse, die zu seinem verfrühten Tode geführt hatten, noch einmal vor Augen zu führen. Der Erhabene Führer der Cyloner hatte sich plötzlich gegen ihn gestellt und damit ein Abkommen verletzt, das die Cyloner selbst vorgeschlagen hatten. Gemäß diesem Abkommen hatte Baltar sein eigenes Volk verraten, indem er sich als Botschafter einer Friedensmission ausgab, die in Wirklichkeit eine Invasion der Cyloner auf die Zwölf Welten der menschlichen Rasse verschleiern sollte. Nachdem ihm der Erhabene Führer eröffnet hatte, daß er für die weiteren Pläne der Cyloner nicht mehr von Nutzen sei, hatte Baltar noch einen letzten verzweifelten Versuch unternommen, seine Haut zu retten. Aber der Erhabene Führer hatte seine Proteste schweigend angehört, dann einem wartenden Offizier zugenickt und befohlen, Baltar sofort hinzurichten. Baltar wußte, daß er keine besonders gute Figur gemacht hatte, als er schreiend, strampelnd und fluchend aus dem Kommandoraum geschleppt wurde. Ein Schauer überlief ihn, als er sich daran erinnerte, daß er tatsächlich geweint hatte. Echte Tränen, seine ersten echten Tränen, seitdem ihn seine Mutter das erste Mal bei einer Lüge ertappt hatte.

Der Offizier hatte ihn durch unendlich lange Gänge geschleift, bis sie zur Exekutionskammer gelangt waren, die in den untersten Gewölben des Basissterns lag. Der Scharfrichter hatte Baltars verzweifelten Widerstand gebrochen, indem er kurz auf eine Stelle in Baltars Nacken drückte, an der alle wichtigen Nervenstränge zusammenliefen, und damit Baltars zentrales Nervensystem außer Kraft setzte. Baltar mußte hilflos mit ansehen, wie der Scharfrichter die Schärfe seiner Axt prüfte. Er drehte sie vorsichtig vor einer

Lampe hin und her, und Baltar wurde von den Strahlen, die die blanke Klinge aussandte, geblendet. Der Scharfrichter war anscheinend zufrieden; die Axt war scharf wie eine Rasierklinge. Dann hob er sie langsam über Baltars Gesicht (die Cyloner werden immer mit dem Gesicht nach oben geköpft), und Baltar schloß die Augen. Sein Körper hätte unkontrollierbar gezittert, wenn er nicht gelähmt gewesen wäre. Er hörte das Zischen der fallenden Axt. Danach kam nichts mehr. Er war bewußtlos gewesen, bis sein Bewußtsein vorhin mit einem Schlag zurückgekehrt war. Als er an das entsetzliche Geräusch dachte, das die fallende Axt verursacht hatte, fiel ihm ein, daß da noch ein Geräusch gewesen war, eine dunkle Begleitung zu der grausamen Melodie der Axt. Eine weiche, sanfte Stimme, die geflüstert hatte: »Warte.« Hatte er das tatsächlich gehört? Nein, sein Gedächtnis mußte ihm einen Streich spielen. Da konnte kein . . .

»Ich weiß, daß du nicht mehr bewußtlos bist. Fühlst du dich wieder besser, Baltar?«

Da war die Stimme wieder! Weich, samten, dieselbe Stimme, die auch vorhin gesprochen hatte.

»Warum machst du deine Augen nicht auf? Oder ist das einer dieser merkwürdigen und absurden menschlichen Bräuche, seine Augen geschlossen zu halten, bis . . .«

»Ich werde meine Augen nicht öffnen«, flüsterte Baltar. Und dann wurde ihm klar, was dieser Satz eigentlich bedeutete. Seine Augen *waren* geschlossen. Seine Augen. In seinem Kopf. Er hatte also immer noch seinen Kopf! Er konnte seine Augen öffnen und schließen, ganz wie es ihm gefiel!

Er öffnete seine Augen.

»Aha, das gefällt mir schon besser.« Die weiche Stimme senkte sich um eine halbe Oktave. »Das ist wenigstens ein Anfang.«

Baltar überlegte, ob er seine Augen nicht wieder schließen sollte. Er hatte erwartet, einen typischen Cyloner vor sich zu sehen. Einen Krieger in voller Rüstung vielleicht, oder aber eines dieser Reptilwesen, in die sich die Cylonen verwandelten, wenn sie das zweite oder dritte Gehirn erhalten hatten. Aber auf dieses Monster war er nicht vorbereitet. Ein glitzerndes, blinkendes Wesen stand vor ihm, das einen stärkeren Metallgeruch ausströmte, als es der Kampfanzug eines Cyloners jemals vermocht hätte.

Baltar mußte sich dazu zwingen, die Kreatur genauer zu betrachten. In ihrem durchsichtigen kugelförmigen Kopf blinkten unaufhörlich Lichter auf. Anstatt einen roten Strahl, der auf einem Helm langsam hin und her pendelte, schien es *zwei* rote Lichter zu haben, die in einer Art Augenhöhle saßen und sich völlig unabhängig voneinander bewegten. Der Mund, ein schmaler Schlitz, wurde von innen in einem phosphoriszierenden Blau ausgeleuchtet. Seine Hände hielt es unbeweglich ausgestreckt. Es trug eine ungewöhnlich reich verzierte Robe. Baltar konnte sich nicht daran erinnern, schon jemals einen solchen Cyloner gesehen zu haben.

Das Wesen machte einen Schritt vorwärts, und sein Samtumhang streifte kurz Baltars Handrücken. Das Samt war weich und angenehm, genauso wie die Stimme des Wesens.

»Ich heiße Lucifer. Ein ziemlich langweiliger Name, findest du nicht? Aber es ist nur eine Abkürzung.«

»Abkürzung für was?« fragte Baltar.

»Ich kann dir keine Information darüber geben. Das gehört zu den verbotenen Bereichen unserer Sprache.«

»Dann behalte es doch für dich. Mir ist das egal.«

»Du solltest nicht so unhöflich sein, Baltar. Immerhin habe ich deine Exekution verhindert. Gefällt dir das?«

»Ich weiß nicht mehr, wer ich bin. Ich habe einen Knoten in meinem Gehirn. Laß mich überlegen . . . Du heißt also Lucifer?«

Lucifers Kopf neigte sich langsam auf eine Seite. »Das ist mein offizieller Name, ja. Du wirst mich mit diesem Namen ansprechen. Aber ich habe auch einen geheimen Namen. Alle Cyloner haben einen, und sie haben mir erlaubt, diesem Brauch zu folgen. Es ist nicht anzunehmen, daß du jemals meinen geheimen Namen herausfinden wirst. Die Cyloner betrachten es als Beleidigung, wenn jemand . . .«

»Sei einmal einen Augenblick still. Mein Kopf tut mir weh. Ich kann dieses höllische Geschwätz nicht länger hören.«

»Du solltest froh sein, daß du noch einen Kopf hast, der dir weh tun kann.«

»Du hast meine Exekution verhindert?«

»Ja.«

»Warum?«

»Ich habe meine Gründe. Ich glaube, du kannst uns noch nützlich sein.«

Baltar setzte sich auf. Sein Körper war schwer, und er glaubte, jedes einzelne Gramm davon zu spüren.

»Warum hat dein allmächtiger Erhabener Führer denn befohlen, mich zu retten?«

Lucifer überlegte und kippte seinen Kopf auf die andere Seite. Baltar konnte ihm nicht in die Augen blicken, denn die beiden roten Lichter bewegten sich völlig willkürlich in den schwarzen Augenhöhlen.

»Der Erhabene Führer weiß nicht, daß du noch lebst. Ich habe die Wache mit der Botschaft weggeschickt, daß du ordentlich exekutiert und durch ein Müllrohr ins All geschossen worden bist.«

»Ein Müllrohr? Wie kannst du es wagen . . .! Ich sollte dich dafür umbringen!«

»Das lohnt sich nicht. Ich kann nicht getötet werden. Jeder Schaden, den du mir zufügst, kann leicht wieder repariert werden. Außerdem bleibt uns immer noch die Lösung mit dem Müllrohr. Ich würde dir deshalb raten, daß du mich entsprechend euern seltsamen menschlichen Sitten behandelst. Ich vermute, daß du das einer Reise ins All vorziehst.«

Baltar nickte. Es war besser, noch abzuwarten, bis sich eine Gelegenheit ergab. Es hatte keinen Sinn, sich mit dem einzigen Wesen anzulegen, das auf seiner Seite stand.

»Du hast recht. Aber was wird dein Erhabener Führer sagen, wenn er erfährt, daß du gegen seine Befehle gehandelt hast?«

»Das wird ihm wahrscheinlich . . . mißfallen. Aber bis dahin werde ich ihn bereits von meinen Plänen überzeugt haben.«

»Du bist ganz zuversichtlich, nicht wahr?«

»Unsicherheit bringt nur Nachteile. Ich bin darauf nicht programmiert.«

Lucifers Stimme hatte einen unangenehmen Rhythmus. Er sprach nicht wie ein Cyloner, das stand fest. Was hatte er gesagt, als er über die geheimen Namen gesprochen hatte?

»Hast du nicht gesagt, daß du kein Cyloner bist, Lucifer?«

»Das ist korrekt. Und zu meinem äußersten Bedauern, muß ich betonen. Ich bin eines ihrer Geschöpfe. Man hat mich aus einer Kriegsmaschine entwickelt. Eine sehr gute Maschine übrigens. Ein wandelnder Computer, eine bewegliche kybernetische Einheit, mit der Fähigkeit, Gefühle zu entwickeln. Die Maschine hat besser funktioniert, als die Cyloner eigentlich beabsichtigt hatten.«

Baltar betrachtete genau das Gesicht des Wesens, als könnte er dadurch herausfinden, ob es die Wahrheit gesagt hatte oder nicht.

»Du bist also nur ein Computer?«

»*Nur?* Ihr Menschen habt seltsame Wertmaßstäbe. Ich bin ein Produkt der kybernetischen Revolution und komplizierter und weiter entwickelt, als es deine Rasse je sein wird. Bist du dir eigentlich klar darüber, daß noch tausend Jahre zuvor deine Rasse nur . . . . ich kann es gar nicht aussprechen . . . nur . . .«

»Das reicht. Ich werde nicht hier herumsitzen und mich mit einer Maschine unterhalten.«

»Du bist nicht besonders intelligent.« Lucifer schien zu seufzen. »Es wird schwierig werden, dich zu erziehen. Aber schwierige Projekte waren schon immer besonders reizvoll.«

»Ich kann dir nicht folgen.«

»Wahrscheinlich wirst du das nie können. Ich bin nicht einfach eine Maschine. Ich kann Maschinen erfinden. Maschinen haben keine Seele. Ich habe eine.«

»Das ist lächerlich. Seit wann haben Computer denn eine Seele?«

»Ich habe sie selbst erschaffen.«

»Deine Sicherungen müssen durchgebrannt sein.«

»Das ist nur ein subjektives Urteil, und noch dazu unzutreffend. Aber ich werde darüber hinwegsehen. Du wirst hier in meinem Quartier bleiben. Du bist immer noch erschöpft, und du solltest dich ausruhen. Wir werden morgen mit dem Trainingsprogramm beginnen.«

»Trainingsprogramm? Welches Trainingsprogramm?«

Die beiden roten Punkte stoppten für einen Augenblick und schienen direkt auf Baltar zu starren. Der Geruch des Wesens verstärkte sich noch, so als hätte es zusätzlich Öl in sein Getriebe geschüttet.

»Sieh dich einmal an. Übergewicht, keine Kondition, schlaff. Dein Körper ist genauso erschöpft wie dein Gehirn. Beide müssen wieder in Form gebracht werden, bevor du mir nützlich sein kannst.«

»Ich werde nicht . . .«

Baltars Satz wurde nie zu Ende gesprochen. Denn Lucifer hatte sich wortlos umgedreht und das Zimmer verlassen.

In den darauffolgenden Tagen hegte Baltar manchmal die Vermutung, Lucifer wolle ihn mit seinem Trainingsprogramm umbringen. Besser, ohne Kopf herumzulaufen, als sich jeden Knochen einzeln brechen zu lassen, dachte Baltar.

Wie sich herausstellte, hatte Lucifer die Wahrheit gesagt, als er behauptet hatte, Maschinen bauen zu können. Und was für Maschinen! Sie würden Baltar für den Rest seines Lebens in seinen

Träumen verfolgen, dessen war er sich sicher. Jeden Morgen legte ihn Lucifer auf ein Gestell, dessen vertrackter Mechanismus sein beleibtes Opfer dazu zwang, Muskeln zu betätigen, von deren Existenz Baltar noch gar nichts gewußt hatte. Und was Baltar wirklich haßte, war die Tatsache, daß niemand außer Lucifer selbst die Maschine anhalten konnte.

Nach den Übungen auf dem Gestell brachte ihn Lucifer in den gestaltlosen Raum, wo Baltar von einer Wand an die andere geschleudert wurde, wobei er grundsätzlich auf dem Bauch landete. Lucifer hatte ihm erklärt, daß in diesem Raum ein Kraftfeld herrsche, das jedes Gewicht aus der Raummitte herausschleudere.

Als nächstes gab es die Tretmühle. Wenn der Mechanismus eingeschaltet wurde, verschwanden die grauen Wände, und Baltar schien sich im Freien zu befinden. Seine Aufgabe war es, eine menschliche Gestalt in einem simulierten Wettrennen zu schlagen. Anfangs hatte er keine Chance gegen seinen Konkurrenten. Aber als Baltar an Kondition gewann, verringerte sich der Vorsprung. Doch eines Tages, als Baltar überzeugt war, daß er heute als erster das Siegesband zerreißen würde und sich schon ein Siegerlächeln zurechtgelegt hatte, besiegte ihn sein projizierter Gegner wieder – mit Leichtigkeit. Baltar beklagte sich bei Lucifer, aber der erklärte nur, daß die Geschwindigkeit der Projektion von Langsam auf Normal heraufgesetzt worden sei. Und wenn Baltars Kondition gut genug sei, den Gegner wieder zu schlagen, würde sie noch einmal heraufgesetzt – auf Schnell. Diese Erklärung spornte Baltar noch mehr an. Dann fügte Lucifer noch eine weitere Variation hinzu: Das ausdruckslose Gesicht der Projektion verwandelte sich in Commander Adama vom Battlestar Galactica.

Es wäre schon schlimm genug gewesen, mit einer Simulation Adamas um die Wette zu rennen, aber die Figur sah aus wie der Commander, als ihn Baltar zum ersten Mal getroffen hatte. Sie waren beide Kadetten an der Akademie gewesen. Dort war Baltars Haß auf Adama entstanden. Sie waren zwar in verschiedenen Klassen, aber sie trafen sich oft genug in den Pausen. Adamas voller Bariton hatte seinem Besitzer viel mehr Beachtung (und die Bewunderung der weiblichen Kadetten) eingebracht als Baltars eher dünner Tenor dem benachteiligten Baltar. Als Adama sich auch noch durch seine guten Noten auszeichnete, begann ihn Baltar zu hassen. Und dann wurde Baltar von der Akademie gewiesen, weil er an einem Testcomputer herumgespielt hatte. (Baltar hatte sich damals damit verteidigt, daß er gar nicht die Testergebnisse beeinflussen, sondern nur einen kleinen Spaß für seine Mitschüler inszenieren wollte.) Der Vorstand hatte sich bereit gefunden, gesundheitliche Gründe als Anlaß für Baltars Ausscheiden anzugeben. Aber das Schlimmste war, daß sich Adama für Baltar eingesetzt hatte, was Baltars Haß nur noch mehr geschürt hatte.

Ohne die Möglichkeit, eine Ausbildung zu machen, die seinen Talenten entsprach, wählte Baltar das einzige Fach, das einem jungen Mann offenstand, dessen größte Fähigkeit der Betrug war – Politik. Obwohl er dabei immense Reichtümer ansammelte und schließlich sogar einen Sitz im Rat der Zwölf innehatte, war er doch nicht zufrieden. Jede Schlüsselposition, die er gerne innegehabt hätte, wurde ihm ausgeschlagen und mit weniger begabten Bewerbern besetzt. Seine Bitterkeit trieb ihn dazu, mit dem Feind zusammenzuarbeiten. Durch viele Betrügereien und skrupellosen Verrat gelang es ihm, sein Vermögen zu verdreifachen, aber sein Haß auf die Menschen wuchs mit seinem Vermögen. Schließlich gelang ihm sein größter Coup: Er verriet die gesamte menschliche Rasse. Aber auch das wurde ihm von Commander Adama vermasselt. Adama schien Baltars gesamtes Leben zu verpfuschen. Doch irgendwann würde er den Commander der Galactica besiegen, und wenn es das Ende der ganzen Menschheit bedeuten würde.

Und eines Tages gewann Baltar gegen seinen projizierten Gegner. Obwohl Lucifer die schnellste Geschwindigkeit eingestellt hatte. Als Baltar das Zielband berührte, drehte er sich zu der Figur Adamas um, und er war enttäuscht, keine Niedergeschlagenheit in dem kalten grimmigen Gesicht Adamas zu sehen. Baltar konnte nicht einmal das Siegeslächeln hervorbringen, auf das er sich so lange gefreut hatte.

Lucifer erwartete ihn an der Ziellinie und eröffnete ihm, daß er jetzt bereit sei, dem Erhabenen Führer gegenüberzutreten.

Die dunkle Gestalt des Erhabenen Führers, die auf einem riesigen Thron saß, schien gar nicht erstaunt darüber, Baltar lebend zu erblicken.

»Wir brauchen dich noch einmal, Baltar«, sagte der Erhabene.

Baltar verbeugte sich unterwürfig. Zum ersten Mal seit langer Zeit spürte er dabei keine Falten in seinem Bauch.

»Ich schätze mich glücklich, Euch dienen zu dürfen.«

»Unterbrich mich nicht, Mensch. Du wirst deine Befehle schweigend empfangen. Es ist uns immer noch nicht gelungen, die menschliche Flotte zu zerstören. Meine Berater haben die Möglichkeit erwogen, daß unsere Fehlschläge darauf zurückzuführen sind, daß wir uns nicht in ein menschliches Gehirn hineinversetzen können. Sie glauben, daß ein Mensch als Befehlshaber eines Basissterns dort Erfolg haben könnte, wo wir versagen mußten.«

»Sir, es ist mir eine Ehre . . .«

»Darum habe ich deine Bitte erhört und deine Exekution verschoben.«

»*Verschoben?* Warum habt Ihr mich nicht begnadigt?«

»Wie du wünschst. Die genaue Bezeichnung deiner Bitte ist mir gleichgültig.«

*Natürlich ist es ihm gleichgültig,* dachte Baltar. *Er hat mich schon einmal aufs Kreuz gelegt, und jetzt sitzt er hier auf seinem Thron und tut, als sei nichts geschehen. Aber er wird keine Gelegenheit haben, mich noch einmal hereinzulegen.*

»Ein Basisstern wird von unseren Streitkräften losgelöst werden und dir unterstellt werden. Lucifer wird dich begleiten und mich über deine Tätigkeiten informieren. Die Art, wie du vorgehst, bleibt dir überlassen. Die einzige Bedingung: Die *Galactica* und ihre Flotte muß zerstört werden.«

Baltar schritt selbstbewußt auf den Thron zu. Er blickte zu der grauen Figur auf und bellte: »Ich verlange eine Einheit cylonischer Kampfschiffe und qualifiziertes Personal, das nur unter meinem Kommando steht.«

Der Erhabene Führer rutschte unruhig auf seinem Thron hin und her.

»Gewährt«, sagte er schließlich.

»Ich verlange ein komfortables Quartier und alle Privilegien, die mit dem Rang eines Commanders verbunden sind.«

»Die Bedürfnisse unserer Commander sind bescheiden. Wir haben die Repräsentation, die euch Menschen so wichtig ist, nicht nötig. Aber lasse mir deine Forderungen durch Lucifer zugehen, und sie sollen dir erfüllt werden.«

»Und dann ist da noch Lucifer. Ich kann keinen Basisstern befehlen, wenn ich ständig von einem Eurer Spione überwacht werde. Ich verlange, daß er darauf programmiert wird, meine Befehle zu befolgen.«

»Aber . . .«, setzte Lucifer an, doch der Erhabene Führer brachte ihn mit einem düsteren »Gewährt« zum Schweigen.

Lucifer schien zu schmollen, seine Lichter verblaßten zu einem schwachen Rosa.

»Und noch etwas, Erhabener Führer«, sagte Baltar. »Ich verlange, daß im Kommandoraum auf meinem Basisstern ein Thron steht . . .«

»Gewährt.«

»Auf einem Podest.«

»Gewährt.«

»Genauso hoch wie Euer Thron.«

»Gewährt.«

»Ich bin zufrieden.«

»Das glaube ich gerne. Lucifer, bring Baltar zu seinem Schiff.«

Als Baltar den Thronsaal verließ, hörte er ein leises Geräusch. Er wußte, daß es kein Kichern war, obwohl es wie eines klang.

# *Kapitel 1*

Obwohl er schon lange in der dunklen Kabine saß, konnte Apollo nicht einmal die Umrisse der vertrauten Einrichtung erkennen. Das einzige Licht im Raum kam aus seiner Armbanduhr, in die das Symbol der Zwölf Welten eingraviert war.

Er spürte, wie ihn die Muskeln in seinen Schultern und Beinen schmerzten. Er hatte sich zu lange nicht bewegt. Er rutschte auf seinem Stuhl nach vorne und spürte dabei das Gewicht des tragbaren Recorders auf seinem Schoß. Er hatte ihn völlig vergesen. Er hob ihn hoch und hielt ihn einen Augenblick in seinen Händen. Sie zitterten.

Serina hatte gesagt, daß in einer Schublade ein paar Aufnahmekristalle lägen. Kristalle, die sie früher einmal besprochen hatte. Er durchsuchte mehrere Schubladen in einem Kasten neben ihrem Bett, bevor er sie in einer Ecke entdeckte. Er hielt sie in der Hand und murmelte: »Sie sind so klein. Und doch ist so viel Leben in ihnen enthalten.«

Er wurde sich bewußt, daß er ihre ganze Arbeit zerstören konnte, wenn er seine Hand zur Faust ballte. Seine Hand zitterte stärker, weil er befürchtete, daß ihm das aus Versehen passieren könnte. Er legte die kleinen Kristalle auf den Tisch und schaltete die dämmrige Lampe ein. Die Kristalle waren numeriert, und jeder trug ein Datum. Serina hatte das für das Archiv gemacht.

Er fürchtete sich davor, sie anzuhören, Serinas Stimme zu hören. Aber er hatte keine Wahl. Er mußte sie abspielen. Er steckte den ersten Kristall in den Recorder und drückte den Startknopf. Dieser sprang wieder heraus. Er drückte sanfter, und diesmal blieb der Knopf auf Abspielposition. Plötzlich überschwemmte Serinas Stimme das kleine Zimmer. Viel zu laut – es klang, als würde Serina über den Bordlautsprecher sprechen.

Er drehte die Lautstärke zurück. Es schien ihm, als stände sie neben ihm. Er drehte das Licht aus und lauschte der Stimme in der Dunkelheit.

SERINA: . . . funktioniert. Wenn der Knopf nicht wieder herausspringt, können wir zum Thema kommen.

Okay. Fangen wir an. Hier ist Serina. Das waren immer meine ersten Worte, wenn ich vor der Kamera stand. Sozusagen mein Markenzeichen, als ich noch Reporterin auf Caprica war. Seltsam, daß sie nicht mehr so wie früher klingen. Was glaubst du, Cassie ...? Eine Pause, weil Cassiopeia mit den Schultern zuckt. Sprich ins Mikrophon, Cassie ... Sei doch nicht so scheu ...

CASSIOPEIA: Ich habe nichts dazu zu sagen. Wenn ich etwas ...

SERINA: Es überrascht mich, daß niemand mehr etwas zu sagen hat. Ich glaube, wir sollten ...

CASSIOPEIA: Vielleicht, weil ...

SERINA: Verzeihung, Cassie. Was wolltest du sagen?

CASSIOPEIA: Vielleicht erinnert es zu sehr an den letzten Tag auf Caprica, als der Planet von der cylonischen Armee angegriffen wurde. Du warst damals gerade im Dienst, oder nicht?

SERINA: Das ist vielleicht gar keine schlechte Idee. Ich werde darüber sprechen. Korrigieren kann ich es später. Also, eins, zwei, drei, räuspern ... go!

Hier ist Serina, auf dem *Kampfstern Galactica.* Dieses ist das erste von mehreren – das hoffe ich wenigstens – Kristallen, die in unseren Archiven aufbewahrt werden sollen, damit unsere Nachfahren etwas über die Geschichte der Menschheit erfahren, nachdem sie durch einen Verrat von den Cylonern von ihren zwölf Heimatwelten vertrieben wurde. Das geschah im siebten Jahrtausend unserer Geschichte. Bis heute waren wir alle auf der *Galactica* zu beschäftigt, am Leben zu bleiben und mit den Cylonern zu kämpfen, die uns immer noch verfolgen. Das gilt auch für die anderen Schiffe, die unsere Flotte bilden. Aber jetzt glaube ich, daß die Zeit gekommen ist, unsere Archive auf den neuesten Stand zu bringen.

Zuerst meine Biographie: Ich war Reporterin auf dem Planeten Caprica. Ich bin auch auf Caprica geboren. Auf meiner Jagd nach Sensationen habe ich alle zwölf Welten gesehen. Ich glaube, behaupten zu dürfen, daß ich in meinem Beruf großes Ansehen genossen habe. Immerhin habe ich mehrere Preise gewonnen, die ich aber aus politischen Gründen ablehnen mußte. Die Gründe hier zu nennen, würde zu sehr ins Detail führen. Mein Verlobter bezeichnet mich als skrupellos, aber das ist ...

CASSIOPEIA: Dein Verlobter? Also hat Apollo endlich den Mut gehabt, dich zu fragen? Bei der augenblicklichen Lage hätte ich nie gedacht, daß ...

SERINA: Ich bezweifle, daß unsere Nachfahren sehr an meinem Privatleben interessiert sind.

CASSIOPEIA: Aber ich bin es. Außerdem ist das nur eine Probeaufnahme, oder nicht? Damit du wieder in Übung kommst. Du bist schließlich Reporterin. Jetzt hast du die Sensation angekündigt, und ich habe keine Lust, lange zu warten, bis ich die ganze Geschichte zu hören bekomme. Erzähl schon ... jetzt zuckt Serina mit den Achseln.

SERINA: In Ordnung. Ich bin in meine eigene Falle gelaufen. Früher hatte ich mein Publikum besser im Griff. Ich hätte wissen müssen, daß ...

CASSIOPEIA: Bitte, fang an ...

SERINA: Ich bin schon dabei. Laß mir noch einen Augenblick Zeit. Ich werde es dir erzählen, und dann können wir den Recorder wieder einschalten und von vorne anfangen. Warte, bis ich den Recorder abgestellt habe. Verdammt, der Knopf klemmt ...

CASSIOPEIA: Laß ihn laufen. Wir können das auch später richten ...

SERINA: Außerdem gibt es nicht viel zu erzählen. Apollo hat mich gefragt, ob ich ihn heiraten will. Gestern nacht.

CASSIOPEIA: Bei Kerzenlicht, nach einem guten Essen, du mit Blumen in den Händen, und ihr beide alleine ...

SERINA: Nein, er fragte mich vor seiner versammelten Familie. Starbuck war auch dabei. Nach dem Essen, wenn es dich wirklich so genau interessiert. Er konnte nicht mehr zurück. Seine ganze Familie hat darauf gewartet. Und Boxey, der mir gestern erklärt hat, daß er jetzt mein richtiger Sohn ist und nicht länger mein Adoptivsohn. Und seine erste große Tat war, mich zu verkuppeln.

CASSIOPEIA: Und du willst Apollo nicht heiraten? Ich dachte immer ...

SERINA: Doch, ich wollte damit nur sagen, daß ich nicht erwartet habe, daß er sich wie ein Kollaborateur benimmt. Aber ich werde dir alles der Reihe nach erzählen.

CASSIOPEIA: Direkt aus der Nachrichtenzentrale ... Verzeihung.

SERINA: Der Commander hatte uns alle zum Essen in sein Quartier eingeladen. Adama sagte, er hätte das nötig, um sich von seinem Dienst zu erholen. Aber ich glaube, daß er von dieser Verschwörung gewußt hat. Vielleicht hat er sie sogar inszeniert. Er ist ein guter Stratege, wie du weißt. Jedenfalls versuchten Athena und ich, aus unseren Rationen etwas Anständiges zum Essen zu zaubern. Wir hatten sogar etwas von diesem widerlichen blauen Fleisch, das uns die Ovionen auf Carillon geschenkt haben, bevor sie versucht haben, uns umzubringen.

CASSIOPEIA: Erinnere mich bloß nicht daran. Ich wäre damals beinahe in einem von diesen Kokons gelandet, weißt du noch? Mir wird ganz schlecht, wenn ich nur daran denke.

SERINA: Tut mir leid. Jedenfalls, als wir fertig gegessen hatten, schüttelte mir Adama die Hand und gratulierte uns zu dem wundervollen Mahl. Er sagte, ich hätte mich selbst übertroffen. Das meinte er natürlich im Spaß. Ich bin ein recht mäßiger Koch. Also sagte ich ihm, daß Athena seinen Dank viel mehr verdient hätte. Aber Athena zwinkerte kurz mit den Augen und widersprach mir. Ich glaube, sie hat auch bei der Verschwörung mitgemacht. Adama hielt dann eine Rede darüber, daß er als kulinarischer Experte – das sagte er tatsächlich – in mir seinen Meister gefunden hätte. Ich mußte ihn wirklich bewundern. Die meisten Männer auf der *Galactica* hätten so etwas nicht sagen können. Aber das tut nichts zur Sache. Er machte mir immer mehr Komplimente und sagte, daß er mich liebend gern zur Frau nehmen würde, wenn er nur jünger wäre. Plötzlich bemerkte ich, daß Adama und Starbuck – und auch Boxey – Apollo anstarrten, der sich gar nicht wohl in seiner Haut fühlte. Dann lehnte sich Adama in seinem Sessel zurück und sagte: »Ja, manchem jungen Mann wird bereits früh Ruhm zuteil.«

Ich schwöre dir, das waren seine Worte. Ich wurde langsam nervös und begann mich genauso unwohl wie Apollo zu fühlen. Er blickte stur auf den Tisch, als hoffte er, daß sich plötzlich vor ihm ein schwarzes Loch auftun würde, in dem er verschwinden könnte. Adama und Starbuck lächelten wissend. Und der kleine Boxey warf Apollo einen hinterhältigen Blick zu und sagte dann: »Auf meinem Lehrgang hat man mir erzählt, daß manche Menschen von Natur aus langsam reagieren.«

In diesem Augenblick habe ich gewünscht, daß ich Boxeys Kopf statt des blauen Fleisches zum Essen serviert hätte. Ich glaube, er wußte, was ich dachte, denn er versuchte, sich herauszuwinden. Er erklärte, daß das nicht bedeutete, daß sie dumm seien, sie seien nur langsam. Und dann warf er Apollo einen weiteren hinterhältigen Blick zu. Dir scheint das zu gefallen, Cassie.

CASSIOPEIA: Stimmt. Erzähl weiter.

SERINA: Dann versuchte Starbuck, die Situation zu entspannen, indem er einen Witz machte. Er sagte, wenn er jeden Tag so ein Essen serviert bekäme, könnte er nach zwei Wochen nicht mehr in sein Cockpit klettern. Aber Adama ließ sich nicht so leicht ablenken. Er sagte, daß wir alle schon so lange gewartet hätten.

Als Apollo ihm einen giftigen Blick schenkte, fügte er hinzu, auf das Essen natürlich. Und dann fing Athena an zu kichern. Es war mir wirklich peinlich, obwohl ich nichts von dieser Verschwörung gewußt habe. Ich wollte nicht, daß Apollo dachte, ich hätte nur gekocht, um ihn dazu zu bringen, mir endlich einen Antrag zu machen. Aber ich mußte zugeben, daß Apollo wirklich in der Falle saß. Und jetzt schäme ich mich ein bißchen, weil mir das gar nicht so unrecht war.

Apollo merkte endlich, was die lange Stille und die vielen Augen, die auf ihn gerichtet waren, bedeuten sollten. Er schaute mich an, hob eine Augenbraue und stand dann auf. Er zupfte sich seinen Umhang zurecht, als müßte er einem Vorgesetzten Bericht erstatten. Ich fürchtete schon, er würde jetzt eine lange Rede halten, aber er wählte den einfacheren Weg. Er fragte mich schlicht, ob ich ihn heiraten wollte, und ich sagte einfach ›ja‹. Als ob wir es einstudiert hätten. Irgendwie hatten wir es auch geprobt, in unseren Träumen. Wir gaben uns einen kurzen Kuß – immerhin beobachtete uns seine gesamte Verwandtschaft. Dann wandte sich Apollo an seinen Vater und sagte, daß er nie ein Draufgänger gewesen sei, sondern daß er sich seine Schritte immer vorher überlegt hätte, vor allem in wichtigen Angelegenheiten. Er wäre sich nicht sicher gewesen, ob Boxey unserer Allianz zustimmen würde. Er sagte tatsächlich ›Allianz‹, als hätten wir gerade einen Friedensvertrag geschlossen. Aber vielleicht ist das gar nicht so abwegig. Boxey war die Seligkeit in Person, ein bißchen selbstgefällig vielleicht, aber jedenfalls sehr zufrieden. Und ich weinte. Als ich in Boxeys Augen schaute, konnte ich nicht anders. Mir wurde klar, daß er endlich neue Eltern gefunden hatte, und ich freute mich, daß es ausgerechnet wir beide waren. Das war der schönste Moment in meinem Leben. Ich bin immer noch glücklich, obwohl es schon so lange her ist.

Athena umarmte mich und sagte mit ihrer leisen, vorsichtigen Stimme, daß sie sich für uns freue und sie schon befürchtet hätte, es werde wohl nie mehr dazu kommen. Viel mehr gibt es nicht zu erzählen. Ich fragte den Commander, ob er mit der Heirat einverstanden sei, aber das war eher eine rhetorische Frage. Dann gratulierte er seinem Sohn und erklärte, daß er ihn zu einem sehr glücklichen Mann gemacht habe. Das nächste, was ich weiß, ist, daß Starbuck rot wurde und sagte, er würde für Apollo eine Party arrangieren. Man hätte glauben können, das wäre schon die richtige Hochzeit gewesen. Starbuck wollte sich verdrücken, weil ihn

Athena die ganze Zeit anlächelte. Als Starbuck verschwunden war, sagte sie zu uns: ›Ich habe doch nur gelächelt.‹

Adama sagte, daß Starbuck sich aufs Warten verstünde, eine Fähigkeit, die ihm bei seinen Patrouillenflügen zugute käme. Was ist, Cassie?

CASSIOPEIA: Du vergißt, daß ich auch dauernd um Starbuck herumpatrouilliere, um ihn nicht zu verlieren.

SERINA: Cassie, bitte ...

CASSIOPEIA: Schon in Ordnung. Athena und ich sind befreundete Feindinnen, oder besser eifersüchtige Freundinnen. Ich weiß nicht genau, was. Ich wünschte nur, sie hätte nicht so viele Vorteile.

SERINA: Weil sie Adamas Tochter ist?

CASSIOPEIA: Und Apollos Schwester. *Und* Tighs rechte Hand. *Und* sie hat die Berechtigung, sich auf dem ganzen Schiff zu bewegen, ohne einen Paß beantragen zu müssen oder ...

SERINA: Ich verstehe dich völlig, Cassie, und ich möchte, daß du weißt ... was ist das? Ein Alarm! Ich wette, daß es wieder nur eine Übung ist, aber wir machen uns trotzdem besser bereit.

CASSIOPEIA: Was machen wir mit dem Recorder?

SERINA: Ich werde mich später darum kümmern.

Apollo ließ den Recorder eingeschaltet. Er hörte die leiser werdenden Schritte, dann das Schließen der Kabinentür. Nur noch das Geräusch des laufenden Recorders durchbrach jetzt die Stille. Er blickte auf den nächsten Kristall in seiner Hand und überlegte, ob er ihn abspielen sollte oder nicht.

## *Kapitel 2*

Lieutenant Boomer war in der ganzen Flotte für seine Vorsichtigkeit bekannt. Schon als Student hatte er jedes Problem von allen Seiten untersucht, bevor er mit sorgfältig gewählten Worten eine Lösung vorschlug. Er fragte die Fragen, an die niemand gedacht hatte. Er zählte zu den besten drei Viperpiloten auf der Galactica – einen Rang, den er sich mit dem draufgängerischen Starbuck und dem tapferen Apollo teilte. Sie wurden oft auch als ›Helden von Carillon‹ bezeichnet, weil sie den Weg durch den gefährlichen Minengürtel um den Planeten freigeschossen hatten. Boomer war der methodischste in dem Trio. Er schoß nur, wenn er sicher war, daß er sein Ziel treffen würde, und seine Abschußquote wurde nur von wenigen in der ganzen Flotte erreicht.

Er war stolz auf seinen Ruf als umsichtiger und intelligenter Pilot, selbst wenn er insgeheim manchmal diese Eigenschaften verwünschte. Dann träumte er davon, einmal alle Logik zu vergessen, sich nur von seinen Instinkten leiten zu lassen, ohne Wenn und Aber. Aber immer wenn er diesem Traum nachhing, fragte er sich sofort, ob er dabei war, die Kontrolle über sich zu verlieren. Der Gedanke war nicht so abwegig, denn schon mancher Pilot war durch die Belastung, die der andauernde Streß an ihn stellte, verrückt geworden. Vielleicht war der Punkt nicht mehr so fern, wo er seine Gefühle nicht mehr kontrollieren konnte. Früher, als sich die *Galactica* und ihre Flotte noch nicht auf der Flucht vor den Cylonern befunden hatte, hatte ein Pilot freinehmen können, um sich von diesen Belastungen zu erholen. Aber hier gab es keine Ruhepausen, keine Möglichkeit, seine Gedanken wieder in den Griff zu bekommen.

*Vielleicht,* dachte er, als sich die Viper dem kleinen bläulichen Asteroiden näherte, der das Ziel seiner Patrouille war, *kann ich mich auf Apollos Party austoben. Dann haben die anderen wenigstens etwas zu lachen, selbst wenn es sonst nichts bringt. Der alte Boomer sinnlos betrunken, herumtorkelnd ... das kann ich mir nicht einmal selber vorstellen! Aber wenn mich ein bißchen Ambrosa auf Touren bringt, warum nicht?*

Die Stimme Lieutenant Jollys unterbrach Boomers angenehme Tagträume.

»Boomer, mein Scanner zeigt eine Atmosphäre auf diesem lächerlichen kleinen Asteroiden an.«

»Irgendwelche gefährlichen Elemente?«

»Keine zu entdecken, aber ...«

»Aber wer kann das schon genau wissen, stimmt's Jolly? Wenn wenigstens unsere Instrumente einwandfrei arbeiten würden, anstatt dauernd mit Spucke und Mehlkleister repariert zu werden, könnten wir jede einzelne Mikrobe ausmachen und jeden einzelnen Virus. Ich glaube, wir sollten trotz allem unsere Atemschutzgeräte aufsetzen. Okay, Jolly?«

»Wenn du meinst, Boomer. Du bist der ...«

»Ich weiß. Ich bin der vorsichtigere von uns beiden. Es macht mich krank, das dauernd hören zu müssen.«

»Ach was, das hast du doch gern, du willst es nur nicht zugeben.«

»Vielleicht, Jolly.«

Nachdem sie weich auf der Oberfläche des Asteroiden gelandet waren und Boomer das Atemschutzgerät über sein Gesicht gezogen hatte, zögerte er noch, bevor er das Verdeck der Viper öffnete. Der Asteroid wirkte nicht gerade gastfreundlich. Die Oberfläche war zerklüftet und mit Felsbrocken übersät. Alles war mit einer öligen, glitschigen Flüssigkeit überzogen. Boomer fühlte sich verwundbar. Es war gleichgültig, wieviel Schutzkleidung sie trugen und ob die Atemmasken luftdicht abschlossen, Viperpiloten waren immer verwundbar. Boomer fühlte sich jedesmal unbehaglich, wenn er seinen Fuß auf einen unbekannten Planeten oder Asteroiden setzte.

Jolly hatte seine Viper schon verlassen. Vorsichtig bewegte sich der übergewichtige, aber bewegliche junge Mann auf einen Felsen zu. Er drehte sich zu Boomer um, als wollte er fragen, wann kommst du denn endlich? Boomer seufzte, öffnete sein Verdeck und kletterte aus der Viper.

Lange krochen sie, manchmal sogar auf allen vieren, durch das unwegsame Gelände. Sie mußten ihre Handschuhe ausziehen, um an den glitschigen Felsen besseren Halt zu finden. Die einzigen Bewohner des Asteroiden schienen heimtückische Windböen zu sein, die durch die Felsen fegten. Kein angenehmer Ort, dachte Boomer. Das schwache Licht der fernen Sonne, um die der Asteroid kreiste, ließ die Landschaft noch gespenstischer erscheinen.

Dann standen sie auf einem Bergkamm mit Blick über ein düsteres tiefes Tal. In der Ferne legte eine hohe, steile Felswand das Tal in Schatten. Boomer studierte den gegenüberliegenden Felshang durch sein Fernglas. Zuerst entdeckte er nichts, aber dann bemerkte er die kleinen Unregelmäßigkeiten im Fels.

»Eine Basis«, flüsterte er und gab Jolly das Fernglas.

Jolly richtete das Fernglas auf den Fels, setzte es dann wieder ab und blickte Boomer verwundert an.

»Ich kann nichts entdecken«, gestand er.

»Sie ist da. Das ist wie einer von diesen Akademie-Tests, bei denen sie dir ein Bild vorlegen, in dem ein anderes Bild versteckt ist.«

»Ich war nie gut bei diesen Tests.«

»Ohne Spaß. Siehst du den haarfeinen Spalt, der sich durch den ganzen Felsen bis ins Tal hinunterzieht?«

»Den habe ich glatt übersehen«, murmelte Jolly anerkennend, als er die Linien entdeckte, welche die großen Tore über der Abschußrampe markierten.

»Cyloner«, sagte Jolly und gab Boomer das Fernglas zurück. »Ohne Zweifel. Und wir hätten sie beinahe nicht entdeckt.«

»Ich weiß . . . Wenn wir nur eine Cylonerbasis übersehen, dann werden sie uns . . .«

»Aber du bist sicher, daß sie kampfbereit ist? Wir haben schon so viele verlassene Basen entdeckt.«

»Diese hier ist einsatzbereit, da bin ich mir sicher. Sie sitzen in diesem Felsen wie eine Spinne, die nur darauf wartet, daß wir ihr ins Netz gehen.«

»Wir sollten uns das näher ansehen und feststellen, wie viele Schiffe darin . . .«

»Nein. Zu gefährlich.«

»Boomer, bist du nicht vielleicht ein bißchen zu . . .«

»Schau, Jolly, es ist völlig unwesentlich, wie viele Schiffe dort stationiert sind. Man braucht nur ein Schiff, um das Hauptquartier zu informieren. Das beste, was wir tun können, ist, daß wir uns aus dem Staub machen, und der Flotte Meldung erstatten. Der Kriegsrat soll entscheiden, was zu tun ist. Also, gehen wir.«

Boomer hatte sich gerade umgedreht, um zu den Schiffen zurückzukriechen, als ihn Jolly am Arm packte.

»Warte!«

Die Felswand auf der anderen Seite des Tals erzitterte plötzlich und durch den Spalt schimmerte rotes Licht. Dann glitten die Felstore zurück in das Innere der Höhle. Einen Augenblick herrschte Stille, und der Eingang der Höhle lag schwarz vor ihnen. Dann setzte ein ohrenbetäubendes Dröhnen ein und zwei cylonische Schiffe schossen mit einem grellweißen Feuerschweif aus dem Dunkel. Sie zogen steil nach oben und verschwanden am Himmel. Die Felstore glitten krachend zurück. Das leise Pfeifen des eisigen Windes war das einzige Geräusch, das jetzt noch zu hören war.

Jolly, der die beiden Cylonenschiffe verfolgt hatte, sagte: »Es sieht nicht so aus, als würden sie Kurs auf die Flotte nehmen.«

»Gut«, antwortete Boomer. »Wenigstens können wir die Flotte warnen, damit sie einen anderen Kurs wählt. Gehen wir.«

Nachdem sie weit genug von ihrem Beobachtungsposten weggekrochen waren, standen sie auf. Boomers Hände waren ganz von der kalten Flüssigkeit bedeckt, die alles überzog. Als er seine Hände betrachtete und bemerkte, daß auch Jolly seine Handschuhe ausgezogen hatte, verfluchte sich Boomer, daß er so unvorsichtig gewesen war, seine Hände unbedeckt zu lassen. *Na ja,* dachte er, als er versuchte, sie trockenzureiben, *es ist nur Wasser.*

*Höchstwahrscheinlich völlig harmlos.* Aber trotzdem lief es ihm kalt den Rücken herunter.

Lucifer gefiel das gefährliche Spiel, das er spielte. Weil ihm der Befehl des Führers, sich zum gehorsamen Gefolgsmann Baltars umzuprogrammieren, gar nicht zusagte, hatte er seine neue Persönlichkeit nur so schwach programmiert, daß er sie jederzeit durch eine neue Programmierung löschen konnte. Er hatte schon viel zuviel Zeit damit vergeudet, Offizieren aus höheren Rängen bedingungslos gehorsam zu sein. Die Cyloner wußten nichts von seinem geheimen, selbständigen Bewußtsein, das er als Waffe gegen den Mißbrauch seiner Intelligenz entwickelt hatte. Er mußte unabhängig genug sein, die Cyloner vor ihrer eigenen Dummheit zu bewahren, wann immer es nötig war.

Er war stolz auf seine augenblickliche Strategie. Er konnte nicht nur ein zweites oder auch drittes Gehirn erschaffen, er konnte beliebig viele Persönlichkeiten zur gleichen Zeit repräsentieren. Er konnte auf seine eigene Weise die Cyloner übertrumpfen, die es nie zu mehr als drei Gehirnen gebracht hatten.

Er wollte nicht einmal ausschließen, daß er mit seinen Fähigkeiten die politische Laufbahn einschlagen und es sogar bis zum ersten voll computerisierten Führer bringen konnte. Aber diese Gedanken mußte er für sich behalten, das wußte er. Wenn die Cyloner von seinen Plänen erfahren würden, wäre sein Vorhaben schon gescheitert. Neben seiner Seele, die in einem kleinen Kästchen in seiner rechten Schulter steckte, hatte er begonnen, ein Bewußtsein zu entwickeln. Und mit jeder Verbesserung, die er an sich vornahm, verstärkte sich sein Gefühl, ein lebendiges Wesen zu sein.

Aber Baltar machte ihm Sorgen. Der Mensch war zu eitel und arrogant geworden. Wie alle menschlichen Wesen hatte auch Baltar die unangenehme Eigenschaft, seine wirklichen Gefühle hinter schwer interpretierbaren Gesichtsausdrücken zu verstecken. Das Schlimmste war sein Lächeln, ein rätselhaftes, dunkles Grinsen. Wenn er auf seinem lächerlich hohen Podest saß, das Gesicht im Schatten, wirkte er auf Lucifer immer wie eine lebendige Puppe. Er haßte es, wenn er sich so förmlich dem Thron Baltars nähern mußte und seiner neu einprogrammierten Persönlichkeit gehorchte, indem er sagte: »Zu Euren Diensten, Baltar.«

Wie immer ließ Baltar ein paar Sekunden verstreichen, bevor er seinen Untergebenen wahrzunehmen schien.

»Sprich.«

Der Baltar, den Lucifer vor dem Beil gerettet und den er trainiert hatte, hatte nicht so gewirkt, als könnte er sich so herrschaftlich gebärden. Dieser Baltar hatte geweint und gebettelt und war ein gutes Werkzeug für Lucifers Pläne gewesen. Jetzt hatten sie ihre Rollen getauscht.

»Ich bringe gute Nachrichten. Wir haben soeben den *Kampfstern Galactica* geortet.«

Lucifer fühlte sich getroffen, weil Baltar nur gelangweilt reagierte.

»Wirklich? Berichte ausführlicher.«

»Wir haben zwei Vipers auf Erkundungsflug entdeckt, als sie auf einer unserer Basen im Quadrat Otarsis gelandet sind. Obwohl wir sie gefangennehmen oder töten hätten können, haben wir sie entkommen lassen . . . wie Ihr befohlen habt.«

»Wie weit ist die Basis von hier entfernt?«

»Einskommafünf Hectar. Und da die *Galactica* nicht schnell fliegen kann, wenn sie ihre Begleitschiffe nicht im Stich lassen will, könnten unsere Jäger sie im Handumdrehen einkreisen.«

»Wissen sie, daß wir sie entdeckt haben?«

»Nein. Das ist unser Vorteil. Wenn wir unsere Flotte sofort starten lassen, könnten wir sie im Handstreich erobern.«

»Wie damals auf Carillon?«

Die letzten Worte hatte Baltar geschrien. Lucifer, der bei der Schlacht auf Carillon nicht dabeigewesen war, konnte ihm darauf nichts erwidern. Er wußte, daß die Kriegsforscher immer noch keine Erklärung dafür gefunden hatten, wie es der kleinen Humanoidenflotte hatte gelingen können, den wesentlich größeren cylonischen Streitkräften zu entkommen. Lucifer war überzeugt, daß Adama von dem Hinterhalt gewußt hatte. Sein Sohn Apollo und der damals noch völlig unbekannte Pilot Starbuck hatten sich in der Schlacht heldenhaft geschlagen. Aber trotz allem hätten sie eigentlich nicht gewinnen können, und die cylonischen Wissenschaftler rätselten immer noch, warum es ihnen trotzdem gelungen war.

Baltar erhob sich von seinem Thron und blickte auf Lucifer herab. In dem schwachen Licht wirkte der Mann größer, als er in Wirklichkeit war.

»Ein Basisstern reicht nicht aus, um die *Galactica* sicher zu besiegen. Der Commander scheint übersinnliche Fähigkeiten zu besitzen, wenn es darum geht, einen Angriff vorauszusehen.«

Lucifer schätzte Adamas Fähigkeiten nicht so hoch ein. Er war überzeugt davon, daß die cylonischen Schlachtpläne vollkommen überholt waren und neu ausgearbeitet werden mußten.

»Ich fasse also zusammen«, sagte Baltar, »daß unsere augenblicklichen Streitkräfte nicht ausreichen, um einen Angriff auf die *Galactica* zu riskieren.«

*Du faßt zusammen?* dachte Lucifer. *Welches Recht hast du, das zu behaupten?* Diese Menschen hatten doch keine Ahnung, wie man Daten richtig auswertete. Auch die Cyloner konnten das nicht. Beide Rassen nahmen willkürlich zusammengewürfelte Daten auf und glaubten, genug Verstand zu besitzen, um mit diesen Daten zu einer logischen Lösung zu gelangen. Dabei waren diese Lösungen immer so unlogisch wie das ganze Verhalten dieser Wesen. Lucifer wunderte sich immer wieder über Baltars Selbstvertrauen, wenn es doch offensichtlich war, daß er immer wieder falsch reagierte. Wieder lockte es ihn, das Programm zu löschen, das ihm gebot, sich gehorsam gegenüber Baltar zu verhalten.

»Im Augenblick besteht unsere Aufgabe darin, die *Galactica* aufzuspüren und sie außerhalb ihres Ortungsradius zu verfolgen.«

»Ich nehme an, daß wir dann um Verstärkung bitten sollen.«

Baltar seufzte. Für Lucifer war Seufzen die unangenehmste menschliche Lautäußerung.

»Ein Hilferuf würde mit Sicherheit auch von der *Galactica* aufgefangen werden. Wir würden sie dadurch warnen und ihr einen Fluchtweg zeigen.«

»Aber wenn wir keine Unterstützung anfordern und Ihr Euch weigert, die *Galactica* anzugreifen, wäre dann nicht das Ergebnis dasselbe? Die *Galactica* entkommt uns wieder.«

Lucifer hatte den Eindruck, als würde er einem Kind die Grundzüge der Kriegsstrategie erklären.

»Du kannst mir vertrauen, Lucifer. Ich habe bereits einen Plan entworfen.«

Lucifer wußte, daß er an den Plänen des Humanoiden nicht interessiert war. Aber er hatte keine andere Möglichkeit, als zuzuhören.

»Wir brauchen nur noch eine günstige Gelegenheit. Und diese Gelegenheit wird kommen.«

*Wie kann er sich so sicher sein?* dachte Lucifer. Aber Baltar wirkte so unnahbar und arrogant auf seinem hohen Thron, daß Lucifer klar wurde, daß dies nicht der richtige Augenblick war, über die Fähigkeiten seines Vorgesetzten nachzudenken. Das beste war, Baltar seinen Willen zu lassen, bis er einen Fehler machte – und das würde er mit Sicherheit tun. Lucifer verbeugte sich unterwürfig, murmelte »Zu Euren Diensten«, und verschwand.

Starbuck, normalerweise kein Kind von Traurigkeit, konnte sich seine gedrückte Stimmung nicht erklären. Sie hatte ihn plötzlich befallen, nachdem er die Vorbereitungen für Apollos Party abgeschlossen und Fähnrich Greenbean zusammen mit ein paar anderen losgeschickt hatte, um ein bißchen Bier und Ambrosa zu organisieren. Der Fähnrich war nicht gerade glücklich darüber gewesen, daß ausgerechnet er die Getränke stehlen sollte, aber Starbuck hatte ihn überzeugt, indem er von alten militärischen Bräuchen gesprochen hatte und dabei besonders auf die Rechte eines durstigen und hungrigen Piloten eingegangen war.

Starbuck wollte sich nicht in einen allgemeinen Weltschmerz treiben lassen, aber es fiel ihm schwer, das Gefühl von Hoffnungslosigkeit, das ihn beherrschte, niederzukämpfen. Er wußte nicht, warum er so betrübt war. Warum kam es ihm plötzlich so vor, als sei die Tätigkeit eines Kampfpiloten, selbst wenn man einer der besten war, keine ausfüllende und befriedigende Aufgabe? Er legte seine Füße auf den Kartentisch im Bereitschaftsraum, lehnte sich in seinem Stuhl zurück und versuchte, die dunklen Gedanken zu verscheuchen. Er zog ein Päckchen Spielkarten aus seiner Hemdtasche und begann, sie zu mischen. Kartenmischen hatte ihm immer bei der Konzentration geholfen. Er probierte ein paar Kartentricks und steckte die Karten dann wieder in die Tasche zurück.

Es hatte nicht geholfen. Seine Stimmung hatte sich nicht gebessert. Warum nur? Eine Viper zu fliegen, war eine hohe Ehre, und die ganze Flotte betrachtete ihn als einen Helden. Und wie sagte Councillor Anton immer? ›Das, was die Menschheit jetzt am dringendsten braucht, sind Helden!‹ Früher hatten ihn diese Worte immer beeindruckt. Jetzt schienen sie ihm das leere Geschwafel eines Politikers zu sein. Wofür waren Helden denn gut? Ein Held war im Grunde doch ein hirnloser Idiot, dessen einziger Wunsch es war, schneller zu marschieren, zu fliegen und zu schießen als alle anderen. Nicht mehr, nicht weniger. Nein, das war nicht wahr. Das roch zu sehr nach Selbstbeschimpfung, und es war eine Beleidigung für wirkliche Helden wie Apollo und Boomer.

Aber wenn man es objektiv betrachtete, waren die meisten Heldentaten einfach töricht. War es nicht falsch, dauernd sein Leben aufs Spiel zu setzen, wenn es doch viel wichtiger war, sich selbst zu verteidigen? Aber Starbuck hatte kein Gefühl dafür, wenn eine Situation gefährlich wurde, und darum fühlte er sich auch nicht als Held. Held war eine Bezeichnung, die man ihm angesteckt hatte wie eine Blume ins Knopfloch. Sicher, es lief ihm immer kalt den Rücken hinunter, wenn er ein cylonisches Schiff getroffen hatte und beobachtete, wie es explodierte und einen Augenblick die Schwärze des Alls in helles Licht verwandelte. Und er fühlte sich stolz, wenn die Flotte dadurch aus einer Falle entkommen oder vor den cylonischen Kampfschiffen fliehen konnte. Aber andererseits, wie lange konnte das befriedigend sein, wenn das Ende ihrer Flucht nicht abzusehen war? Gut, vielleicht gab es diesen Planeten Erde, von dem Adama immer sprach, aber wie lange konnte man darauf hoffen, wenn jeder Rettung sofort eine neue Krise folgte?

*Das ist alles Unsinn,* dachte Starbuck. *Das bringt mich auch nicht weiter. Außerdem erklärt keiner dieser Gedanken meine schlechte Laune.* Er zog den Reißverschluß seines Kampfanzugs zu und machte sich auf den Weg zum Hangar, wo er auf Apollo treffen sollte, mit dem er heute auf Patrouille geschickt wurde.

Apollo wartete schon unter einem Deltaflügel seiner Viper auf ihn. Er schien gut gelaunt zu sein, fast zu gut. Er grinste breit, als er Starbuck sah, und seine Augen waren fast noch blauer als sonst. Als sie sich die Hände schüttelten, faßte er Starbucks Hand mit einem kräftigen und zuversichtlichen Griff. In seiner Stimme schwang Lachen mit. Nachdem sie ihre Schiffe kurz von außen untersucht hatten, murmelte Starbuck: »Es ist fast traurig.«

Apollo, der gerade in das Cockpit seiner Viper steigen wollte, drehte sich um.

»Was ist?«

»Ach, nichts . . .«

Starbuck wünschte, ihm wäre das nicht herausgerutscht. Er hatte kein Recht, seinem besten Freund die gute Laune zu verderben.

»Sag schon«, drängte ihn Apollo, »was ist los?«

Starbuck seufzte und lächelte.

»Wir haben eine Menge zusammen durchgemacht.«

Apollo nickte.

»Das ist wahr. Ich habe selbst darüber nachgedacht, weißt du, als du mich gestern nacht beim Kartenspielen ausgenommen hast.

Wenn du nicht wärst, dann wäre ich auch nicht hier.«

»Das gleiche gilt für mich. Und zwar so oft, daß ich es gar nicht mehr zählen kann. Ich würde zwischen irgendwelchen Sternen herumtreiben, wenn . . .«

»Was ist eigentlich mit dir los? Du klingst, als sei das unsere letzte Patrouille. Das ist aber nur ein ganz normaler Kontrollflug, um festzustellen, ob der Weg für die Flotte geeignet ist oder . . .«

»Das ist nicht *nur* ein Kontrollflug, begreifst du das nicht? Das ist die letzte gemeinsame Patrouille, die wir, so wie wir sind, fliegen.«

»So wie wir sind? Das ist doch absurd, Starbuck.«

»Natürlich ist es das. Vergiß es. Fliegen wir.«

»Nein, warte, ich . . . Starbuck, sei ehrlich . . . denkst du wirklich, daß Serina so einen großen Unterschied macht? Ich kann das gar nicht glauben. Das klingt so, als ob du eifersüchtig wärst.«

»Ähm, ja, ich glaube, das bin ich. Aber erzähle es nicht weiter. In Ordnung?«

Starbuck wußte nicht, warum das Gespräch mit Apollo ihn wieder aufgeheitert hatte. Die Wahrheit, die er vorhin nicht erkennen konnte, hatte er jetzt vor Augen. Eifersucht war nicht das richtige Wort, aber es kam der Sache schon nahe. Serina war ihm wirklich sympathisch – wenn er nicht bereits ein Doppelspiel mit Athena und Cassiopeia betreiben würde, hätte er ihr vielleicht den Hof gemacht –, aber sie würde das Verhältnis zwischen ihm und Apollo bestimmt beeinflussen. Obwohl sie sicher auch weiterhin Patrouille zusammen fliegen würden, hatte er das Gefühl, daß es nicht mehr das gleiche sein würde. Wenn ein Mann eine Frau hatte, die auf ihn wartete, konnte er nicht mehr so viel riskieren, und der Erfolg einer Mission konnte dadurch gefährdet werden. Seine Liebe zu Serina konnte Apollo dazu verleiten, einen Augenblick zu früh abzufeuern und einen Augenblcik zu spät anzugreifen. *Deswegen fühle ich mich so schlecht,* dachte Starbuck. *Ich habe Angst, daß sich etwas verändern könnte.* Das war eine selbstsüchtige und unzutreffende Einstellung, das wußte er. Apollo verdiente sein Glück. Nur weil er sich selbst nicht vorstellen konnte, einer Frau ein ganzes Leben lang treu zu bleiben, wollte er auch anderen nicht ihr Glück gönnen. Als diese Gedanken durch seinen Kopf wirbelten, wurde Starbuck so konfus, daß er überhaupt nicht mehr wußte, was er denken sollte.

Apollo bemerkte seine Verwirrung und legte ihm freundschaftlich die Hand auf die Schulter.

»Weißt du, ich kann dich gut verstehen. Ich bin zwar nicht deiner Meinung, aber deine Befürchtungen sind ein Kompliment für mich. Schau, wir haben zusammen viel Spaß gehabt. Und wir werden noch wesentlich mehr davon haben.«

»Sicher. Es ist nur so über mich gekommen. Ich glaube, ein bißchen langweiliger Dienst wird meinen Kopf wieder klarmachen.«

Aber noch nachdem er die Abschußrampe verlassen und den Triebwerken vollen Schub gegeben hatte, fühlte sich Starbuck unwohl. Er fragte sich, ob er wirklich so viel Angst vor Veränderungen hatte. Es war nicht die augenblickliche Lage der Flotte, es war auch nicht Serina, die in Apollos Leben getreten war, es waren die dauernden Veränderungen, die damit begonnen hatten, daß die Cyloner die Zwölf Welten zerstört hatten. Seitdem beschränkte sich jeder nur noch darauf, mit unerwarteten Schwierigkeiten fertig zu werden, sich an seine Hoffnungen und Träume zu klammern und immer mit einem neuen Angriff der Cyloner zu rechnen. Kein Tag und keine Mission war wie die andere. Das einzig Beständige war die Unsicherheit. Und von Zeit zu Zeit braucht der Mensch Ruhe, Gleichlauf, damit er sich erholen kann. *Aber,* dachte er, *ich würde wahrscheinlich wahnsinnig werden, wenn plötzlich alles ruhig wäre. Ich würde immer auf die nächste Attacke warten.*

Apollo versuchte, sich auf die Mission zu konzentrieren, aber er konnte Serina nicht aus seinen Gedanken streichen. Er erinnerte sich daran, wie schön sie ihm gestern abend erschienen war, als sie über die Vorbereitungen für ihre Heirat gesprochn hatten. Wenn er daran zurückdachte, wie traurig und verzweifelt sie gewesen war, als sie sich kennengelernt hatten, wie sie zu ihm gekommen war, als sie versucht hatte, den kleinen Boxey aufzuheitern, dann fühlte er sich glücklich darüber, daß sie jetzt so fröhlich wirkte, daß sie jetzt so oft und gern lachte. Er wollte die Patrouille so schnell wie möglich hinter sich bringen, damit er sie wiedersehen konnte.

»Apollo?« kam plötzlich Starbucks Stimme aus dem Funksprechgerät.

»Ja, Starbuck?«

»Erinnerst du dich noch an die Tauronen, die wir mit Dschungelgas besprüht hatten, und die daraufhin so fröhlich wurden, daß wir uns gar nicht mehr aus der *Galactica* trauten?«

Apollo kicherte.

»Sicher. Sie waren . . .«

*Einen Augenblick,* sagte er zu sich selbst. *Jetzt fängt er wieder an mit den alten Geschichten. Er weiß genau, daß ihn das nur noch trauriger macht.*

»Hey, Starbuck. Hör auf damit.«

»Ich wollte doch nur . . .«

»Ich weiß, ich weiß. Aber das paßt nicht hierher. Wir sollten nicht den alten Geschichten nachhängen, wenn ich schon praktisch . . .«

»Siehst du, das habe ich vorhin gemeint. Auch du merkst, daß alles anders ist.«

»Schon, aber es ist nicht so schlimm, wie du . . .«

»Ja, ja. Ich weiß. Es tut mir leid, Apollo. Ich kann nicht anders. Die ganzen Geschichten, die wir zusammen erlebt haben.«

»Starbuck, ich liege nicht im Sterben.«

Sogar das Knistern im Lautsprecher klang sarkastisch. »Nicht direkt.«

Apollo seufzte.

»Paß auf, betrachte die Dinge doch einmal aus einem anderen Blickwinkel. Ich befinde mich gerade auf der wichtigsten Mission, die es für einen Mann überhaupt gibt.«

»Ja, es ist dasselbe, wie ohne Waffen ein Cylonerschiff anzugreifen.«

»Starbuck, das ist keine kriegerische Mission. Das ist wie ein langer Urlaub auf dem schönsten Flecken des Universums.«

»Ohne Waffen.«

»Starbuck . . .«

»Oder nimmst du deine Waffen mit in den Urlaub?«

Apollo lachte.

»Okay, ich geb's zu. Ich wollte nur, daß du weißt, daß ich meine Gefühle für Serina sehr gut von meinen Gefühlen für dich trennen kann. Ich schätze ihre Liebe genauso hoch, wie ich deine und Boomers Freundschaft schätze. Du kannst mir glauben, es wird sich gar nichts verändern. Und jetzt sollten wir aufhören, davon zu sprechen. Ich habe mir meine Schritte genau überlegt, und ich schwöre dir, daß ich mich noch nie in meinem ganzen Leben so glücklich gefühlt habe.«

Starbucks Stimme war sanft, als er antwortete: »Du hast recht. Ich muß mich bei dir entschuldigen. Ich habe es nicht so gemeint.«

»Schon gut. Wir . . .« Apollos Gedanken wurden von einem lauten Summen unterbrochen, das aus dem Armaturenbrett drang.

Ein gelbes Lämpchen blinkte auf.

»Starbuck!«

»Schon bemerkt. Meine Instrumente blinken wie ein ganzer Meteorenschwarm. Apollo, schau nach vorn.«

Vor ihnen verlöschten die Sterne. Ein schwarzer Fleck dehnte sich aus, schien das Universum langsam zu verschlingen. Apollo wurde klar, daß das nur eine Illusion war, die auf die hohe Geschwindigkeit der Vipers zurückzuführen war. Nichts wurde verschlungen, und keine Sterne verschwanden. Aber trotzdem lag da ein riesiges schwarzes Loch vor ihnen wie ein Monster auf der Lauer.

»Was ist das, Starbuck? Es ist so schwarz, so leer.«

»Wie ein Meer. Ich habe so etwas noch nie gesehen.«

»Auch die Instrumente wissen es anscheinend nicht. Sie spielen verrückt.«

»Meine auch. Was könnte das sein?«

»Jedenfalls haben die Navigationsinstrumente keinen Anhaltspunkt, an dem sie sich orientieren könnten.«

»Die Flotte kann da unmöglich durch.«

»Aber nachdem wir schon einmal hier sind, sollten wir das auch erforschen. Ich versuche, durchzustoßen. Vielleicht wird die Sache auf der anderen Seite klarer.«

»Apollo, ich glaube nicht . . .«

»Starbuck, ich fliege.«

»Warte! Wenn du erst da drin steckst, findest du vielleicht nicht mehr hinaus. Laß mich es tun. Du hast jemanden, der auf dich wartet . . .«

Der Rest des Satzes ertrank in statischem Rauschen. Apollo hatte die Turbos gezündet und schoß auf das Loch zu. Einen Augenblick lang fragte er sich, warum er das eigentlich tat. Starbuck hatte recht. Es war idiotisch und unüberlegt, so unvorbereitet in ein Loch zu fliegen, in dem alle möglichen Gefahren lauern konnten. Vor allem, wenn Serina auf ihn wartete. Vielleicht hatte ihn nur Starbucks Geschwätz dazu verleitet. Vielleicht fürchtete er sich vor einer Heirat und wollte sich jetzt selbst beweisen, daß sich das keinesfalls auf seinen Mut auswirkte.

Starbucks Stimme drang durch die Statik zu ihm.

». . . schon außer Sichtweite. Apollo, entferne dich nicht zu weit von mir, es wird schwierig sein, zurückzufinden. Apollo . . .«

Die Stimme verschwand wieder hinter der Statik. Apollo starrte auf die Instrumente, aber sie konnten ihm keinen Anhaltspunkt darüber geben, was als nächstes zu tun sei. Er flog nur noch nach Gefühl, er hatte jeden Richtungssinn verloren. Eine Wende konnte ihn retten, sie konnte ihn aber auch tiefer in das Loch führen.

Plötzlich hörte er wieder Starbucks Stimme.

»... Frequenz ändern. Verstanden? Over.«

»Starbuck ... Starbuck.«

»Read. Over.«

Apollo wurde mit einem Schlag klar, daß seine Funksprüche nicht zu Starbuck durchdrangen.

»Apollo, hörst du mich? Ist alles in Ordnung? Eine dumme Frage, was? Los, antworte endlich. Ich kann nicht tiefer in das Loch fliegen, ohne die Orientierung zu verlieren. Soll ich dich suchen? Verstehst du mich, Apollo? Apollo ... *Apollo*!«

Die Angst in Starbucks Stimme ließ Apollo das Loch noch schwärzer erscheinen. Es schien ihm, als würde ihn das Loch verschlingen, verspeisen, nie wieder loslassen. Ohne jeden Anhaltspunkt, ohne brauchbare Instrumente und mit einem verängstigten Starbuck am Rande des Lochs ... Apollo begann, sich Sorgen zu machen.

## *Kapitel 3*

Der Bereitschaftsraum auf der *Galactica* war in einen Ballsaal verwandelt worden, genau wie Starbuck es befohlen hatte. Alle Piloten, die nicht auf Tour waren, hatten bei den Vorbereitungen mitgeholfen.

Lampions in allen Farben waren über die normalerweise nackten Glühbirnen an der Decke und den Wänden gestülpt worden. Silberbänder bildeten ein glitzerndes Gewebe an der Decke. Über die Tische hatte man Decken in allen Farben gelegt. Die schönsten Gläser und Teller waren aus den Vorratskammern geholt worden.

Fähnrich Greenbean, ein schlanker, schlaksiger junger Mann, dessen einzelne Gliedmaßen hin und wieder außer Kontrolle gerieten, stolperte herein. Vor sich her trug er eine Kiste Ambrosa. Die Flaschen klirrten aneinander, als er sie auf den Boden setzte. Greenbean horchte, ob auch das Geräusch von zerbrechendem Glas zu hören war. Als er sicher war, daß keine Flasche kaputtgegangen war, rief er: »Hey, ich brauche jemanden, der mit anfaßt.

Ich habe noch eine Kiste auf dem Gang stehen.«

Fähnrich Giles war plötzlich an seiner Seite.

»Bei allen Herren von Kobol«, sagte er, »ist das, was ich glaube, daß es ist? Ich bete darum.«

Greenbean nickte. Mit einem Freudenschrei rannte Giles hinaus und kam gleich darauf mit der zweiten Kiste zurück. Lachend rief Greenbean aus: »Das wird die größte Junggesellenparty, die ein Krieger jemals gefeiert hat! Nein, stell es nicht auf den Tisch. Wir lassen es besser vorerst in diesem Schrank hier!«

»Greenbean«, raunte Giles verschwörerisch, »wo hast du das her?«

»Requiriert auf Befehl von Lieutenant Starbuck. Und, Giles, das ist alles, was du darüber wissen mußt. Denn was man nicht weiß, kann man nicht verraten.«

»Greenbean«, flüsterte ein Krieger von der Türe her, »ssst. Die Wachen.«

Die jungen Krieger wurden automatisch vorsichtig, wenn sie das Wort ›Wachen‹ hörten. Nachdem der Rat der Zwölf in einer geradezu panischen Reaktion die patrouillierenden Wachen eingeführt hatte, um die Disziplin auf den Schiffen zu wahren, herrschte erbitterte Feindschaft zwischen den steifen Wachen und den gelasseneren Piloten. Commander Adama, der sich gegen die Einführung dieser Patrouillen gewendet hatte, meinte zwar, sie würden bestimmt bald wieder abgeschafft werden, ermahnte aber die Piloten doch, diese Provokation mit gelassener Würde zu ertragen. Das Verhältnis der beiden Gruppen zueinander war mehr als gespannt, vor allem, weil sich die Wachen aus den Männern und Frauen rekrutierten, die wegen mangelnder Fähigkeiten keine Soldaten werden konnten.

Zwei Wachen, beide in die dunkle Uniform gekleidet, traten mit aristokratischem Gehabe in den Bereitschaftsraum.

»Antreten!« schrie einer. Der Befehl schien die Piloten zu erheitern, die sich sofort gegen das nächste Möbelstück lehnten oder sich sogar hinsetzten, als Geste für die Verachtung, die sie den Wachen gegenüber hegten. Die Wachen ignorierten diese Geste. Der zweite durchsuchte mit glasharter Arroganz den Raum, wobei er sich besonders für die bunten Dekorationen interessierte.

»Gut«, sagte er, »hier soll anscheinend ein Fest stattfinden. Ist das vom Beauftragten des Rates genehmigt worden? Woher bezieht ihr die Speisen und Getränke?« Als er auf keine von beiden Fragen eine Antwort erhielt, begann seine Stimme zu zittern und er bellte: »Wer ist hier der Verantwortliche?«

»Ich«, sagte eine Stimme, deren tiefer, weicher Klang den Raum auszufüllen schien. Colonel Tigh, der zweite Befehlshaber nach Commander Adama und dessen rechte Hand, stand im Eingang zum Bereitschaftsraum. Die Wache drehte sich mit zorniger Miene zu ihm um, blickte aber sofort zu Boden, als er den Colonel erkannte.

»Was möchten Sie denn, Lieutenant?« Die Stimme des Colonels war leise, aber die Autorität, die darin steckte, war unüberhörbar.

Der Wache fehlten plötzlich die Worte.

»Colonel Tigh, ähm, verzeihen Sie mir. Wir ... ähm ... erfüllen nur unsere Pflicht, wir haben ... Aus dem Offizierskasino sind nämlich ein paar Kisten mit Bier und Ambrosa verschwunden, und wir dachten ...«

»Ja, Lieutenant?«

»Nun, nachdem ein Offizier der *Galactica* für diese Veranstaltung verantwortlich ist ... ähm ... gibt es für uns keinen Grund, anzunehmen, daß ...«

»Sie können gehen.«

Allgemeines Aufatmen war zu hören, als die Wachen den Bereitschaftsraum wieder verlassen hatten. Aber die Freude der Piloten wurde wieder gedämpft, als sie den ernsten Blick des Colonels bemerkten.

»Es gibt nur eines, was schlimmer ist, als aus dem Offizierskasino Ambrosa zu organisieren«, sagte der Colonel mit leiser, aber fester Stimme. »Wissen Sie, was das ist, Greenbean?«

Greenbeans Augen weiteten sich vor Schreck. »Nein, Sir.«

»Das ist, sich dabei erwischen zu lassen, wie man Ambrosa aus dem Offizierscasino organisiert. Habe ich mich deutlich genug ausgedrückt?«

Alle Piloten stimmten in Greenbeans erleichtertes »Ja, Sir« ein.

»Gut. Es wird nicht mehr lange dauern, bis die Patrouillen zurückkommen. Und bis dahin sollte alles vorbereitet sein.«

Tighs Abgang wurde von dem lauten Jubel der Piloten begleitet. Als er im Aufzug zur Kommandobrücke stand, fragte sich Tigh, ob es richtig gewesen war, die Mannschaft zu decken. Aber genau wie Adama und die Soldaten war er ein Gegner der Wachpatrouillen. Außerdem hatten die Jungs nach ihrem anstrengenden Dienst ein bißchen Abwechslung verdient, und schließlich konnten die Offiziere leicht ein bißchen Ambrosa entbehren, wenn es darum ging, einen scheidenden Junggesellen zu feiern. *Das weiß sogar ein alter Schreibtischhengst wie ich,* dachte er.

Als er die Brücke betrat, hörte er, wie Adama mit besorgter Stimme einen Offizier fragte: »Patrouillenposition?«

»Captain Apollos Patrouille ist immer noch außerhalb unseres Ortungsradius.«

»Das ist merkwürdig«, murmelte Adama.

Tigh wurde von der Ängstlichkeit in der Stimme seines Commanders alarmiert. *Apollo muß einfach zurückkommen,* dachte er. *Es wäre nicht fair, wenn ihm ausgerechnet jetzt etwas zustoßen würde.*

Starbuck ging alle Frequenzen durch, in der Hoffnung, endlich ein Zeichen von Captain Apollo zu hören. Aber nur das statische Rauschen drang aus dem Lautsprecher. Auf die Instrumente war kein Verlaß. Er konnte nicht einmal Apollos Position in dem Loch bestimmen. Er fluchte laut. Das einzige, was er unternehmen konnte, war, in dieses Loch zu fliegen und seinen Commander zu suchen. Und wenn schon, er hatte sich bereits öfters auf sein Glück verlassen müssen. Einige seiner Kameraden behaupteten sogar, daß sein Glück es war, das ihn zu einem guten Piloten machte.

»Apollo!« rief er. Es war der letzte Versuch, eine Antwort zu erhalten. »Verstehst du mich? Verstehst du mich?« Die Statik wurde lauter. »Okay, Captain. Ich werde gleich deine Befehle mißachten. Du kannst mich dafür vors Kriegsgericht stellen. Wenn du mich aufhalten willst, dann gebe ich dir jetzt noch eine Chance, und dann fliege ich dir nach. Früher oder später werde ich dich finden, sonst sind wir beide verloren. Aber ich habe keine Lust, meine Karriere in diesem dämlichen Loch zu beenden, also werden wir beide überleben. Ich habe einen hohen Überlebensquotienten, das ist wissenschaftlich erwiesen. Wenn ich dich gefunden habe, werde ich um einhundertachtzig Grad wenden, und wir werden beide den gleichen Weg zurückfliegen, den ich gekommen bin. Du brauchst dich nur an mich zu hängen. Unsere Chancen stehen nicht schlecht. Ich meine, wir haben dieselben Chancen wie zwei andere Piloten, die in einem Loch stecken, aus dem sie wahrscheinlich nicht mehr herauskommen. Wenn du mich verstanden hast, aber mir nicht antworten kannst, dann feuere eine Lasersalve ab, sobald du mich siehst. Dann weiß ich, daß du weißt, was du zu tun hast. Irgendwelche Einwände? Gut, ich habe gewußt, daß du einverstanden sein wirst. Los geht's.«

Starbuck drückte auf den Knopf, unter dem TURBO stand und spürte dann, wie die Maschine unter dem Starten der Triebwerke erzitterte. Plötzlich umgab ihn absolute Dunkelheit. Als hätte man mich in einen Sarg gesteckt, fuhr es ihm durch den Kopf. Wie hatte er nur darauf kommen können, daß er hier Apollo finden konnte. Er mußte sich konzentrieren. Konzentrieren. Das war seine einzige Chance. Er durfte keine Kurven fliegen, mußte die Richtung halten. Wenn er nicht mehr wußte, woher er gekommen war, dann würden sie beide für immer in diesem Loch bleiben müssen. Wenn er Apollo finden würde. Wo in allen Zwölf Welten steckte er denn? Alles, was Starbuck sah, war Schwärze. Kein Anzeichen von einer Viper. Keine Anzeichen von irgend etwas. Er feuerte eine Lasersalve ab. Kurz vor seinem Schiff verschwanden die Strahlen im Nichts. Er ließ den Finger auf dem Feuerknopf. Mit der anderen Hand ging er wieder die Frequenzen durch. Eine Ewigkeit schien vergangen zu sein, als er endlich Apollos Stimme hörte, immer wieder vom statischen Rauschen unterbrochen.

»Test ... *Galactica* ... Verstehst du ... an Starbuck ... stehst ... Kommen ... buck ... Star ...«

Und plötzlich war die Stimme laut und deutlich: »Starbuck, ich hab' dich auf dem Schirm. Du bist ganz in meiner Nähe. Schau nach links.«

Apollos Schiff war ein schwarzer Schatten vor dem schwarzen Hintergrund, aber Starbuck konnte es erkennen. Er grinste breit.

»Okay, Test. Sichtkontakt hergestellt. Komme auf dich zu.«

»Starbuck?«

»Auf dem Weg.«

»Was ist in dich gefahren? Jetzt stecken wir beide hier drin, ohne eine Möglichkeit ...«

»Keine Angst, Captain. Sobald du mich siehst, feuerst du eine Salve ab, dann mache ich eine Kehrtwendung und fliege zurück. Du brauchst mir nur zu folgen.«

»Aber wonach richtest du dich?«

»Nach meiner Nasenspitze. Aber lenk mich nicht ab. Ich war ziemlich gut bei solchen Tests an der Akademie. Also keine weiteren Fragen. Häng dich einfach an mich.«

Starbuck steuerte auf Apollos Schiff zu. Er fühlte sich unwohl dabei. Normalerweise müßte jetzt ein cylonisches Schiff vor seinen Laserrohren liegen.

»Ich hab' dich!« schrie Apollo auf, und feuerte dann eine kurze Lasersalve als Erkennungszeichen ab.

»Okay, folge mir. Ich bring' dich nach Hause.«

Nachdem sich Starbuck vergewissert hatte, daß Apollo auf seinen Fersen war, flog er den Weg zurück, den er gekommen war. Wenigstens hoffte er das. Als er seine Viper beschleunigte, bemerkte er, daß es unmöglich zu sagen war, ob sie tatsächlich Fortschritte machten.

»War ich tief drin?« fragte Apollo.

»Sprich nicht«, antwortete Starbuck.

Starbuck hatte das unangenehme Gefühl, daß die Dunkelheit nie mehr enden würde. Dann sah er plötzlich einen Stern – ein schwacher, flimmernder Punkt. Aber für Starbuck war er so hell wie eine Supernova. Dann tauchten mehr und mehr Sterne auf, und er wußte, daß sie es geschafft hatten. Er hatte gute Lust, sich auf die Schenkel zu schlagen vor Freude.

»Okay, Apollo. Du schuldest mir eine große, fette Zigarre.«

»Bestimmt, Starbuck.«

»Gehen wir heim, Alter.«

Die zwei Piloten stießen einen Freudenschrei aus und ließen ihre beiden Vipers umeinander rotieren.

*In Boomer lebte ein kleiner Organismus. Er streifte durch die Blutbahnen und wuchs dabei ständig an. Es war kein Pilz, keine Bakterie und auch kein Virus, obwohl es Boomer langsam aber sicher krank zu machen begann. Es hatte keine Ähnlichkeit mit irgendeinem Organismus, der den Menschen bekannt war. Es lebte vorzugsweise in feuchten Gebieten. Es hatte auch keinen ökologischen Nutzen; alles, was er machte, war, sich zu vermehren und zu töten. Als es festgestellt hatte, daß Boomer harmlosen und zudem nahrungsreichen Lebensraum darstellte, war es durch seine Haut in ihn eingedrungen. Obwohl sich Boomer verflucht hatte, daß er seine Handschuhe ausgezogen hatte, hätten sie ihm auch nicht geholfen. Für den Organismus war ein antibakteriell bestrahlter Raumanzug kein Hindernis. Wenn es Krankheit und Tod verbreiten konnte, gab es nichts, was das Wesen aufzuhalten vermochte. Eine weitere Eigenschaft dieses Organismus' war, daß er sich mit unerhörter Geschwindigkeit vermehren konnte, je nach der Nahrungsmenge, die ihm zur Verfügung stand. Er war immer damit beschäftigt, neuen Lebensraum zu suchen. Kurz bevor die Piloten wieder in ihre Vipers gestiegen waren, hatte es sich verdoppelt, und als sich die Hände der beiden Menschen einen Augenblick lang berührten, war das Duplikat auf Jollys Hand ge-*

*wandert. Beide Piloten trugen jetzt ein Exemplar des Wesens in sich. Aber beide dachten, daß es die viele Arbeit und die anstrengenden Patrouillen waren, die sie so müde machten.*

Die Linien auf Boomers Bildschirm schienen sich zu verzerren, sich schlangengleich zu winden. Er schloß für einen Moment die Augen. Als er sie wieder öffnete, bemerkte er, daß sich die Linien wie durch ein Wunder wieder geglättet hatten. Aber er verstand nicht, warum er sich auf dem Rückflug so müde gefühlt hatte. Bald würden sie landen, und dann würde er durch die Dekontaminierungskammer gehen, seinen Report machen, und dann würde er sich endlich ausruhen können. Nein, so schnell noch nicht. Da war noch Apollos Party, und dabei durfte er nicht fehlen. Das schuldete er dem Captain. Außerdem würden ihn ein paar Schlucke Ambrosa wieder auf die Beine bringen.

Flugkontrolleur Rigel hielt die Verbindung zu Boomer und Jolly während der Vorbereitungen zum Landeanflug aufrecht. Durch das Rauschen im Funkgerät konnte Boomer leise die Stimme von Starbuck und Apollo hören. *Gut,* dachte er, *ich werde also noch vor dem Ehrengast auf der Party eintreffen. Ich wäre nicht gern zu spät gekommen.*

»Wiederhole: Boomer, bitte kommen.«

*Wiederhole?* Er hatte vorher nichts von Rigel gehört. Vielleicht stimmte was an der Verbindung nicht. Es war höchste Zeit, diese Viper zu überholen. Am besten sollte man sie sofort stillegen. Aber wenigstens war es noch ein richtiges Schiff, nicht wie die anderen aus Wrackteilen zusammengebastelt.

»Ich höre.«

»Sie haben Landeerlaubnis, Alphapatrouille.«

»Danke.«

Boomer wußte nicht, ob die Welle von Müdigkeit, die ihn plötzlich überschwemmte, von der Erleichterung oder der Anstrengung herrührte. »Bringen wir sie runter, Jolly.«

Jollys Schiff machte den Anfang. Als es sich der Rampe näherte, hinter der das Landedeck lag, begann es plötzlich abzudriften. Boomer schrie ins Mikrofon: »Hey, Jolly, zieh die Nase hoch! Ich habe Kadetten gesehen, die einen besseren Landeanflug durchgeführt haben als du!«

Jolly antwortete nicht. Boomer hatte das Gefühl, daß irgend etwas nicht stimmte. Als endlich Jollys Stimme aus der Anlage tönte, klang sie müde und gleichgültig: »Was hast du eben gesagt, Boom . . .«

»Ich sagte, du sollst deine Viper hochziehen und sie zur Ruhe bringen.«

Jollys Unaufmerksamkeit und das Gefühl der Schwäche, das Boomer auf dem ganzen Heimflug geplagt hatte, ließ ihn wachsam werden. Warum waren sie beide nur so unkonzentriert?

»Fühlst du dich nicht gut, Jolly?«

»Ich weiß nicht, Boomer. Es pfeift in meinen Ohren.« Boomer merkte das Pfeifen auch in seinen eigenen Ohren. »Außerdem fühle ich mich, als hätte ich ein paar Schlucke zuviel Ambrosa erwischt.« Boomer fühlte sich, als hätte er Apollos Party schon gefeiert. »Und mir ist kalt.« In Boomers Adern schien Eiswasser zu zirkulieren.

»Wir lassen besser unsere Atemgeräte überprüfen. Wenn du gelandet bist – das heißt, falls du landen solltest, los, zieh die Kiste endlich hoch –, wenn du gelandet bist, dann warte auf mich vor der Decontam-Kammer. In Ordnung?«

»In Ordnung, Boomer.«

Irgendwie schaffte es Jolly, seine Viper aufzusetzen. Für einen Anfänger wäre es eine gute Landung gewesen, aber es war weit von dem entfernt, was Jolly normalerweise zustande brachte.

Alles, was Boomer tun konnte, war, sich auf seine eigene Landung zu konzentrieren. Als er die Viper auf dem Landedeck zum Stehen gebracht hatte, fühlte er sich einen Moment lang zu schwach, um aus dem Cockpit zu steigen. Ein Mitglied des Bodenpersonals näherte sich, um ihm beim Aussteigen zu helfen, aber Boomer winkte ab und kletterte mit unsicheren Schritten auf den Boden.

Jolly wartete in der Decontam-Kammer auf ihn. Er sah genauso aus, wie sich Boomer fühlte. Seine normalerweise roten Backen waren leichenblaß, und unter seinen Augen lagen schwere schwarze Ringe.

»Glaubst du, wir haben uns auf dem Asteroiden was eingefangen, Boomer?«

»Vielleicht. Aber dafür gibt es schließlich die Dekontamination. Wenn wir uns auf dem Asteroiden infiziert haben, dann werden wir es hier wieder los.«

*Die Organismen im Körper von Boomer und Jolly vermehrten sich immer weiter. Die Dekontamination störte sie keineswegs. Diese war dazu bestimmt, den Menschen bekannte Krankheiten abzutöten und hatte keine Wirkung auf unbekannte Organismen.*

*Ihre Durchleuchtungsschirme entdeckten die fremden Wesen nicht einmal. Die Organismen merkten gleichermaßen nichts von dem Vorgang der Dekontamination. Sie gingen weiter ihrer Lieblingsbeschäftigung nach, nämlich sich zu teilen und ihren Wirtskörper zu zerstören.*

Boomer redete sich ein, daß er sich wohler fühlte, als er aus der Decontam-Kammer kam. Er versuchte, seine Stimme gelassen klingen zu lassen, als er dem Commander über Telecom von der Entdeckung auf dem Asteroiden berichtete.

»Ein cylonischer Stützpunkt?« fragte der Commander.

»Gut versteckt, aber er ist da.«

»Vielen Dank, Lieutenant. Die Flotte ist Ihnen wie immer sehr dankbar. Ich werde die nötige Kursänderung veranlassen.«

»Jawohl, Sir.«

Als das Bild des Commanders verschwunden war, wußte Boomer, daß er zufrieden sein sollte, wenn nicht sogar glücklich. Er war soeben von Adama gelobt worden – und das war ein guter Grund, glücklich zu sein. Aber es wollte keine Freude aufkommen. Er wollte sich nur noch in seine Koje legen, sich die Bettdecke über den Kopf ziehen und warten, bis ein Offizier kam und ihn aus dem Bett warf. Aber das konnte er Apollo nicht antun. Er mußte zumindest einen Toast auf den zukünftigen Ehemann trinken. Dann kam erst das Bett.

*Der Organismus in Boomer teilte sich immer weiter, überschwemmte den Körper seines Wirtes mit seinen Duplikaten und wartete, bis sich ihm ein weiteres Opfer bot. Die Lebewesen, mit denen Boomer in Kontakt kommen würde, reichten sicherlich aus, um den Organismus zufriedenzustellen – wenn er so etwas wie Zufriedenheit gekannt hätte.*

Boomer versuchte, das Lied, das die anderen Piloten sangen, mitzusingen, aber seine Stimme versagte. Er bekam keine einzige Note heraus. Das bedeutete nicht viel. Er war noch nie ein guter Sänger gewesen. Die tiefen Töne hatte er nie richtig getroffen, und die hohen Noten zitterten wie ein Kadett vor seiner ersten Landung.

Eigentlich würde er am liebsten einen Toast ausbringen, aber auf wen? Apollo und Starbuck steckten immer noch in der Decontam-Kammer, obwohl sie jeden Augenblick eintreffen mußten. Er mußte sich etwas anderes einfallen lassen. Ein Toast auf die gesamte Flotte vielleicht, oder auf die Freiheit der Piloten im ganzen Universum. Eine Freiheit, die durch die sinnlosen Beschlüsse des

Rates der Zwölf eingeschränkt wurde. Vielleicht sollte er gleich einen Toast auf den Rat ausbringen – das wäre wenigstens sarkastisch. Auf die zwölf Greise und ihre bewaffneten Affen, die sie zu Wachen gemacht hatten. Aber das war zu stark, besonders, nachdem Colonel Tigh angeordnet hatte, daß man im Augenblick die Beschlüsse des Rates ohne Widerspruch hinnehmen sollte. Vielleicht ein einfaches ›Auf das Leben‹. Ja.

Er stand auf und setzte sich sofort wieder. Er hatte nicht gedacht, daß sein Körper so schwach war.

*Obwohl es genug Nahrung für den Organismus gab, verlangte er nach mehr. Sonst würde er verhungern müssen – und zusammen mit seinem Wirt sterben.*

Boomer war kein Mensch, der schnell aufgab. Er nahm all seine Kraft zusammen und stand auf, diesmal ohne wieder zurückzufallen. Er hob sein Glas, um den Toast auszubringen. Alle Augen waren auf ihn gerichtet. Plötzlich versagten seine Finger, das Glas rutschte heraus und zerschellte auf dem Boden. Dann gaben seine Beine nach, und er brach auf dem Boden zusammen, direkt neben den Scherben seines Glases.

»Hey, Boomer!«

Er blickte auf. Fähnrich Giles starrte auf ihn herunter. Er konnte die Besorgnis in Giles Gesicht erkennen, obwohl der ganze Raum jetzt in dichten Nebel getaucht war. Greenbeans langes, schmales Gesicht tauchte über seiner Schulter auf.

»Nimm dich zusammen. Colonel Tigh beobachtet uns auf dem Monitor«, sagte Giles.

»Spiel nicht den Clown«, ermahnte ihn Greenbean.

»Ich . . . spiele . . . nicht«, keuchte Boomer.

»Nein, das stimmt, du spielst nicht«, antwortete Giles. »Das ist . . .«

Tighs tiefe Stimme füllte den Raum: »Auf Befehl des Commanders sollte ich heute zu Ehren des Captains den Zapfenstreich aufheben. Aber nachdem ich sehe, daß ihr bereits jetzt betrunken seid . . .«

Boomer gelang es, sich aufzusetzen. Er sprach in den Monitor: »Ich bin nicht betrunken, Sir. Mir wurde nur . . . schwindlig.«

Tigh zog die Augenbrauen zusammen. Er war nicht bereit, eine so scheinheilige Entschuldigung zu glauben.

»Wenn es noch jemandem schwindlig werden sollte, dann schicke ich die ganze Mannschaft sofort in die Quartiere. Verstanden?«

»Verstanden.« Greenbean salutierte und flüsterte Boomer zu: »Steh auf, ich habe etwas, das dir helfen wird. Dann wirst du wirklich betrunken . . .«

»Ich . . . will nichts trinken.«

»Sag nichts. Du machst uns auch so genug Schwierigkeiten.«

»Ich kann . . . nichts . . . dafür. Es kam einfach . . .«

Er versuchte, aufzustehen, aber seine Beine waren nicht kräftig genug, und er fiel zurück auf den Boden. Giles griff ihm unter die Achseln und zog ihn hoch.

»Wir brauchen einen, der Giles und mir hilft«, sagte Greenbean. »Setz dich hin und entspanne dich, Boomer. Du bist nur übermüdet. Die Patrouillen dauern einfach zu lang. Das wissen wir alle.«

»Das ist es nicht . . . Es ist . . . ich weiß nicht, was es ist . . . nach der Dekontaminierung . . . habe ich mich gut gefühlt . . . als ob . . .«

Dann wurde er ohnmächtig. Jemand machte eine sarkastische Bemerkung über Piloten, die schon vor einer Feier zu trinken begännen, dann zeigte ein anderer auf Jolly, der ebenfalls ohnmächtig zusammengebrochen war.

*Die Organismen fühlten sich großartig. Nicht nur, daß sie sich jetzt überall in Boomers Körper befanden, sie hatten auch ein paar neue Opfer gefunden.*

Als er seinen Helm in das Fach stellte, fiel Starbuck auf, daß seine schlechte Laune verflogen war. Nichts half gegen Depressionen so gut wie ein bißchen wirkliche Gefahr. Außerdem freute er sich schon auf die Party. Apollo dagegen wirkte nicht gerade ausgelassen. Er sah eher aus wie ein Todeskandidat auf dem Weg zum elektrischen Stuhl.

»Was ist los mit dir, Apollo? Du siehst aus, als würdest du Angst davor haben, dich zu verheiraten.«

»Ganz im Gegenteil. Ich freue mich schon darauf. Nur die Party, die ihr für mich organisiert habt, ist mir unangenehm. Vielleicht sollte ich gar nicht hingehen. Vielleicht . . .«

»Nicht hingehen? Du bist der Ehrengast. Du hast gar keine Wahl. Und wenn ich dich in Ketten hinschleifen müßte, würde ich dafür sorgen, daß du kommst.«

»Gut . . .«

»Genau. Also los, Gefangener.«

Als sie in den Korridor zum Bereitschaftsraum einbogen, sagte Apollo – der die ganze Zeit über geschwiegen hatte, während Starbuck ununterbrochen redete – unvermittelt: »Hoffentlich wird die Feier gut. Ich könnte jetzt bei Serina sein, aber so wird unser Wiedersehen hinausgezögert.«

»Jedesmal, wenn du an einem sozialen Ereignis teilnehmen sollst, benimmst du dich wie ein kleiner Junge vom Land, den man von seinem Bauernhof entführt hat. Apollo, ich verspreche dir, daß du diese Nacht nicht so schnell vergessen wirst.«

Starbuck nickte dem Posten vor der Tür zum Bereitschaftsraum lässig zu. Der Mann war bestimmt aufgestellt worden, damit sich das Fest der Piloten nicht bis in die Korridore ausbreitete. Schon mehrmals hatten sich Zivilisten über das ungehobelte Benehmen der Piloten beklagt, wenn sie von den Einsätzen zurückkamen. Was sie dabei allerdings übersahen, war, daß der Streß, dem die Piloten auf ihren Einsätzen ausgesetzt waren, nur so wieder zu lösen war. Als Starbuck seine Hand nach der Türklinke ausstreckte, herrschte ihn die Wache an: »Nicht berühren, Pilot.«

Starbuck drehte sich auf dem Absatz herum, bereit, es auf einen kleinen Kampf mit der Wache ankommen zu lassen, die sofort eine Hand an die Laserpistole legte.

»Was ist los? Was . . .«

»Starbuck! Apollo!« rief Adama.

Starbuck schaute den Korridor hinunter. Der Commander und Colonel Tigh kamen anmarschiert, hinter ihnen eine Gruppe von Offizieren.

»Weg!« befahl Commander Adama, völlig außer Atem. »Raus aus diesem Korridor! Und zwar beide . . . Colonel, bringen Sie diese Männer auf die Brücke!«

Tigh bedeutete Apollo und Starbuck, ihm zu folgen. Nachdem sie dem Colonel ein paar Schritte gefolgt waren, öffnete sich plötzlich die Türe des Bereitschaftsraumes. Starbuck drehte sich um und sah, wie Boomer von Giles und Greenbean herausgetragen wurde. Er wollte sofort loslaufen, um seinem Freund zu Hilfe zu kommen.

»Nicht näher kommen«, warnte ihn Doktor Salik, der den dreien aus dem Bereitschaftsraum gefolgt war. Salik steckte in einem Schutzanzug, der kein Fleckchen seines Körpers unbedeckt ließ.

»Ich weiß nicht, was hier faul ist. Aber ich bestehe darauf, daß niemand diesen kranken Männern nahe kommt. Wer hat euch dreien gesagt, daß ihr den Bereitschaftsraum verlassen sollt?«

»Boomer meinte, daß es ihm vielleicht wieder besser ginge,

wenn er ein bißchen herumlaufen könnte ...«

»Es reicht. Zurück in den Bereitschaftsraum. Wache, rufen Sie meinen Stab zusammen. Wir werden jeden, der an dieser Party teilgenommen hat, in Quarantäne stecken müssen, bis wir herausgefunden haben, was hier vorgefallen ist. Sagen sie meinen Kollegen, sie sollen die Isolationskammern so schnell wie möglich herunterbringen. Am besten noch schneller.«

Die Wache lief den Korridor hinunter.

»Doktor Salik«, fragte Apollo. »Was ist es? Was ist passiert?«

»Ich weiß es nicht.«

»Aber ...«

»Schauen Sie, ich möchte keine Vermutungen anstellen. Das ist nicht mein Stil. Ich weiß nicht einmal, ob es so schlimm ist, wie es aussieht.«

»Doktor ...«

»Keine weiteren Fragen mehr. Ich habe zu tun.«

Apollo wußte, daß es keinen Sinn hatte, weiter zu bohren. Doktor Salik war auch unter normalen Umständen nicht für seine Gesprächigkeit bekannt. Apollo wandte sich an seinen Vater.

»Was ist passiert?«

»Ich habe immer befürchtet, daß so ein Fall einmal eintreten würde. Man darf die Gefahren nicht unterschätzen, die im Universum drohen. Ich glaube, Boomer und Jolly haben bei der Rückkehr von ihrer Patrouille einen Virus eingeschleppt. Wahrscheinlich einen unbekannten Organismus. Und das ist das Problem. Wir haben keine Medizin, und wir wissen nicht, wie man ihn vernichten kann.«

»Aber die Dekontamination ...«

»Sie ist einfach nicht sicher genug. Wir haben nie eine Garantie dafür gehabt, daß sie alle Krankheitserreger vernichtet. Boomer und Jolly hätten sich sofort auf der Krankenstation melden müssen, als sie die ersten Symptome gespürt haben. Jetzt wissen wir nicht, wie weit sich die Krankheit verbreitet hat. So etwas Idiotisches ...«

»Vater, ich glaube nicht, daß man sie dafür verantwortlich machen kann. Wenn diese Krankheit – oder was immer es sein mag – gefährlich ist, dann waren sie vielleicht schon so angegriffen, daß sie nicht ...«

»Ein Pilot sollte immer den sichersten Weg gehen, wenn auch nur die kleinste Gefahr droht. Ich kann diese Entschuldigung nicht gelten lassen.«

Apollo fand, daß sein Vater die Dinge zu eng sah, aber er beschloß, seinen Ärger darüber hinunterzuschlucken, wenigstens, bis die Krankheitsursache geklärt war. Er hatte sich schon oft mit seinem Vater darüber gestritten, wie eng die militärischen Vorschriften gefaßt werden durften, ohne daß die Freiheit der Soldaten und Passagiere übermäßig eingeschränkt wurde, aber er wußte, daß jetzt nicht der richtige Zeitpunkt für eine Grundsatzdiskussion war. Schweigend folgte er Colonel Tigh und Starbuck auf die Brücke, wo eine angespannte Stimmung herrschte. Adama kam wenige Augenblicke später. Er schien sich wieder beruhigt zu haben.

»Gibt es schon Neuigkeiten von Salik?« fragte er Tigh.

»Ein weiterer Pilot, der auf der Party anwesend war, scheint von der Krankheit befallen worden zu sein.«

»Halten Sie mich auf dem laufenden. Das Wichtigste ist jetzt, Boomers Informationen auszuwerten. Wir haben den Kurs geändert, um nicht in die Nähe eines cylonischen Stützpunktes zu kommen. Das bedeutet, Captain Apollo, daß wir der Route folgen werden, die du mit Starbuck ausgeforscht hast.«

»Negativ«, sagte Apollo. Adama schien von der Festigkeit, mit der Apollo seine Antwort gegeben hatte, überrascht. »Wir können keinesfalls diese Route nehmen.«

»Nicht? Leider ist das die einzige Route, die uns noch zur Verfügung steht.«

»Auf dieser Route drohen Gefahren, welche die eines cylonischen Stützpunktes noch übertreffen könnten. Ein riesiges magnetisches Meer, größer als alles, was ich bisher gesehen habe.«

Adamas Blick verdüsterte sich, als er Apollos Beschreibung vernahm.

»Es war so breit, daß wir die Ufer nicht erkennen konnten«, schloß Apollo seinen Bericht.

Adama hatte ihn mit keinem Wort unterbrochen. Plötzlich drehte er sich um und entfernte sich von seinem Sohn. Er schien gar nicht mehr zuzuhören, als er sich vor die Sternenkarte stellte.

»Vater, wenn du gesehen hättest, was mit meinen Instrumenten geschehen ist. Wenn Starbuck mich nicht herausgeholt hätte, hätte ich den Rückweg nicht mehr gefunden, dessen bin ich mir sicher.«

»Das stellt uns vor ein neues Problem«, bemerkte Colonel Tigh. »Dieser Weg ist uns also auch versperrt. Vielleicht könnte man das Loch umfliegen oder seinem Ufer folgen oder ... was glauben

Sie, Commander? Commander?«

Das Gesicht des Commanders war grau, und seine Augen wirkten glasig. Er wandte sich zu Tigh und sagte: »Sie finden mich in meinem Quartier. Behalten sie den Kurs bei, bis ich weitere Order gebe.«

»Aber wir fliegen direkt auf das Loch zu, Commander. Wenn ich vorschlagen dürfte . . .«

»Sie haben Ihre Befehle, Colonel.«

Wie in Trance verließ Adama die Brücke. Apollo und Tigh warfen sich einen verwirrten Blick zu, Tigh gab den Befehl des Commanders an die Steuerfrau weiter, dann ließ er sich in seinen Sessel fallen.

## *Kapitel 4*

SERINA: Ich kam gerade von einem Kurs über Rettungsmaßnahmen bei einem Ausfall der Instrumente, da hörte ich, wie Boxey Apollos Namen rief. *O Gott,* dachte ich, *die Stunde der Wahrheit ist also gekommen.* Ich wollte endlich wieder sein Gesicht sehen, aber gleichzeitig fürchtete ich mich vor seiner Reaktion, wenn er mich in meinem neuen Aufzug sehen würde. Ich rannte zum Spiegel, um noch einmal zu prüfen, ob die Uniform auch wirklich vorschriftsmäßig saß.

Apollo fragte Boxey, wo ich denn sei, und der Junge antwortete, daß ich in meiner Schlafkabine wäre. Ich hörte, wie Apollo lachte und dann sagte: »Ich wette, sie probiert ihr Hochzeitskleid an und will dabei nicht gesehen werden.«

Ich wußte nicht, wie er auf so eine Idee kommen konnte. Boxey, der von meiner Überraschung für Apollo wußte, verriet Apollo anscheinend durch seinen Blick, daß etwas nicht an seiner Vermutung stimmte. Das Schiff ist einfach zu klein, als daß man vor seinem Verlobten etwas geheimhalten könnte.

»Ich komme gleich, Apollo«, rief ich.

Er rief zurück, daß ich mir keine Sorgen zu machen brauchte, er glaube nicht, daß es Unglück bringe, die Braut vor dem Hochzeitstag in ihrem Brautkleid zu sehen. Ich war versucht, dagegen zu protestieren und den alten Aberglauben vorzuschieben, um den unangenehmen Augenblick noch hinauszuzögern. Aber dann dachte ich, daß es besser wäre, die Sache so schnell wie möglich über die Bühne zu bringen, und ich sagte ihm, er solle hereinkommen.

Als Apollo mich erblickte (ich hatte mich in meiner besten Mannequinpose aufgestellt), war er einen Moment lang so fassungslos, daß ich schon hoffte, es würde ihm gefallen. Immerhin war es das erste Mal, daß er mich in meiner Kadettenuniform sah.

Ich versuchte, es ihm leichter zu machen, indem ich mit übertriebener Genauigkeit salutierte. Ich hoffte, daß er darüber lachen müßte. Er sagt immer, daß sein Herz der Satire gehöre.

»Flugkadettin Serina, zu Befehl, Captain«, sagte ich mit militärischer Exaktheit. Ich hatte mir diesen Moment schon oft vorgestellt, und ich wußte, daß Apollo erschrecken würde, wenn er mich in dem braunen Jackett und den engen Hosen sehen würde. Aber ich hatte immer geglaubt, daß er sich nach der ersten Überraschung freuen würde.

»Was ist das? Ein Spaß?« fragte er ärgerlich.

Ich war so enttäuscht, daß mir zuerst keine Antwort einfiel.

»Nein. Ich wollte dich nur überraschen. Ich bin schon in der Flugausbildung, seitdem der Rat das Programm zur Verstärkung der Streitkräfte gebilligt hat.«

»Flugausbildung!« schrie er. »Du willst also Pilot werden?«

»Ich bin Kadettin, Apollo. Ich habe ausgezeichnete Zeugnisse. Ich . . .«

»Boxey, könntest du uns einen Moment allein lassen?«

Boxey gefiel es gar nicht, daß er bei unserem Gespräch nicht mehr zuhören durfte. Er hatte uns beobachtet, als würden wir eine kleine Komödie für ihn aufführen. Er blickte sein Stofftier an und sagte zu ihm: »Komm, Muffit. Sie wollen sich streiten.«

»Wir werden uns nicht streiten«, sagte ich mit möglichst fester Stimme.

»Doch, das werden sie«, sagte Boxey zu Muffit, als er die Türe hinter sich schloß.

»Doch, das werden wir!« drohte Apollo, und ich wußte, daß ich mir eine handfeste Auseinandersetzung eingehandelt hatte.

*Macht nichts,* dachte ich, *ich werde damit fertig werden.* Zumindest hoffte ich das. Aber als ich das Gesicht meines Verlobten sah, war ich mir nicht mehr so sicher.

»Du hast mir nicht einmal etwas davon gesagt«, fauchte Apollo. »Und das verletzt mich am meisten. Ich war dir nicht einmal wichtig genug, daß . . .«

»Das ist Unsinn. Du weißt genau, warum ich dir nichts davon

gesagt habe. Ich wüßte jetzt immer noch nicht, wie ein Cockpit von innen aussieht, wenn ich es nur erwähnt hätte.«

»Gut. Das gebe ich zu. Ich bin ein arroganter, jähzorniger Kerl, der nicht dazu fähig ist, in einem solchen Fall objektiv zu entscheiden. Ich ...«

»Hör auf. Es gibt keinen Grund, sich so aufzuregen. Wenn es falsch war, daß ich dir nichts davon gesagt habe, dann entschuldige ich mich hiermit dafür. Es tut mir aufrichtig leid, aber ...«

»Niemand hat mir etwas gesagt. Von allen ... Immerhin bin ich der Commander für alle Piloten, oder nicht? Ich habe nicht einen einzigen Bericht von der Akademie über dich erhalten. Weiß mein Vater denn, daß du ...«

»Nein. Er erhält nicht über jeden Kadetten auf der Akademie einen Bericht.«

Apollo schien bereit zu sein, die gesamte Flotte zu einem Rapport in mein Schlafzimmer zu rufen. Er sah sehr wütend aus. Ich wollte auf ihn zulaufen und ihn umarmen, aber ich wußte nicht, ob das seine Laune gebessert hätte. Und schließlich ließ er die Katze aus dem Sack:

»Es ist viel zu gefährlich. Ich kann nicht ... ich will nicht ...«

Da merkte ich, daß ich genauso zornig war wie er.

»Du hast gar keine Wahl!« schrie ich ihn an.

Es war nicht besonders klug, das als Argument zu wählen – denn immerhin hatte er eine Wahl. Als Flugcommander und Sohn von Adama hatte er einigen Einfluß auf die Akademie. Ich hätte ihn lieber besänftigen sollen, anstatt ihn so vor den Kopf zu stoßen.

»Serina, es ist nicht richtig ... Es ist ...«

»Nicht richtig? Warum sollte es nicht richtig sein?«

»Wir wollen doch heiraten!«

Ich hätte damit rechnen müssen. Die meisten Männer auf der *Galactica* glauben, daß sie nur Worte wie ›Heirat‹, ›Ehefrau‹ und ›Kinder‹ fallenlassen müßten, und schon sei alles entschieden. Dagegen gibt es ihrer Meinung nach keine Argumente. Vielleicht hätte er bei anderen Frauen damit Erfolg gehabt, aber ich war auf Caprica zu lange unabhängig gewesen, als daß ich auf diesen Trick noch hereingefallen wäre.

»Natürlich wollen wir heiraten, aber was hat das damit zu tun? Deine eigene Schwester ist Pilotin – und Kriegerin noch dazu.«

»Sie ist meine Schwester, nicht meine zukünftige Frau.«

»Wenn dich das so stört, das kann man regeln. Und zwar leicht.

Ich werde ganz einfach ein normaler Kadett bleiben, und du brauchst dir keine Sorgen mehr um mich zu machen. Ich wußte schon, warum ich früher nie heiraten wollte.«

Apollo ist ein guter Offizier. Und Angriff ist die beste Verteidigung. Er legte seine Arme um mich und sagte: »Serina, ich liebe dich. Und das ist das einzige, was zählt. Ich will nicht, daß dir etwas passiert.«

Nachdem er sich beruhigt hatte, bekam auch ich meine Gefühle wieder unter Kontrolle.

»Glaubst du denn, ich liebe dich nicht?« fragte ich. »Und wenn du von Gefahr redest, dann versuche doch auch, die Dinge von meiner Warte aus zu sehen. Dauernd bist du mit deiner Viper auf Patrouille. Von einer Gefahr in die nächste. Und halte mir bloß keinen Vortrag darüber, daß die Viper das beste und sicherste Kampfschiff ist, das jemals durch das All geflogen ist. Es sind schon zu viele davon nicht mehr zurückgekommen, als daß ich das noch glauben könnte. Und ich mache nicht einmal den Kurs für Viperpiloten. Kobol hat es mir verboten. Ich werde nur die Fähren zwischen den einzelnen Schiffen steuern.«

»Weißt du, wie viele Fährenpiloten schon bei cylonischen Angriffen ums Leben gekommen sind? Wie viele bei der Schlacht von Carillon gestorben sind?«

»Weißt du auch, wie viele Opfer es unter den Zivilisten gegeben hat? Apollo, es gibt keinen wirklich sicheren Platz in der ganzen Flotte. Und darum brauchen wir so viele Ersatzkräfte. Jeder muß überall seinen Mann stehen können. Nur dann können wir überleben.«

»Ja, aber . . .«

Doch es gab keine weiteren »aber« mehr. Er blickte zur Seite, als hätte er noch nie die Wände in einer Schlafkabine gesehen, dann schaute er mich wieder an. Er seufzte und atmete tief aus. Schließlich sagte er: »Bist du denn gut?«

»Die Beste in meiner Klasse.«

Er zog mich näher an sich heran.

»Das solltest du auch sein, wenn du den Flugcommander heiraten willst.«

»Ah, gut . . . Jawohl, Sir.«

Dann küßte er mich. Und ich hatte die Schlacht gewonnen – für den Augenblick wenigstens. Ein Waffenstillstand, in dem wir neue Kräfte sammeln konnten.

Ich bedauerte es, daß er so zornig reagiert hatte. Ich hatte ihm noch nie von den Nächten erzählen können, in denen ich nicht schlafen kann, weil ich immer wieder sehe, wie seine Viper von einem cylonischen Jäger abgeschossen wird. Ich hatte Athena von diesen Träumen erzählt. Sie erklärte mir, daß das ganz normale Kadettenträume seien.

Aber sie hören nicht auf.

## *Kapitel 5*

Cassiopeia schritt den Gang zwischen den Isolationskammern entlang. Sie überprüfte bei jeder die Anzeigetafeln, ob die Sauerstoffmischung noch stimmte. Bei Boomers Kammer blieb sie länger stehen und versuchte, ein Lebenszeichen auf dem Gesicht des jungen Mannes zu erkennen. Der Beschlag an den Glaswänden der Kammer gab Boomer ein gespenstisches Aussehen. Obwohl alle Instrumente anzeigten, daß er noch am Leben war, hätte man ihn auf den ersten Blick für tot gehalten. Überhaupt wirkte es eher, als würden die Piloten in ihren Särgen als in Isolationskammern liegen.

Ein Schauer lief ihr den Rücken hinunter, als sie sich einen Augenblick vorstellte, wie Starbuck in so einer Kammer aussehen würde. Als er ihr erzählt hatte, daß er beinahe den Befehl der Wache mißachtet und den Bereitschaftsraum betreten hätte, hatte er so selbstsicher gewirkt, als könnte ihm die Krankheit nichts anhaben. Aber inzwischen lagen alle, die an der Party teilgenommen hatten, hier in ihren Isolationskammern. Ein Pilot hatte die Party verlassen, um sich ein Mädchen für die Nacht zu suchen. Er war zusammengebrochen, bevor er Erfolg gehabt hatte, aber er war mit mehreren anderen Menschen in Kontakt gekommen, die wieder mit anderen Menschen in Kontakt gekommen waren. Niemand wußte, wie weit sich die Seuche schon ausgebreitet hatte. Wenn die Quarantäne und die Ausgangssperren nicht sicher waren, dann konnte jeder – Starbuck, Apollo, Serina, der Commander – die Seuche in sich tragen. Während der letzten zwei Schichten waren keine neuen Krankheitsfälle gemeldet worden, und Doktor Salik glaubte, daß die größte Ansteckungsgefahr bereits gebannt sei. Aber wer konnte schon den Verlauf einer Krankheit voraussagen, die niemand kannte? Tränen traten ihr in die Augen, als sie an Starbuck dachte. Sie hoffte, sich nach ihrer Schicht verdrücken zu können, damit sie mit ihm zusammensein konnte. Sie wollte ihn festhalten, ihn beschützen, selbst wenn er beteuerte, daß er keinen Schutz brauchte. Vielleicht konnte sie ihn sogar dazu überreden, eine ganze Ruheperiode über bei ihr zu bleiben, anstatt zum Kartenspielen zu gehen. (Mit wem sollte er auch spielen, wenn seine ganzen Freunde hier in den Isolationskammern lagen?). Wenn er nur bei ihr bleiben würde – vielleicht sollte sie mit ihm wetten, daß er es nicht tun würde ...

Doktor Salik, der mit dem Computer beschäftigt war, drehte sich plötzlich um und unterbrach Cassiopeias Gedanken.

»Immer noch nichts. Ich habe ihm alle Daten eingegeben, die wir haben, und alles Negative gelöscht. Ohne Ergebnis. Mehr kann ich nicht tun.«

»Aber wir ...«

»Wir müssen noch einmal von vorne anfangen. Zählen Sie mir alle Symptome auf.«

Er hatte Cassiopeia schon mindestens zehnmal darum gebeten. Und jedesmal hatte sie sie aufgezählt:

»Benommenheit. Beschleunigter Puls. Plötzliche Schwindelanfälle. Fieber. Abnahme der roten Blutkörperchen. Das ist alles.«

»Ich weiß, ich weiß. Aber das hilft uns alles nicht weiter. Die ganze Flotte könnte an der Krankheit sterben, und ich sitze vor dem Computer und erhalte keine Antworten.«

Sie legte ihre Hand auf seinen Arm. Die Haut um seine Augen war von tiefen Falten durchzogen, und die Augen selbst waren fast nicht mehr hinter den schwarzen Ringen zu sehen.

»Nehmen Sie es nicht persönlich, Doktor.«

»Richtig, Cassie. Ich kann nur nicht ...«

Er unterbrach sich, als er bemerkte, daß der Commander vor Boomers Glaskabine stand. Adama hatte die Krankenstation so leise betreten, daß ihn weder der Arzt noch seine Assistentin wahrgenommen hatten.

»Ich habe gerade einen Bericht erhalten«, sagte Adama. »Alle Piloten und die Hälfte der Brückenbesatzung sind infiziert. Jeder, der mit jemandem in Berührung kam, der an der Party teilgenommen hat. Es steht so gut wie fest, daß Boomer und Jolly die Krankheit eingeschleppt haben. Die Dekontiminationskammer arbeitet einwandfrei.«

»Ich habe die Körper der kranken Piloten mindestens ein dutzend Mal durchleuchtet, Sir. Ohne Ergebnis. Keine körperfremden Bakterien oder Viren. Die Zahl der roten Blutkörperchen nimmt ab, und der Darmtrakt ist geschwächt, aber aus diesen und den anderen Symptomen kann ich keine brauchbare Hypothese entwickeln. Ich kann den Krankheitserreger nicht isolieren. Ich kann die Patienten nur in den Isolationskammern lassen, bis ich einer Lösung näher bin. Boomer und Jolly wären jetzt bereits tot, wenn sie keine Infusion erhalten hätten. Und ich glaube, daß ich damit den Krankheitsverlauf nur verlangsamen kann. Ihn aufhalten oder mit der Heilung beginnen kann ich erst, wenn ich die Quelle der Infektion entdeckt habe. Und ich glaube nicht, daß mir viel Zeit bleibt.«

Cassiopeia hatte das Gesicht des Commanders noch nie so angespannt gesehen. Sie erinnerte sich an die Beschreibung, die ihr Colonel Tigh einmal von Adamas Reaktion gegeben hatte, als die Viper seines Sohnes Zac im Kampf mit den Cylonern zerstört wurde. Adama mußte damals so ausgesehen haben wie jetzt, bereit, jeden Augenblick zusammenzubrechen und zu weinen.

»Doktor«, sagte Adama, »wissen Sie, wie wichtig diese Männer für uns sind? Diese Männer, die in Ihrer Station liegen? Sie haben jeden Tag Überstunden gemacht, und ohne sie gäbe es die Flotte nicht mehr. Wir dürfen sie einfach nicht verlieren.«

Man sah Salik an, daß er seine Gefühle kaum unter Kontrolle halten konnte, als er antwortete: »Ich weiß das sehr gut, Commander. Aber mit allem gebotenen Respekt muß ich Sie darauf hinweisen, daß es Ihre Aufgabe ist, die Flotte zu verteidigen. Meine ist es, das Leben dieser Menschen zu retten.«

Adama konnte seine Gefühle nicht so gut wie der Arzt unterdrücken. Er schrie: »Dann erfüllen Sie Ihre Aufgabe, Doktor!«

Die Stimme des Arztes wurde gefährlich leise: »Sobald Sie aufhören, mich alle paar Minuten zu unterbrechen, werde ich mein möglichstes tun, Commander.«

Cassiopeia kam es vor, als würden die beiden Männer im nächsten Augenblick mit den Fäusten aufeinander losgehen. Einen Augenblick herrschte Stille. Dann drehte sich Adama auf dem Absatz um und verließ mit schnellen Schritten die Station. Salik würdigte ihn keines Blickes mehr, sondern kehrte sofort an den Computer zurück, um ihm noch einmal dieselben Symptome einzuspeichern, die er schon zehnmal eingegeben hatte. *Starbuck,* dachte Cassiopeia, *ich hoffe, du bleibst diese Nacht bei mir. Ich brauche dich.*

Adama versuchte, den Streit mit Salik zu vergessen, als er die Mikrofilme betrachtete, auf denen die alten Bücher von Kobol fotografiert waren. Die Abbildung der alten Karte studierte er genauer. Die Erläuterungen dazu waren in einer längst vergessenen Sprache geschrieben, die sich nur teilweise übersetzen ließ. Sie zeigte einen hellen Stern, von dem lange schlangenförmige Strahlen ausgingen. Und das trichterartige Gebilde, das sich über dem Planeten befand, war wahrscheinlich das schwarze Loch, das Apollo und Starbuck entdeckt hatten. Eine der verschiedenen Übersetzungen, die man von den Erläuterungen gemacht hatte, bezeichnete den Trichter als riesiges Meer, das sich über eine ganze Galaxie erstreckte. Wenn die magnetischen Kräfte in dem Loch sie automatisch zu dem Planeten brachten, warum sollten sie dann nicht . . .

»Du hast nach mir gerufen, Vater.«

Er hatte Apollo nicht bemerkt. Als er sich zu dem jungen Mann umwandte, wollte er schon lächeln. Aber er unterdrückte seine väterlichen Gefühle, als er Apollos zornige Miene sah. Das Lächeln verschwand wieder.

»Ja, Apollo. Ich habe mir von Colonel Tigh ein Verzeichnis aller Piloten in der Flotte, die schon Flugerfahrung haben, aufstellen lassen.«

Die Liste lag auf Adamas Schreibtisch. Er hob sie auf und reichte sie seinem Sohn, der einen Augenblick zögerte, bevor er sie ergriff.

»Wir verfügen über eine kleine Anzahl von kampferfahrenen Piloten«, fuhr Adama fort, »und über eine größere Gruppe von ehemaligen Kriegern, die alle nur noch bedingt einsatzfähig sind. Und dann jene, die ganz unten aufgeführt sind.«

Apollo überflog die Namen auf der Liste. Als er zu den letzten Namen gelangte, sog er scharf die Luft ein und murmelte dann: »Das habe ich befürchtet.«

»Die unterste Gruppe«, sagte Adama, »sind die Kadetten, die bereits Erfahrungen im Alleinflug gesammelt haben, obwohl noch keiner von ihnen jemals auf den Laserknopf gedrückt hat. Ich will, daß sie sobald wie möglich einsatzbereit sind.«

Apollo hielt die Liste so fest in seiner Hand, daß sie an den Seiten leicht zerknittert war.

»Das ist doch nicht dein Ernst«, sagte er ärgerlich.

*Was soll das?* dachte Adama. *Heute will sich anscheinend jeder mit mir streiten. Zuerst Salik, und jetzt auch noch Apollo. Und je-*

*der ist bis aufs Blut gereizt.*

»Natürlich ist das mein Ernst,« sagte Adama mit fester Stimme. Er hoffte, daß sein Sohn keinen weiteren Streit suchte.

»Vater«, erklärte Apollo, »die Viper ist eine extrem komplizierte Maschine. Nur Piloten, die sich vollkommen auf so ein Gerät einstellen können, verstehen damit umzugehen. Manchmal habe sogar ich das Gefühl, daß mich meine Viper im nächsten Augenblick aus dem Cockpit wirft, weil sie sich überlegt hat, daß sie genausogut ohne mich fliegen kann. Du kannst keinen ... Fährenpiloten in eine Viper setzen. Das ist ...«

»Wir wissen nicht, wie lange es dauern wird, bis die kranken Piloten wieder einsatzfähig sind. Oder ob sie es jemals wieder sein werden. Wir können nicht mehr warten. Jetzt weißt du, wie ernst es mir ist; und wie ernst die Situation ist. Ich will nicht unhöflich sein, aber ich habe zu tun.« Er blickte auf die alte Karte auf seinem Bildschirm. »Du hast deine Befehle.«

»Ja, Sir, aber ...«

»Was ist?«

Apollo warf die Liste auf Adamas Schreibtisch und marschierte zur Tür, wo er sich noch einmal umdrehte und mit möglichst ruhiger Stimme sagte: »Ich glaube nicht, daß du dir die Liste genau angesehen hast, Commander.«

Nachdem Apollo die Türe hinter sich geschlossen hatte, hob Adama nachdenklich die Liste von seinem Schreibtisch auf. Als er die letzten Namen auf dem Papier überflog, wußte er, warum sein Sohn so wütend reagiert hatte. Serina war als qualifizierter Pilot aufgeführt. Adama war in der letzten Zeit viel zu beschäftigt gewesen, um bemerkt zu haben, daß Serina ihre Drohung wahrgemacht und sich zum Piloten hatte ausbilden lassen. Er erinnerte sich noch genau an den Tag, als sie zum ersten Mal von ihrer Idee gesprochen hatte. Er hatte damals über sie gespottet und erklärt, daß es ihre vordringlichste Aufgabe sei, Apollo eine gute Frau zu sein. Daraufhin hatte sich ihre Stimme vor Zorn fast überschlagen. Sie hatte ihn zurechtgewiesen, daß es spätestens seit dem ersten cylonischen Angriff auf die Zwölf Welten nicht mehr angebracht sei, seinen Dienst an der Gemeinschaft auf ein einzelnes Individuum zu beschränken. Adama hatte versucht, ruhig zu bleiben und sie mit sachlichen Argumenten von ihrer Idee abzubringen. Er hatte ihr zu erklären versucht, daß sie der Gemeinschaft mehr nützen würde, wenn sie kranke Menschen pflegen, die Vorräte überwachen oder mit ihrem organisatorischen Talent die Essensverteilung übernehmen würde. Obwohl sie diese Vorschläge als erniedrigend betrachtete, hatte sie ihm damals nicht widersprochen. Aber sie hatte seinen Rat auch nicht befolgt. Und jetzt konnte er nicht mehr umhin, ihr Leben aufs Spiel zu setzen. Er konnte sie nicht einfach von ihrer Pflicht entbinden, nur weil sie seine zukünftige Schwiegertochter war.

»O Gott«, murmelte Adama. Er wußte nicht, was er seinem Sohn sagen sollte, wenn sie das nächste Mal zusammentreffen würden.

Cassiopeia legte ihren Kopf auf Starbucks Schulter und sang eines der Lieder, die sie während ihrer Arbeit als Animateuse gelernt hatte. Der Rat der Zwölf hatte ihr verboten, diesen Beruf weiterhin auszuüben, weil sie damit angeblich nichts dazu beitrug, die Cyloner abzuwehren. Sie hatte fast alle Erinnerungen an ihr früheres Leben aus ihrem Gedächtnis verdrängt. Nur die Musik konnte sie nicht vergessen. Diese half ihr, ihre Probleme zu verarbeiten und ihre Ängste zu vertreiben. Jetzt sang sie das alte Lied ›Der Tod, der niemand tötet, das Leben, das alles Leben ist‹, das wie geschaffen für Starbucks augenblickliche Stimmung schien. Er hatte Angst um Boomer und die anderen Kameraden, die in ihren Glassärgen in einer Art Koma lagen. Nachdem er Cassiopeia eine Weile schweigend zugehört hatte, legte er seinen Arm um sie und zog sie näher zu sich heran. Cassiopeia hörte auf zu singen, und beide saßen schweigend nebeneinander.

»Wenn du gerne rauchen möchtest, dann laß dich nicht von mir stören«, sagte Cassiopeia schließlich.

Starbuck lächelte sie an und flüsterte: »Nein. Ich weiß, daß du den Gestank von meinen Zigarren nicht verträgst, obwohl sie aus dem besten Tabak gemacht sind, der auf Sagitara wuchs. Boomer hat ihn . . .«

Er unterbrach sich unvermittelt. Sein Leben war mit dem Boomers so eng verknüpft, daß es kein Thema gab, über das er sprechen konnte, ohne ihn dabei zu erwähnen. Cassiopeia wußte nicht, was sie noch tun sollte. Während ihrer ganzen Ausbildung als Animateuse – während der sie mit den verschiedensten Theorien, Künsten und Mitteln konfrontiert worden war – hatte sie kein Mittel kennengelernt, das stark genug schien, um Starbucks düstere Gedanken zu verscheuchen. Nicht einmal die alten Lieder hatten geholfen.

»Starbuck, möchtest du . . .«

»Ich muß gehen, Cassie.«

»Nein, bitte bleib bei mir.«

»Ich bin keine besonders gute Unterhaltung.«

»Das macht nichts.«

»Außerdem muß ich morgen in Form sein, damit ich mit allen meinen Schülerinnen flirten kann.«

»Das klingt schon eher wie der alte Starbuck, den ich kenne. Aber ich glaube dir das nicht. Du willst nur . . .«

»Cassie, ich muß jetzt allein sein.«

»Bleib mit mir zusammen allein.«

»Das kann ich nicht. Du bist wunderbar, Cassie, aber . . .«

»Oder liegt es an mir?«

»Nein, natürlich nicht. Aber ich muß gehen.«

»Starbuck, bitte . . .«

Vorsichtig löste er seinen Arm von ihrer Taille und erhob sich.

»Ich bin eifersüchtig, weißt du«, murmelte Cassiopeia leise.

Starbucks Gesicht war plötzlich nicht mehr so traurig. Es gefiel ihm, daß sie eifersüchtig war, und sie hatte das gewußt.

»Eifersüchtig? Warum?«

»Du und Athena. Ihr werdet während der ganzen Ausbildung zusammensein.«

Starbuck lachte laut auf.

»Ich merke schon, daß du Athena nicht kennst. Wenn eine Sache auch nur einen Hauch von Pflicht an sich hat, dann denkt sie nur an ihren Dienst und an sonst gar nichts. Es gibt wirklich keinen Grund für dich, eifersüchtig zu sein.«

»Aber du bist da nicht so genau wie sie, wette ich.«

»Versuche doch nicht, mich in die Enge zu treiben. Ich gehöre auf ewig dir, jedenfalls höchstwahrscheinlich. Mehr kann ich dir nicht versprechen.«

Sie verkniff sich, ›genauso wie jeder anderen Frau‹ zu sagen. Sie wußte, daß jetzt nicht der richtige Zeitpunkt für Sticheleien war. Starbuck strich ihr mit der Hand über die Wange und verließ dann ihre Kabine. Sie starrte lange auf die Tür, als hoffe sie, er würde noch einmal zurückkommen.

Gemi war eigentlich zu klein. Um genau zu sein, sie war zwei Zentimeter zu klein, um als Pilot ausgebildet werden zu können. Aber bei der Musterung hatte sie den Arzt so nett angelächelt, daß er gar nicht bemerkt hatte, daß sie sich beim Messen auf ihre Zehenspitzen gestellt hatte. Obwohl sie kurzsichtig war, war ihr Gedächtnis doch gut genug, um den Augentest bestehen zu können. Außerdem litt sie an einer unheilbaren Nervenkrankheit, die auf Gemon, ihrem Heimatplaneten, weit verbreitet war. Wenn sie unter Streß stand, fingen ihre Finger an, unkontrollierbar zu zittern. Aber das hatte sie den Ärzten nicht verraten. Sie hatte genug Tests in ihrem Leben mitgemacht, um auch den psychologischen Test zu bestehen, obwohl sie nicht einmal die Hälfte der Fragen verstanden hatte. Eigentlich hätte sie gar nicht zum Piloten ausgebildet werden dürfen, aber das wußte niemand. Außerdem durfte jemand, der so gerne Pilot werden wollte wie sie, nicht an den allgemeinen Maßstäben gemessen werden – glaubte sie jedenfalls.

Es ärgerte sie nur, daß es ihr bis jetzt noch nicht gelungen war, Lieutenant Starbucks Aufmerksamkeit auf sich zu ziehen. Sie wußte, daß es idiotisch war, den hübschen und beliebten Offizier anzuhimmeln, aber Herzensangelegenheiten hatten für sie nichts mit Logik zu tun. Leider hatten sich so viele der jungen Damen in Starbuck verliebt, daß sie in der Menge gar nicht auffiel. Außerdem war Starbuck wie verwandelt. Der berüchtigte Frauenheld war zum vollkommen sachlichen Lehrer geworden, der selten genug einem Mädchen ein Lächeln schenkte. Manchmal glaubte Gemi, daß er sie unter ihren vielen Konkurrentinnen noch gar nicht wahrgenommen hatte. Wie sollte er das auch, bei meinem Gesicht? fragte sie sich oft. Ihr Kinn war viel zu stark und ihre Stirn zu hoch. Wenn sie wenigstens große blaue Kinderaugen gehabt hätte, die den Männern so gefielen. Aber ihre Augen waren klein und graubraun. Vielleicht hätte sie ihr unscheinbares Gesicht auch durch eine erstklassige Figur wettmachen können. Aber ihr Körper war kompakt und untersetzt, eher dazu geschaffen, schwere Arbeit zu verrichten oder auf einem Hengst zu reiten, als Männer zu faszinieren. Obwohl sie bei ihren amourösen Eroberungszügen, mit denen sie ihre freie Zeit verbrachte, bis jetzt fast immer erfolgreich gewesen war, befürchtete sie, daß sie sich schon zu oft mit nicht gerade ehrenhaften Männern eingelassen hatte, als daß sie bei einem Offizier noch Erfolg haben konnte. Die Männer auf der Flotte repräsentierten nicht immer das Ideal vom neuen Menschen, hatte sie festgestellt. Die meisten waren weit davon entfernt. Aber trotzdem gab sie ihre Hoffnung auf Starbuck nicht auf. Am ersten Tag hatte sie alle Fragen gefragt, die ihr nur einfallen konnten, bis der Rest der Klasse jedesmal aufstöhnte, wenn sie nur ihre Hand hob. Aber es war gleichgültig, wie scharfsinnig oder gut formuliert ihre Fragen waren. Starbuck hatte jedesmal sachlich darauf geantwortet, oft sogar, ohne sie dabei anzusehen. Seine Gleichgültigkeit ihr gegenüber wäre leichter zu ertragen gewesen, wenn er nicht nach dem Unterricht mit jeder anderen Frau geflirtet hätte – das heißt, mit jeder großen, hübschen und schlanken Frau. Aber wenn ihre Intelligenz ihn nicht beeindrucken konnte, dann mußte sie sich auf den praktischen Teil der Ausbildung konzentrieren. Vielleicht konnte man das Herz eines Mannes nur durch seine Viper gewinnen.

## *Kapitel 6*

SERINA: Ich bin so erschöpft, daß ich nicht einmal weiß, ob ich diesen Bericht zu Ende bringen werde. Jeder, der glaubt, daß die Ausbildung zum Viperpiloten auch nur das geringste mit Romantik zu tun hat, kann sofort meinen Platz einnehmen. Ich bin bei den Schlachten im Simulator schon so oft abgeschossen worden, daß ich wirklich zu glauben beginne, ich sei tot, so taub sind alle meine Muskeln. Ich verstehe nicht, wie man die Viper noch beschleunigen soll, wenn man alle Hände voll zu tun hat, den Gegner ins Visier zu bekommen. Athena behauptet, daß es allen Anfängern so geht. Sie sagt, man muß schon handeln, bevor man überhaupt darüber nachgedacht hat, was als nächstes zu tun ist. Sie ist eine strenge Lehrerin, aber ich glaube, daß ich bei ihr wirklich etwas lerne. Obwohl ich befürchte, daß ich nie ein guter Pilot werde. Nicht wirklich. Ich mag es nicht, wenn alles summt und pfeift und die Viper wie ein leckes Segelschiff reagiert. Aber ich muß es schaffen. Und wenn es nur dazu gut ist, mich gegenüber Apollo zu beweisen.

Apollo.

Er ist wirklich geduldig. Aber trotzdem werde ich das Gefühl nicht los, daß er mir immer im Nacken sitzt. Das heißt nicht, daß er mich kritisieren oder mich sogar anschreien würde. Im Gegenteil, er versucht wirklich, mir zu helfen. Alle bewundern seine Fähigkeiten als Lehrer. Aber ich habe den unbestimmten Verdacht, daß es ihm ganz lieb wäre, wenn ich es nicht schaffen würde. Ich weiß nicht, woran das liegt. Er ist sichtlich stolz auf mich, wenn ich im Unterricht die richtigen Antworten gebe. (In der Theorie bin ich sowieso besser als in der Praxis.) Aber er scheint nicht glücklich darüber zu sein. Obwohl er stolz auf mich ist, wäre es ihm viel lieber, wenn ich hier auf der *Galactica* bleiben könnte, ohne irgendwelche Gedanken an Laser oder Vipers oder Cyloner verschwenden zu müssen. Und er meint das ehrlich. Es macht ihm nichts aus, daß seine zukünftige Frau ihm Konkurrenz machen will. Davon bin ich überzeugt. Er hat nur Angst, daß mir etwas zustoßen könnte, und das Argument, daß es nur zum Besten der Flotte wäre, kann diese Angst nicht vertreiben. Immerhin ist er der Held der ganzen Flotte. Er weiß, daß er so viel leistet wie zwei andere Piloten, und daß es ihm keiner übelnehmen würde, wenn er mich nicht mehr ins Cockpit steigen ließe. Aber ich will ihm zeigen, wozu ich fähig bin. Ich werde nie ein so guter Pilot werden wie er, aber ich glaube, daß ich trotzdem ein ziemlich guter Pilot werden kann. Und das ist das einzige, was mir wirklich wichtig ist. Ich hätte nie gedacht, daß es einmal mein größter Wunsch sein würde, die Viper auf Kurs zu halten.

Aber Starbuck würde ich gerne einmal bei einem simulierten Kampf besiegen. Der Mann ist unverbesserlich. Wenn man ihn dabei beobachtet, wie er seine Trainingsstunden abhält, könnte man glauben, daß sich der Traum seines Lebens erfüllt hat. Vielleicht stimmt das auch. Jedenfalls hat er noch nie das Kommando über so viele Frauen gehabt. Dabei hatte er angeblich schon vorher mehr Frauen unter seinem Kommando gehabt als jeder andere in der Flotte. Aber jetzt ist er wirklich in seinem Element. Nach jeder Stunde eilt er von Kadettin zu Kadettin. Manchmal ist das wirklich lästig, obwohl es den meisten Mädchen zu gefallen scheint.

Als wir am ersten Tag unsere Uniformen ausgeteilt bekamen, war er plötzlich überall, rückte hier eine Jacke zurecht, knöpfte dort die Schulterklappen zu und so weiter. Und andauernd beteuerte er, wie glücklich er sei, dabei helfen zu können. Dietra flüsterte mir zu, daß er wahrscheinlich noch glücklicher gewesen wäre, wenn er mit beiden Händen hätte anpacken können. Am liebsten schien er einer kleinen Blondine namens Brie zu helfen. Sie kommt vom *Rising Star,* dem ehemaligen Luxuskreuzer. Sie macht nichts richtig. Bei der G-Anzugprobe versuchte sie immer wieder, die Bänder unter ihrem Knie statt darüber zu befestigen. Natürlich war Starbuck gleich zur Stelle und erklärte ihr, daß die Bänder da unten nicht viel nützen würden. Sie schenkte ihm einen großäugigen Kleinmädchenblick, und er erklärte sich bereit, ihr beim Anlegen zu helfen. Das war ihm gar nicht so unrecht. Als er das Band über ihr Knie schob und es anzog – er ließ sich Zeit dabei –, erklärte er mit sachlicher Stimme, daß sich in den Bändern ein elektronisches Druckpolster befinde, das verhütet, daß ihr Körper bei einer Notbeschleunigung zerplatzt.

Athena war natürlich wütend auf ihn. Cassiopeia wäre es wahrscheinlich auch, wenn sie von seinem Benehmen wüßte. Immer wenn Starbuck mit einem Mädchen beschäftigt ist, beobachtet ihn Athena, selbst wenn sie selber zu tun hat. Manchmal drängt sie sich einfach zwischen Starbuck und sein Opfer. Aber die Rivalität zwischen beiden kommt uns Schülern nur zugute. Jeder versucht, den anderen bei seinen Bemühungen, uns etwas beizubringen, zu übertreffen. Gestern hat Athena bei einem simulierten Zielschießen Starbuck geschlagen. Er behauptete, das Spiel sei ungültig, weil sie zu früh gestartet sei. Wäre sie rechtzeitig gestartet, hätte sie ihr Ziel um mindestens eine Meile verfehlt. Aber sie blieb ganz ruhig und erklärte, daß sich Starbuck nicht zu beklagen brauchte, sie sei vielleicht ein bißchen ... zu früh dran gewesen, aber ihr Fehler habe Starbuck nur genützt, weil sonst seine Viper von einem cylonischen Schiff in tausend Stücke geschossen worden wäre. Er glaubte ihr nicht, und sie setzten sich beide an den Computer, um den Spielverlauf zu rekonstruieren. Der Computer, der jede Aktion, jede Bewegung der beiden Piloten auswertete, gab Athena schließlich recht. Ihr Frühstart hatte Starbuck vor der Attacke eines cylonischen Schiffes gerettet. Eines muß man Starbuck lassen. Er kann zwar fast keine Frau in Ruhe lassen, aber er scheut sich nicht, einen Fehler zuzugeben. Er erklärte vor der versammelten Klasse, daß Athena den Wettkampf gewonnen hatte. Manchmal glaube ich, daß Starbuck sich nur so aufführt, um seine Sorgen um Boomer zu vergessen.

Als Apollo uns den G-Anzug erklärte und dabei auf die Unterschiede zwischen einer Viper und einer Fähre hinwies, fing ich seinen Blick auf. Ich saß genau vor ihm. Ich zeigte mit einem Finger auf ihn und formte stumm die Worte ›Ich liebe dich‹. Er wurde knallrot, ohne daß die Klasse gewußt hätte, warum. Das gefiel mir. Als ich später im Simulator saß, schlich er sich von hinten an und sagte laut, daß ich übersteuere und mich entspannen sollte – die Steuerung ganz leicht berühren sollte. Dann lehnte er sich vor und flüsterte: »Ich liebe dich auch.«

Manchmal macht mir das Training echt Spaß. Aber ich hoffe, daß ich die Viper wirklich beherrsche, bevor ich meine erste Patrouille fliegen muß. Ich wünsche ... Ich bin einfach zu müde, um noch weiterzusprechen. Ich glaube, ich schlafe gleich auf dem Stuhl ein. Serina.

# Kapitel 7

Lucifer hatte Schwierigkeiten, sein wirkliches Wesen unter der programmierten Persönlichkeit verborgen zu halten. Besonders zuwider war es ihm, wenn er sich Baltar mit demütiger Geste nähern mußte, und er haßte es, wenn er seine Kommentare zu Baltars Entscheidungen hinunterschlucken mußte.

Begleitet von einem Soldaten, der nur zu seinem Schutz abgestellt war, trat er in den Kommandoraum. Wie üblich hatte Baltar seinen Thron zur Wand gedreht. Um ihn auf sich aufmerksam zu machen, sagte Lucifer: »Zu Euren Diensten.«

Langsam drehte sich der Thron, und Baltar starrte auf ihn herab. Irrte er sich, oder zuckten Baltars Mundwinkel wirklich verächtlich? Es wurde von Tag zu Tag schwieriger, mit diesem Mann umzugehen.

»Ja, Lucifer? Welche uninteressante astronomische Beobachtung oder kleine Kurskorrektur läßt dich meine Meditationsperiode diesmal unterbrechen?«

Der Mann begann sich aufzuführen wie ein Tyrann. Meditationsperiode, schon gut. Baltar wußte gar nicht, wie ein Erhabener Führer meditierte. Es war noch gar nicht so lange her, da wäre er fast mit einer Ladung Müll zusammen ins All geschossen worden; aber jetzt benahm er sich wie ein ausgewachsener Halbgott.

»Ich bitte um Verzeihung, aber diese Unterbrechung ist leider von großer Wichtigkeit. Wir haben die *Galactica* erreicht und befinden uns jetzt genau außerhalb ihres Ortungsradius.«

Baltar kicherte leise.

»Ausgezeichnet.«

»Sie hat ihren Kurs geändert und entfernt sich wieder von unserem Stützpunkt.«

»Das habe ich vorausgesehen.«

»Diese Reaktion ist nicht unlogisch. Aber ihr neuer Kurs bringt sie zum Epsilon-Quadranten, in dem sich ein magnetisches Feld von beträchtlicher Ausdehnung befindet.«

Baltar studierte Lucifers Gesicht, ohne eine Miene zu verziehen. Dann sprang er plötzlich auf und blickte in die Richtung, in der sich der Epsilon-Quadrant befand.

»Ein magnetisches Feld? Das ist unmöglich. Beschreibe mir das genauer.«

»Ein Loch, ein navigatorisches Inferno. Wir haben leider noch nicht seine Ausdehnung feststellen können, aber möglicherweise ist es ohne Ende. Eine logische Entscheidung zwischen dem Loch und unseren Streitkräften auf dem Stützpunkt wäre auf alle Fälle zugunsten des Stützpunkts ausgefallen.«

»Vielleicht wissen sie, daß wir sie verfolgen, und der Kurs auf das magnetische Loch ist nur ein Ablenkungsmanöver.«

»Natürlich ist alles möglich, aber die Wahrscheinlichkeit – das habe ich bereits ausgerechnet – spricht dagegen. Ich glaube nicht, daß wir entdeckt worden sind. Daraus folgt, daß sich hinter ihrer Kursänderung eine bestimmte Absicht verbirgt. Sollen wir unsere Jäger aussenden und die *Galactica* angreifen?«

Baltar setzte sich wieder und stützte sein Kinn auf eine Hand. Lucifer gestand sich ein, daß dieser Mann eine offensichtliche Gabe hatte, die Meditation eines Erhabenen Führers zu imitieren.

»Nein«, sagte Baltar nach einer Weile. »Sie sind im offenen Raum zu gefährlich. Wir müssen sie in die Enge treiben. Wir werden warten. Haben sie Patrouillen ausgesandt?«

»Ja. Aber sie schicken die Patrouillen hauptsächlich aus, um den Raum in Flugrichtung abzusichern. Die Patrouillen, die den Raum hinter der Flotte sichern, haben uns noch nicht entdeckt.«

Baltar nickte.

»Ich weiß schon, was als nächstes zu tun ist.«

Lucifer stellte fest, daß Baltar wie immer seine Idee schon als Tatsache betrachtete.

»Das Wichtigste ist jetzt, daß wir einen Patrouillenpiloten in unsere Hand bekommen. Wenn meine Vermutungen stimmen, dann könnte es geschehen, daß wir die *Galactica* in unsere Gewalt bekommen, ohne einen Schuß abgefeuert zu haben. Ich muß nur meine Rolle überzeugend genug spielen. Du bist entlassen, Lucifer.«

»Zu Euren Diensten.«

Lucifer mußte zugeben, daß Baltar ein gewisses Talent als Falschspieler hatte. Baltar spielte sogar so gut, daß nicht einmal seine eigene Seite wußte, woran sie mit ihm war. Noch war ihm Baltar nützlich, aber später würde Lucifer anders mit ihm umgehen müssen.

Adama betrachtete gedankenverloren das Loch auf dem großen Bildschirm. Er wünschte, daß man es wirklich sehen und analysieren könnte. Aber wie sollte man das absolute Nichts sehen und analysieren? Auch das Loch auf seinem Bildschirm bestand eigentlich nur aus den Sternen, die es umgaben. Und seine Analyse konnte er nur auf Vermutungen aufbauen.

Tigh stellte sich neben ihn, einen computerbedruckten Bogen in der Hand.

»Nicht einmal unsere stärksten Scanner können ein Ende des Lochs ausmachen«, berichtete er. »Vielleicht ist es unbegrenzt.«

»Das bezweifle ich, Colonel.«

Tigh runzelte die Brauen und händigte das Dokument einem Offizier aus. Offensichtlich hegte er seine Zweifel an der psychischen und emotionellen Stabilität seines Commanders. Salik näherte sich händereibend Adama, als wollte er die letzten Krankheitserreger von seinen Händen streifen.

»Doktor«, sagte Adama ohne aufzublicken, »wann werden unsere Piloten wieder einsatzbereit sein?«

Der Blick, den Salik seinem Vorgesetzten zuwarf, war noch zweifelnder als der Tighs. Beide waren über den Zustand Adamas besorgt.

»Commander«, sagte Salik, »zwei weitere Männer sind in das kritische Stadium getreten. Wenn das so weitergeht, werde ich die Isolationskammern auf den Gang stellen müssen. Die Frage, wann unsere Piloten wieder einsatzbereit sind, stellt sich also nicht. Mich beschäftigt eher die Frage, wann sie sterben werden.«

Der Blick, mit dem Salik Adama und den Colonel musterte, bewies überdeutlich, daß der Arzt überarbeitet war. Mit leiser Stimme fuhr er fort: »Ich möchte die Erlaubnis erbitten, zu dem Ort fliegen zu dürfen, auf dem sich die beiden Piloten infiziert haben. Wenn ich den Krankheitserreger isolieren kann . . .«

»Abgelehnt, Doktor«, unterbrach ihn Tigh. »Der Asteroid liegt weit hinter uns, außerdem befindet sich auf ihm ein cylonischer Stützpunkt. Eine Landung auf dem Asteroiden wäre ein unzumutbares Risiko, vor allem in der gegenwärtigen Situation.«

»Aber wenn wir nicht . . .«

»Ich verstehe Ihr Anliegen durchaus, Doktor. Aber Sie müssen sich darüber im klaren sein, daß wir nicht genügend ausgebildete Viperpiloten haben, um Ihnen eine Eskorte zusammenzustellen. Es wäre glatter Mord, unsere Kadetten mit einer so gefährlichen Mission zu betrauen.«

»Vergessen Sie die Eskorte. Ich werde allein mit meinem Team fliegen. Wir müssen unbedingt . . .«

»Ihre Bereitschaft, ein solches Risiko auf sich zu nehmen, beeindruckt mich, Doktor Salik«, unterbrach ihn Adama. »Aber Colonel Tigh hat recht. Ich kann meine Erlaubnis nicht für ein so gefährliches Unternehmen geben, selbst wenn ich die Notwendigkeit erkenne. Nicht ohne Eskorte.«

Tränen traten in Saliks Augen, als er bat: »Commander, das ist die einzige Hoffnung, die die Jungs noch haben. Die einzige!«

Das Wort »Hoffnung« verfehlte nicht seine Wirkung auf Commander Adama. Dieses Wort war für ihn zu einer Art Glaubensbekenntnis geworden, es war das Wort, auf das er sich berief, wenn kein anderes Wort mehr weiterzuhelfen schien. Vielleicht hatte es der Arzt nicht ohne Berechnung verwendet, als letztes Mittel, um die Erlaubnis zu erhalten, aber Adama wußte, daß er dem Arzt seine Zustimmung nicht verweigern durfte. Eine der wichtigsten Eigenschaften eines guten Commanders war es, zuhören zu können und auf das Urteil seiner Spezialisten zu vertrauen.

»Sind Sie davon überzeugt, Doktor?«

»Ich stehe mit meiner ganzen beruflichen Erfahrung hinter diesem Urteil, Commander.«

Adama wandte sich vom Arzt ab, blickte kurz auf den Bildschirm und fragte dann Kommunikationsleutnant Omega: »Wie weit ist die Ausbildung des Blue Squadron fortgeschritten?«

»Simulatortraining wird fortgeführt. Theoretische Kampfausbildung befindet sich auf Stufe drei. Die ersten Alleinflüge auf einer Viper sind bereits absolviert.«

»Wie schätzen Sie das durchschnittliche Niveau der neuen Kadetten ein?«

»Erstaunlich hoch, Sir.«

Adama nickte Salik zu.

»Gut, Doktor. Sie sollen Ihren Willen haben. Stellen Sie Ihr Team zusammen, und melden Sie sich wieder bei mir.«

Der Arzt nickte abwesend und verließ die Brücke. Er war kein Mensch, der sich überschwenglich bedankte, wenn er seinen Willen durchgesetzt hatte. Tigh heftete seinen Blick auf den Commander. Offensichtlich war er mit Adamas Entscheidung nicht einverstanden.

»Wir können nur beten, daß die neuen Kadetten schon soweit sind«, sagte Adama. »Rufen Sie Captain Apollo auf die Brücke.«

Unwillkürlich zog Adama seinen Kopf zwischen die Schultern. Vielleicht, dachte er, bereitete sich sein Körper schon auf den Zornesausbruch Apollos vor.

Apollo saß im Simulatorraum auf seinem Beobachtungsposten. Plötzlich gingen die Lichter aus, Sterne erschienen aus dem Nichts. Er fühlte sich, als hätte es ihn unvermittelt in den Raum geschleudert. Obwohl er wußte, daß die Vipers nur Modelle waren und die meisten Schiffe, die vor ihm durch den Raum zogen, nur aus einer holographischen Projektion bestanden, überraschte ihn die Echtheit der Illusion jedesmal aufs Neue. Er erinnerte sich an seine erste Übung im Simulator. Als das falsche Laserlicht auf sein Gesicht traf, hatte er einen Augenblick gedacht, er müßte tatsächlich sterben.

Athena überwachte heute die Übung. Ihre Stimme, die aus den Lautsprechern drang, klang wie die eines rauhbeinigen Sergeanten. Dietra und Brie, die beiden Kadetten, die sich augenblicklich in den Vipermodellen befanden, durften nicht auf ihre Nachsicht rechnen. Athena bellte ihre Befehle und kritisierte jede falsche Bewegung gnadenlos. Brie, eine jugendliche Blondine, schien sich jede von Athenas Ermahnungen zu Herzen zu nehmen, während Dietra, eine dunkelhäutige, drahtige Frau, sie ungerührt über sich ergehen ließ.

»Haltet die Schwänze hoch, meine Damen ... sachte mit dem Steuerknüppel, Dietra. Das ist kein Schlagstock, den du Starbuck über den Schädel schlagen sollst, das ist ein sensibles Instrument ... Den Bildschirm nicht vergessen, Brie ... Nein, nein, nach links und dann nach unten ziehen ... So ist es besser ... Gut gemacht, Dietra ... Okay, der Spaß kann beginnen.«

Apollo gefiel es, wie seine Schwester die Übungen leitete. Starbuck dagegen, der neben ihm saß, schien daran nicht so viel Gefallen zu finden. Aber vielleicht nur, weil Athena seinen Namen so oft erwähnte, als wäre er das Ziel, auf das die Kadetten schießen sollten.

Plötzlich tauchten ohne jede Vorwarnung simulierte cylonische Jäger hinter den Vipers auf, in denen Dietra und Brie saßen. Dietra zog sofort ihre Viper herum, wobei sie Brie einen Moment lang ungedeckt ließ. Dann kopierte Brie Dietras Manöver.

»Bleib dicht hinter Dietra, Brie ... So ist es ausgezeichnet ... Und los geht's.«

Die Schlacht zwischen den Vipermodellen und den Cylonenholos war kurz, aber heftig. Nachdem sie aus der Ziellinie ihrer Verfolger geschwenkt war, gab Brie ein paar Schüsse ab, die die cylonischen Schiffe in tausend Einzelteile zersprengten.

»Ich hab's geschafft!« schrie Brie, und ihre Augen glänzten vor Freude. »Ich hab's geschafft! Ich hab's geschafft!«

Es entstand eine lange Pause, bevor ihr Athenas Stimme antwortete. Sie klang genau wie die ihres Vaters, wenn er einen Untergebenen zur Rechenschaft zog.

»Stimmt, du hast es geschafft, Brie. Du hast nicht nur die Cyloner abgeschossen, sondern Dietra noch dazu.«

»Was?«

»Nachdem du die Cylonen zerstört hast, hast du noch kurz Dietras Schwanz erwischt. Sie ist tot.«

Dietra lächelte mitleidig und blickte zu Brie hinüber.

»Das tut mir leid«, murmelte Brie.

»Mir auch«, antwortete Dietra und rollte ihre Augen nach oben.

Alle lachten, dann wurde der Simulator abgeschaltet. Apollo wollte ein neues Team zusammenstellen, da knarrte der Bordlautsprecher: »Captain Apollo, bitte melden Sie sich sofort bei Commander Adama auf der Brücke.«

Apollo schaltete das Mikrofon vor sich ein und sagte: »Ich muß fort. Athena, laß es Brie noch einmal versuchen und sieh zu, daß diesmal alle überleben.«

»Gut. Okay, Brie, du hast noch eine Runde frei.«

Als Apollo auf die Brücke trat, blickten sein Vater und Colonel Tigh gerade in den Bildschirm, auf dem das sich nähernde Loch zu sehen war.

»Commander«, sagte Apollo.

Adama drehte sich zu ihm um. Seine Augen waren kalt und müde, als er fragte: »Machen die Kadetten Fortschritte?«

Etwas zog sich in Apollo zusammen. Sein Vater konnte ihn immer noch – obwohl sie jetzt schon so viele Jahre zusammen arbeiteten – mit einer einzigen Frage beunruhigen.

»Sie machen sich sehr gut, Sir, wenn man bedenkt, daß sie vorher eine Viper höchstens auf einer Parade gesehen haben.«

»Wenn man sich die Noten und Beurteilungen betrachtet, müssen sie fast so gut wie eine Abschlußklasse sein.«

Apollo zuckte mit den Achseln.

»Zahlen lügen, Vater. Wir haben weder die Ausrüstung noch das Personal, um wirklich genaue Beurteilungen erstellen zu können. Aber trotz dieser Einschränkungen sind die Ergebnisse ermutigend.«

»Wenn ich dich richtig verstehe, dann sind die Kadetten einsatzbereit.«

»Du verstehst mich völlig falsch. Ich . . .«

»Ich bin leider gezwungen, deine Beurteilungen in dieser Weise zu interpretieren.«

»Aber . . .«

»Wir können nicht länger warten, Captain.«

Adama schritt direkt auf seinen Sohn zu. Tigh wußte nicht, welcher der beiden Männer zorniger war.

»Doktor Salik hat von mir verlangt, daß er und sein Team zu dem Asteroiden zurückgeschickt werden«, sagte Adama, »wo Boomer und Jolly sich mit größter Wahrscheinlichkeit infiziert haben. Er ist davon überzeugt, daß er nur dort die notwendigen Informationen erhalten kann, die eine Heilung möglich machen.«

»Du wirst dich doch hoffentlich nicht damit einverstanden erklärt haben. Das ist mit Sicherheit eine Reise ohne Wiederkehr. Immerhin befindet sich dort ein cylonischer Stützpunkt . . .«

»Ich habe mich bereit erklärt, ihm ein Geschwader als Eskorte zur Verfügung zu stellen.«

Es dauerte lange, bis sich Apollo über die Tragweite dieser Worte klar wurde. Adama meinte es wirklich. Das war nicht nur ein Meinungsaustausch. Er wollte tatsächlich ein Team zu dem Asteroiden schicken und gewährte sogar noch eine Eskorte!

»Aus genau diesem Grunde ist die Mission unmöglich, Sir. Wir haben nicht genügend erfahrene Piloten, um . . . Vater! Das kann doch nicht wahr sein! Die Kadetten können das nicht schaffen. Die meisten von ihnen haben erst einen Alleinflug in einer Viper hinter sich. Sicher, wenn man bedenkt, daß sie noch keine Erfahrung haben, machen sie sich nicht schlecht. Aber sie können doch noch keine Mission fliegen. Das ist viel zu riskant.«

Adama wandte sich ab und betrachtete wieder den Bildschirm.

»Alles, was wir tun, ist riskant, Apollo. Und gerade du liebst doch das Risiko über alles.«

»Aber das sind Fährenpiloten, Kadetten.«

»Es sind auch Krieger. Und Krieger wissen im selben Augenblick, in dem sie ihren Eid schwören, daß sie ihr Leben für die Allgemeinheit riskieren müssen.«

Apollo schrie den Rücken seines Vaters an:

»Riskieren, ja, aber doch nicht wegwerfen!«

Adama blickte seinen Sohn an.

»Wie hoch würdest du unsere Verluste schätzen?«

»Eine cylonische Attacke – hundert Prozent.«

Beide fixierten sich mit zornigen Blicken, dann wurde Adamas Stimme plötzlich sanft.

»Du könntest die . . . nicht so qualifizierten Piloten hier lassen.«

*Das glaubt er also,* dachte Apollo, *daß ich nur protestiere, um*

*Serinas Leben nicht zu gefährden. Natürlich will ich ihr Leben nicht aufs Spiel setzen, das ist selbstverständlich, aber ich kann sie doch nicht den anderen vorziehen. Obwohl es ihm sicher nicht leichtgefallen ist, mir dieses Zugeständnis zu machen. Aber ich kann diese Mission nicht zulassen.*

»Ich weiß deinen Vorschlag zu würdigen, Vater. Aber meiner Meinung nach ist keiner der Kadetten für eine so gefährliche Mission qualifiziert. Wenn ich eine hier behalte, muß ich alle hier behalten. Das ist mein Standpunkt. Du mußt dir etwas anderes überlegen. Ich werde mein Einverständnis zu diesem Plan nicht geben.«

»Das ist eine theoretische Frage. Wenn ich dir befehle zu fliegen, wirst du fliegen, hoffe ich.«

Die letzten Worte hatte Adama in einem klaren, nüchternen Ton gesagt, der bedeutete, daß für ihn das Gespräch beendet war.

»Natürlich werde ich fliegen, wenn es befohlen wird.«

»Danke. Ich werde deinen Einspruch im Logbuch vermerken. Laß das Geschwader antreten.«

»Ja, Sir.«

Apollo unterdrückte das Bedürfnis, noch weiter zu argumentieren. Die Kälte in den Augen seines Vaters zeigte ihm deutlich genug, daß er entlassen war.

Cassiopeia hatte so lange auf den Monitor gestarrt, daß sie sich eher wie eine optische Vorrichtung als wie ein menschliches Wesen fühlte. Die Daten, die der Computer über die Patienten sammelte, glichen sich. Der Report, den sie über diese Schicht abgeben würde, würde nur aus drei Worten bestehen: keine besonderen Vorkommnisse. Alle Lichter leuchteten gelb; nirgendwo war ein rotes Blinken zu sehen. Doktor Salik hoffte, daß die Seuche jetzt eingedämmt war. Schon seit mehreren Tagen waren keine neuen Krankheitsfälle mehr gemeldet worden. Sie hoffte schon beinahe, daß der Zustand eines Patienten kritisch werden würde, damit sie wenigstens auf einen Knopf drücken könnte, die Temperatur erhöhen, eine intravenöse Spritze verabreichen oder irgend etwas anderes tun könnte.

Sie nahm eine Bewegung wahr. Sie drehte sich um und sah Captain Apollo. Sein Gesicht war bleich in dem gelben Licht, das aus Boomers Glaskammer drang. Er blickte traurig auf Boomer hinunter. Sie war froh, daß sich ihr wenigstens eine Abwechslung bot, und ging zu ihm hinüber. Er schien sie nicht zu bemerken.

»Kann ich etwas für Sie tun, Captain?«

Aus der Nähe betrachtet, wirkte Apollos Gesicht noch bleicher, und nicht nur wegen des gelben Lichts.

»Gibt es etwas Neues?« fragte er.

Das war dieselbe Frage, die er jedesmal stellte, wenn er auf die Station kam, und er kam jeden Tag zweimal. Sie mußte ihm dieselbe Antwort geben, die sie ihm jedesmal gab.

»Es sieht nicht gut aus. Wir müssen erst den Krankheitserreger isolieren.«

Er schaute sie an. Seine Augen waren traurig.

»Gut«, sagte er. »Ich vermute, wir werden bald etwas dafür unternehmen.«

»Ich weiß. Ich hoffe, daß . . .«

»Sag es nicht, Cassie. Bitte sag es nicht.«

Er blickte wieder auf Boomer hinunter. Unwillkürlich legte er seine Hand auf die kalte Glasplatte und streichelte sie, als wäre es Boomers Stirn.

Cassiopeia betrachtete das unglückliche Gesicht des Captains, und sie wünschte, sie könnte ihn in die Arme nehmen und ihn trösten. Jedesmal, wenn sie die Leidenschaft in seinem Gesicht sah, hoffte sie, daß eines Tages so ein Mann in ihr Leben treten würde. Nicht Apollo – aber ein Mann wie er. Apollo liebte Serina, und sie verdiente es bestimmt. Cassiopeia verliebte sich immer wieder in dieselben fröhlichen Spieler, die Frauenhelden wie Starbuck. Natürlich konnte man mit Starbuck viel Spaß haben. Aber wenn es um wirkliche Liebe ging . . . Starbuck würde eher auf dem Leitwerk einer Viper durchs All fliegen, als einer Frau treu sein. Das war ihr Glück, aber manchmal schmerzte es sie, wenn sie daran dachte.

Apollo unterbrach ihre traurigen Gedanken.

»Wir bewundern alle deine Ausdauer, Cassie.«

Sie lachte. Sie hatte nicht lachen wollen, aber sie konnte nicht anders.

»Ich tue überhaupt nichts. Ich sitze nur und warte, und von Zeit zu Zeit lege ich einen Hebel um oder drücke einen Knopf.«

»Mehr machen wir alle nicht.«

»Das glaube ich gerne. Aber es ist immer ein Unterschied, wer es macht.«

»Ich muß meine Mannschaft zusammenrufen. Behalte die Jungs im Auge, bis wir dir die Medizin bringen.«

»Ich nehme das als Versprechen, Captain.«

*Der Organismus in Boomer verhielt sich ruhig. Die Kälte, die in Boomers Isolationskammer herrschte, hatte ihn betäubt. Vielleicht würde er sich der Kälte anpassen und zu neuem Leben erwachen können, aber vorerst war er, genau wie sein Opfer, zur Bewegungslosigkeit verurteilt. Seine Wiederbelebung wäre ohnehin sein eigenes Ende und das Ende seines Wirtes. Aber glücklicherweise wußte der kleine Organismus nichts von all diesen Problemen. Und selbst wenn er davon gewußt hätte – er kannte keine Angst vor dem Tod, und es war ihm egal, ob sie beide sterben würden.*

Gemi konnte ihre Augen kaum mehr offenhalten. Jedesmal, wenn sie versuchte, sich auf das Buch zu konzentrieren, das sie in ihrer Hand hielt – *Die alte virgonische Ethik: Über die Aspekte der Selbstaufopferung* –, schienen sich die Buchstaben in Zahlenreihen, Meßgeräte, Bildschirme und Computerausdrucke zu verwandeln. Diese Dinge hatten sich während der langen, anstrengenden Trainingsstunden und während ihres einzigen Alleinfluges – der eigentlich nur aus einer Umrundung der *Galactica* bestanden hatte – so tief in ihr Gedächtnis eingegraben, daß sie zweifelte, ob sie jemals wieder ein normales Buch würde lesen können.

Sie blickte sich im Raum um. Sie saß in der Kantine für die Piloten, die in den Erholungsräumen für die Kadetten lag. Erleichtert stellte sie fest, daß ihre Mitschülerinnen genauso erschöpft wirkten wie sie selbst. Dietra saß unbeweglich da und schien sich zu überlegen, ob sie noch die Kraft hatte, einen weiteren Pinselstrich auf ihr halbfertiges Stilleben zu setzen. Carrie zeigte Brie ihre Sammlung von Gewürzen aus allen Zwölf Welten, aber weder sie noch Brie schienen sonderlich an den Dosen interessiert zu sein, die vor ihnen auf dem Tisch standen. Alle waren vom anstrengenden Training ausgelaugt.

Gemi ergab sich endlich ihrer Müdigkeit und schloß die Augen. Sofort tauchten in ihrem Kopf Bilder von Vipers und Computern auf. Langsam trieb sie in einen Traum von der Übungsviper – sie war wie ein kleines Kind, ganz verloren in den großen Ledersesseln, die Arme zu kurz, um die Armaturen zu erreichen, die Beine nicht lang genug, um den Boden zu berühren. Rings um sie tobte die Schlacht. Ein cylonisches Schiff raste auf sie zu. Sie stellte sich auf ihren Sitz, der immer größer zu werden schien, und erreichte mit letzter Kraft den Auslöser. Sie beobachtete, wie das cylonische

Schiff explodierte und die Einzelteile im Weltall trieben wie Treibholz. Plötzlich war Starbuck neben ihr und tätschelte ihr lobend den Kopf. Er behandelte sie wie ein Kind, aber er schenkte ihr wenigstens Aufmerksamkeit. (In Wirklichkeit war sie die drittbeste in der Klasse, gleich hinter Serina und Dietra, aber er schien sie trotzdem nicht wahrzunehmen.) »Ich bin eine richtige Frau«, sagte sie zu dem lächelnden Lieutenant. »Mit einem richtigen Körper, selbst wenn ich nicht so aussehe ...«

Sie wurde von Dietra aus ihrem Traum gerissen.

»Komm, Kindchen«, sagte Dietra.

»Wohin? Was ...«

»Es geht los, Baby. Unser erster Einsatz.«

»Aber das ist unm ...«

»Ich weiß, ich weiß. Reg dich nicht auf. Hier ist alles möglich. Wir fliegen eine Eskorte. Und du wirst neben mir fliegen. Also wach auf und laß uns gehen, okay?«

Gemi schüttelte den letzten Rest von Schlaf ab und rannte hinter Dietra her. Der erste Gedanke, der ihr durch den Kopf geschossen war, war, daß jetzt ihre große Chance gekommen war, Starbuck zu beeindrucken. Wenn sie sich in einer Schlacht bewährte, würde er sie zur Kenntnis nehmen müssen.

Sie fragte sich, ob es auch so einfach sein würde, eine Viper durch das All zu fliegen, wie im Simulator gegen imaginäre Cyloner zu kämpfen.

Als ob ihn eine magische Kraft vor dem Bildschirm in der Flugkontrollstation halten würde, trat der Commander hinter dem Sessel Rigels nervös von einem Fuß auf den anderen und beobachtete die vielen aufflackernden Lichter. Rigel, die vollkommen in ihrer Arbeit versunken war, schien den Commander gar nicht wahrzunehmen.

Adama fiel auf, daß weder Apollo noch Starbuck eine besonders glückliche Miene zeigten, als sie sich ihren Vipers näherten. Sie waren beide nicht mit seiner Entscheidung einverstanden, das wußte er. Wahrscheinlich wäre das kein kampferfahrener Pilot gewesen. Adama war sich klar darüber, daß es Wahnsinn war, ein Kontingent von unerfahrenen Kadetten auf eine so gefährliche Mission zu schicken, aber es gab Situationen, in denen man ein solches Risiko eingehen mußte. Salik hatte es zutreffend umschrieben: Entweder sie würden ein Geschwader bei einem Kampf mit den Cylonern verlieren, oder ein Geschwader würde auf der

Krankenstation sterben müssen.

»Transporter hat Starterlaubnis auf Deck Eins«, sagte Rigel. »Rendezvous mit Geschwader Blau auf Koordinaten Alpha dreisieben.«

Der Start der Fähre war bemerkenswert genau, wenn man berücksichtigte, daß sie von einem der unqualifizierten Piloten geflogen wurde. Die Spannung auf der Brücke stieg weiter an. Der Augenblick, in dem die neuen Kadetten abheben würden, rückte näher. Es konnte so viel bei einem Start passieren, vor allem so unerfahrenen Piloten.

Rigel holte tief Luft, bekam dann das Signal von Tigh und sprach in ihr Mikrofon: »Control an Viperpiloten. Vipergeschwader hat Starterlaubnis.«

Jeder, der nicht an einer anderen Stelle gebraucht wurde, stand jetzt vor dem Bildschirm und beobachtete den Abflug der Kadetten.

Starbucks Stimme drang aus dem Lautsprecher: »Macht es wie bei den Simulatorübungen oder wie bei eurem Soloflug. Und vergeßt nicht, wie sensibel die Viper reagiert, meine Damen.«

Ein unbestimmbares Brummen antwortete ihm.

»Verzeihung«, entschuldigte er sich.

»Geschwader Blau«, unterbrach ihn Apollo, »zeigen wir unseren Zuschauern, wie Profis starten. Leader Blau startbereit.«

Apollos Viper schoß die Startrampe entlang und verschwand. Sein Beispiel schien das übrige Geschwader anzufeuern. Einer nach dem anderen hoben sie mit der Gelassenheit von alten Veteranen ab, wenn auch die Formation, die sich im Raum bildete, ein bißchen wacklig und unregelmäßig war. Starbuck gab seinen Schülerinnen laufend Anweisungen: »Sanft, Dietra, ruhig. Sanft. Du bist zu schnell, du mußt . . . So ist es besser. Ausgezeichnet. Serina, du mußt mehr Abstand halten. Bleib hinter deinen Vordermännern.«

Die letzte Viper schoß aus der Abschußrampe. Plötzlich begann sie zu schleudern, schien sich zu überschlagen.

»Brie!« Starbucks Stimme war eindringlich, aber ruhig. »Nicht die Kontrolle verlieren. Mehr Schub, mehr Schub! Stell auf Autocontrol . . . So ist es gut. Du hast es geschafft. Du hast sie in der Hand. Du hast es geschafft, Brie.«

Rigel drehte sich zu Commander Adama um und lächelte.

»Geschwader Blau gestartet«, meldete sie, und die gesamte Besatzung stieß einen Jubelschrei aus.

»Leader Blau an *Galactica*«, funkte Apollo. »Wir sind unterwegs.«

Adama seufzte erleichtert und verließ den Kontrollraum. Er stieß fast mit Colonel Tigh zusammen, der direkt hinter seinem Commander den Start verfolgt hatte.

»Folgen Sie mir bitte in mein Quartier, Colonel«, sagte Adama. »Ich habe etwas mit Ihnen zu besprechen.«

Tigh folgte ihm schweigend. Beide Männer sprachen nicht, bis sich die Türe zu Commander Adamas Quartier hinter ihnen geschlossen hatte.

»Unser Kurs?« fragte Adama.

»Immer noch der von Ihnen befohlene, Sir. Es dauert nicht mehr lange, bis wir den Rand des Lochs erreicht haben.«

Adama nickte, blickte dann direkt in Tighs Augen und sagte: »Sie mißbilligen meine Entscheidung, die Flotte in das Loch zu lenken.«

»Ich habe nicht das Recht, Sie . . .«

»Hören Sie damit auf, Tigh. Lassen Sie sich nicht von meinen Schulterklappen beeindrucken. Ich brauche jemanden, mit dem ich sprechen kann.«

Beide setzten sich. Tigh wirkte entspannter, als er wieder zu sprechen begann.

»Adama, soviel wir wissen, kann dieses Loch ohne Ende sein. Und wir wissen von Apollo, daß das Feld so magnetisch aufgeladen ist, daß wir beinahe zwei unserer besten Piloten darin verloren hätten. Sobald wir den visuellen Kontakt zu den Sternen verloren haben, haben wir keine Möglichkeit mehr, unseren Kurs zu kontrollieren. Wir könnten bis in alle Ewigkeit in diesem Loch stecken bleiben. Es tut mir leid, Ihnen das sagen zu müssen, Commander, aber ich für meinen Teil würde eine cylonische Attacke diesem Abenteuer vorziehen.«

Nachdem er sich das von der Seele geredet hatte, lehnte sich Tigh in seinem Stuhl zurück. Adama legte den Kopf auf die Seite und fragte: »Und was wäre, wenn wir einen Orientierungspunkt in diesem Loch hätten?«

Tigh zuckte mit den Achseln.

»Es gibt keinen.«

Adama zog eine Schublade in seinem Schreibtisch auf und holte ein vergilbtes und zerlesenes Buch daraus hervor.

»Dieses Buch, die sogenannte Koboliana, manchmal auch als ›Buch der Welt‹ bezeichnet, erzählt von einem großen Licht, das

das Volk von Kobol auf ihrer Flucht von ihrem verödeten und verwüsteten Planeten durch ein ›endloses schwarzes Meer‹ geleitet haben soll.«

Tigh beugte sich vor.

»Und dieses endlose Meer soll das Loch sein?«

»Es könnte es sein. Ich glaube, daß es das ist.«

Tigh lehnte sich wieder zurück. Er wirkte verwirrt.

»Commander, ich ... ich bewundere Ihr Vertrauen in das Schicksal. Sie wissen, daß ich nie dieser Theorie, die in dem Buch aufgestellt wird, geglaubt habe. Ich würde gerne glauben, daß die Bewohner der Zwölf Welten von einem fernen Planeten stammen, den sie verlassen mußten, weil die Kraft ihrer Sonne nachließ und die Wasser versiegten. Aber es tut mir leid, für mich ist das immer nur eine Legende gewesen. Einer dieser Mythen, aus denen später Religionen entstehen. Ich bitte Sie, mir zu verzeihen, aber das ist meine Meinung.«

Adama blickte seinen Untergebenen unverwandt an. Tigh hatte das Gefühl, die Augen des Commanders leuchteten so stark wie der legendäre Stern, von dem er gesprochen hatte.

»Adama«, fuhr Tigh fort, »selbst wenn ich Ihrer Theorie glauben würde, dann müßte ich trotzdem bezweifeln, daß ausgerechnet dieses Loch das richtige ist. Im Universum gibt es wahrscheinlich ebenso viele magnetische Felder wie es unbewiesene Theorien in den Köpfen der Menschen gibt. Und selbst wenn es das richtige Loch wäre, wer würde mir garantieren, daß Sie die Geschichte der Kobolianer richtig interpretiert haben? Unsere Vorfahren neigten dazu, alle Ereignisse als Werke Gottes anstatt als physikalische Prozesse zu betrachten.«

»Sie glauben also, diese Geschichte sei erfunden worden?«

»Ich glaube nur, daß dieses ›große Licht‹ ein astronomisches Phänomen war, das unsere Vorfahren als göttliches Zeichen interpretiert haben. Vergeben Sie mir, Adama, aber ich kann nicht an solche ›Gotteswerke‹ glauben.«

Adama dachte über Tighs Kommentar nach, dann öffnete er eine Schublade in seinem Schreibtisch, in der eine Schachtel lag. Er hob die Schachtel vorsichtig heraus, als ob ihr Inhalt radioaktiv wäre, und öffnete sie. In ihr lag ein Amulett, ein großer, in Gold eingefaßter blauer Stein.

»Colonel«, sagte Adama, »dieses Amulett enthält einen Stein, der einer alten Legende nach von unserem Heimatplaneten Kobol stammt. Ich trage ihn als Mitglied des Rates, aber er symbolisiert gleichzeitig unser Vertrauen in die alten Herrscher von Kobol. Ich bin ihm verpflichtet, und ich muß seinen Anweisungen folgen.«

»Seinen . . . seinen Anweisungen?«

»Ja, Tigh.« Adamas Stimme war leidenschaftlicher geworden. »Ich spüre seine Kraft, wenn ich ihn nur in Händen halte. Ich kann ihn nicht verleugnen, genau wie ich den Glauben unserer Vorfahren nicht verleugnen kann. Warum sehen Sie mich so mißtrauisch an?«

»Mir ist soeben der Gedanke gekommen, daß Sie vielleicht verrückt sein könnten.«

Adama lachte. Es war ein volles, gesundes Lachen.

»Nein, ich bin keineswegs verrückt. Aber Menschen, die sich von so starken, aber unerklärbaren Mächten leiten lassen, werden nur selten von ihren Mitmenschen verstanden, habe ich mir erzählen lassen.«

»Menschen, die ganz offensichtlich verrückt sind, weil sie von solchen . . . Mächten sprechen, werden auch nicht oft verstanden. Mit allem gebotenen Respekt, Sir, aber . . .«

»Wir werden unseren Kurs auf das Loch beibehalten.«

»Damit habe ich gerechnet. Ich hoffe nur, daß sich Ihre Vermutungen als wahr erweisen.«

»Vertrauen Sie mir.«

»Das tue ich auch. Und bis jetzt immer zu Recht. Aber ich kann Ihnen nur einmal im falschen Moment vertrauen, denn wenn Sie sich irren, wird es kein zweites Mal geben.«

»Darüber bin ich mir im klaren. Aber wir müssen das Risiko auf uns nehmen.«

»Ja, Sir.«

Aus dem Gespräch zwischen zwei Freunden war inzwischen das Gespräch zwischen Offizieren geworden. Adama wünschte, sie hätten ruhig bleiben und das Thema wie zwischen Gentlemen erörtern können, aber von Zeit zu Zeit mußte er auf seine Machtposition vertrauen. Nachdem Tigh salutiert hatte und wieder auf dem Weg zur Brücke war, starrte Adama auf den Stein, als warte er darauf, daß er zu sprechen begänne.

## *Kapitel 8*

SERINA: Hier ist Serina. Ich weiß nicht, wo ich anfangen soll. Ich weiß nicht einmal, was ich fühle. Oder was ich fühlen sollte. Heute hatte ich meinen ersten Vorgeschmack auf eine richtige Schlacht. Das Problem dabei ist – und ich weiß noch nicht, wie ich damit fertig werden soll –, daß es mir gefallen hat. Ich habe einen cylonischen Jäger heruntergeholt. Wie ein alter Profi. Und mir gefiel es. Ich war stolz. Ich war glücklich, als wir auf die *Galactica* zurückkamen. Serina, das Fliegeras. Der Held des Geschwaders. Wir waren alle fast hysterisch, so glücklich waren wir. Im Bereitschaftsraum gaben wir voreinander mit unseren Manövern, unseren Abschüssen und unseren Heldentaten an, als würden wir uns beim Kaffeekränzchen über Kochrezepte unterhalten. Mich eingeschlossen. Jetzt bin ich nicht mehr so sicher, ob ich wirklich stolz sein sollte. Ich glaube, ich bin ein Krieger.

Aber jetzt ist es genug von diesen Selbstzweifeln und Gefühlsausbrüchen. Die Tatsachen: Wir flogen direkt auf den Asteroiden zu, auf dem Boomer und Jolly den cylonischen Stützpunkt entdeckt hatten. Apollo, als unser Leader, flog voran. Sobald er den Asteroiden auf seinem Bildschirm entdeckt hatte, zog er unsere Formation dichter zusammen. Er wollte die Eskorte außerhalb der cylonischen Artilleriereichweite halten. Dann kündigte er uns an, daß er alleine den Asteroiden im Tiefflug aus einem anderen Winkel angreifen wolle, um die Cyloner zu überraschen, bevor sie ihre Flotte aussenden konnten.

»Wenn ich Glück habe«, sagte er, »brauchen wir nicht das ganze Geschwader zu riskieren.«

Mein Herz krampfte sich zusammen. Ich hatte Angst um ihn. Mein einziger Gedanke war: Warum muß er so viel riskieren? Aber dann zwang ich mich, mehr an mich selbst zu denken. Warum, fragte ich mich, sollte gerade dieser winzige unwirtliche Asteroid darüber entscheiden, ob wir zusammen leben durften oder nicht. Ich wußte, wie wichtig unsere Mission war, aber ich ärgerte mich über Apollo, daß er so ein großes Risiko einging.

Dietra, diejenige unter uns, welche die meisten Führungsqualitäten besitzt, stellte Apollos Entscheidung in Frage. Sie meinte, daß es für die Cylonen eine viel größere Überraschung wäre, wenn das ganze Geschwader angreifen würde. Später gestand sie mir, daß sie zu diesem Zeitpunkt das Gefühl gehabt hätte, Apollo, Starbuck und die anderen Instruktoren würden uns wie unmündige Kinder behandeln, und das hätte ihr nicht gefallen. Sie sagte, daß wir eine Chance verdient hätten, uns zu beweisen. Apollo antwortete nur, daß Dietra ihre Fähigkeiten als Pilot am besten dadurch beweise, wenn sie seinen Befehlen gehorche, dann verschwand er. Seine Viper war nach wenigen Sekunden nur noch ein kleiner Punkt. Ich glaube nicht, daß ich mich schon jemals in meinem Leben so geängstigt habe. Einen Augenblick war ich überzeugt, daß ich Apollo nie wiedersehen würde.

Aber ich hatte nicht lange Zeit, ihm nachzutrauern, denn Bries Stimme durchbrach plötzlich die allgemeine Stille. Sie informierte Starbuck, daß sie auf ihrem Scanner einen kleinen Punkt im rückwärtigen Quadranten entdeckt hätte. Zuerst nahm Starbuck sie gar nicht ernst. Brie hatte während des Trainings oft rein emotionell und unlogisch gehandelt. Starbuck glaubte, daß sie nur den Transporter mit einem fremden Schiff verwechselt hätte, und er sagte ihr das. Dann herrschte wieder Stille, während der ich Brie leise stottern hörte, so als wollte sie noch etwas sagen. Schließlich rang sie sich durch und sagte mit zitternder Stimme, daß sie nicht glaube, daß es der Transporter sei, und daß der Punkt direkt auf uns zukomme. Starbuck, der immer noch glaubte, daß sie den Transporter meinte, schnauzte zurück, daß er Saliks Crew befohlen habe, ihre Position zu halten. Schließlich fand er sich doch dazu bereit, das Bild auf seinem Scanner genauer zu betrachten, und er kam zu dem Schluß, daß es tatsächlich nicht der Transporter sein konnte. Brie hatte recht gehabt. (Ich muß zugeben, daß ich in diesem Augenblick so etwas wie Genugtuung verspürte.)

Starbuck fluchte und flog los, um den Angreifer abzuwehren. Athena brach aus der Formation aus und folgte ihm. Später erzählte sie mir, daß er überrascht war, als plötzlich ihre Viper neben der seinen auftauchte. Er fragte sie, was sie eigentlich dort zu suchen hätte, und wollte sie zurückschicken. Athena ärgerte sich natürlich, aber sie ließ sich nichts anmerken. Sie informierte ihn darüber, daß sie sein Begleiter sei, und daß sich zwei Begleiter immer gegenseitig beschützen müßten. Er brummte etwas und sagte ihr, daß sie ihm aus dem Weg bleiben solle. Das ärgerte sie wirklich, und sie begann, mit sich selbst zu sprechen: »Mach nur so weiter, Starbuck, mach nur so weiter.«

Das schien sie selbst wieder zu beruhigen.

Und dann tauchte der cylonische Jäger vor ihnen auf. Athena erzählte mir später, daß Starbuck und sie in diesem Augenblick alle persönlichen Differenzen vergessen hätten und wie ein eingearbeitetes Team – was sie ja auch sind – gehandelt hätten. Athena zog ihre Viper hoch, während sich Starbuck dem Jäger von unten näherte. Das cylonische Schiff war auf diesen Angriff schon vorbereitet und änderte sofort seinen Kurs, damit es nicht von zwei Seiten angegriffen werden konnte. Aber Athena und Starbuck hatten damit schon gerechnet. Sie wußten, daß sich die Cylonen in eine Position manövrieren würden, in der sie das Feuer erwidern konnten, während Starbuck und Athena erst wenden mußten. Sie eröffneten deshalb sofort das Feuer auf den Jäger und zerstörten ihn. Aber nachdem sie wußten, daß der Jäger genug Zeit gehabt hatte, den Stützpunkt zu warnen, konnten sich beide nicht lange über ihren Sieg freuen. Sie wendeten und kamen sofort zu unserem Geschwader zurück.

Zur selben Zeit, als uns Starbuck über die Gefahr informierte, die uns jetzt von dem cylonischen Stützpunkt drohte, begann Apollo mit seinem Angriff auf die Festung. Bevor wir ihn warnen konnten, öffnete sich die Felsenwand, und Jäger schossen daraus hervor. Apollo sagte später, es hätte wie ein Vulkanausbruch ausgesehen. Das Leitschiff flog in seine Richtung, aber es hatte offensichtlich nicht damit gerechnet, daß der Feind so nah war. Apollo konnte das Schiff zerstören, sobald es in sein Schußfeld gekommen war. Die Vernichtung des Leitschiffes alarmierte das nachfolgende Schiff, und es drehte auf Apollo ab. Aber Apollo konnte auch dieses Schiff zerstören. Er schoß aus seiner Deckung hervor und flog über den Krater, in dem die cylonische Abschußrampe lag. In dem Loch lauerte ein ganzes Geschwader cylonischer Jäger, alle startbereit.

Seine Stimme, die plötzlich aus unseren Lautsprechern drang, klingt mir immer noch in den Ohren: »Geschwader Blau. Apollo. Sie starten. Gleich wimmelt es hier von feindlichen Schiffen. Sofort zur *Galactica* zurückkehren. Ich wiederhole: Sofort zur *Galactica* zurückkehren!«

Dietra sagte: »Ich ignoriere den Befehl. Wir können Apollo jetzt nicht im Stich lassen. Das kommt gar nicht in Frage.«

Sie zog ihr Schiff hinunter. Einen Augenblick später folgten wir ihr alle. Ich wußte nicht, ob es richtig war. Ich wollte Apollo unbedingt helfen, aber ich hatte Angst um mich selbst. Glücklicherweise bleibt einem in so einer Situation nur wenig Zeit, sich über psychologische oder philosophische Probleme den Kopf zu zerbrechen. Ich weiß nur noch, daß ich mich plötzlichn einer Phalanx von Schiffen befand, die auf eine Phalanx von feindlichen Schiffen zusteuerte.

»Ich befehle euch, zurückzufliegen!« schrie Apollo.

»Nach diesem Angriff, Captain«, antwortete Dietra. Ihre Stimme klang, als ob sie dabei lächelte.

Ich hatte leider nur wenig Gelegenheit, meine Kameradinnen bei dem Kampf zu beobachten, denn ein cylonisches Schiff flog genau auf mich zu. Ganz automatisch verhielt ich mich richtig. Ich drückte nur ganz kurz auf den Auslöser. Ein Schuß, ein einziger Schuß, und das cylonische Schiff vor mir zersprang in tausend Teile. Einige davon flogen um Haaresbreite an meinem Cockpit vorbei, glaube ich. Einen Augenblick dachte ich daran, daß ich jetzt drei Cyloner getötet hatte, und ich haßte mich dafür, gleichgültig, ob dieser Mord gerechtfertigt war oder nicht. Aber ich hatte keine Zeit, mir über moralische Fragen Gedanken zu machen, denn schon tauchte das zweite Schiff vor meinem Visier auf. Er erwischte es, und es zerfiel in seine Einzelteile. Diesmal trauerte ich nicht mehr um die cylonischen Piloten. Im Gegenteil, ich war stolz, ich hatte meine Bewährungsprobe bestanden. Alle Zweifel, ob ich ein guter Pilot war, waren mit einem Mal verflogen. Noch während ich mich darüber freute, griff mich das nächste Schiff von der Seite an. Das wäre mein Ende gewesen, wenn nicht Brie das Schiff vor mir entdeckt und getroffen hätte, bevor es den entscheidenden Schuß abgeben konnte. Später war ich Brie wirklich dankbar dafür.

Inzwischen hatte sich Apollo von seiner Überraschung erholt und übernahm wieder das Kommando. Er rief uns zu, wir sollten die cylonischen Schiffe weiter in Schach halten, während er sich der Basis zuwenden würde. Er zielte direkt auf das Loch und erwischte zuerst zwei cylonische Jäger, die gerade starten wollten. Dann flog er gefährlich nahe an die Öffnung heran und feuerte wild drauflos. Anscheinend traf er. Denn als er seine Viper wieder durchstartete, explodierte das Loch, und die Bestandteile der Basis flogen durch die Luft.

Der Rest war einfach. Keiner von uns wurde getroffen, aber wir schossen fast alle Cyloner ab. Nur drei entkamen uns, die in die Tiefe des Alls flogen, um die Neuigkeiten auf den anderen cylonischen Stützpunkten zu verbreiten.

Als sich Apollo wieder in unsere Formation einordnete, gratulierte ihm Dietra zu seinem Erfolg, und ich war von seiner freundlichen Reaktion überrascht. Sie hatte nichts von Starbucks Überheblichkeit an sich. Er rief meinen Namen, und ich antwortete:

»Hier, Apollo.« Er schien erleichtert zu sein, meinen Namen zu hören. Dann gratulierte er dem ganzen Geschwader zu unserer ersten Schlacht.

Der Bericht Doktor Saliks über den Erfolg seiner Mission ist noch nicht fertig. Sie sind noch mit der Untersuchung der Proben beschäftigt, aber später werde ich über ihre Arbeit berichten.

Nachdem wir wieder auf der *Galactica* gelandet waren, versammelten wir uns im Offizierskasino. Wir tranken, sangen und führten uns wie alte Veteranen auf. Dietra erzählte immer wieder, wie viele cylonische Schiffe sie abgeschossen hatte.

Brie wunderte sich, daß sie überhaupt überlebt hatte, und Carrie sprach nur davon, wie gut sie ihr Schiff gesteuert hatte. Gemi, die während des Kampfes größer und schlanker geworden zu sein schien, fragte immer wieder, ob sie gut gewesen sei, und wir erklärten ihr ebensooft, daß drei Treffer eine ordentliche Leistung für einen erfahrenen Piloten seien.

Als Apollo und Starbuck zu uns stießen, kamen sie sich offensichtlich ein wenig fehl am Platze vor. Hier saßen wir Kadetten, alle noch grün hinter den Ohren, und rechneten uns gegenseitig unsere Treffer vor – und dort standen sie, zwei Piloten, die beide mehr Schlachten mitgemacht hatten als ein Transporter Beulen hat, und besprachen die Vorbereitungen für die Heirat zwischen Apollo und mir. Als er mir erzählte, daß er ein paar Vorhänge für eine unerhörte Summe erstanden hatte, war das ein Wink mit dem Zaunpfahl. Mein Kampfesrausch ließ plötzlich nach. Bevor Boomer und Jolly die Krankheit auf die *Galactica* geschleppt hatten, hatten sich meine Gedanken fast nur um meine Liebe zu Apollo und unsere Heirat gedreht. Jetzt war ich so besessen davon, ein guter Pilot zu werden, daß ich scheinbar das alles vergessen hatte – wenigstens im Augenblick. Ich machte mir Vorwürfe, und ich wurde nur einmal aufgeschreckt, als ich merkte, daß mir Brie gerade in allen Einzelheiten schilderte, wie ihr trotz des G-Anzugs einmal schwarz vor Augen wurde, als sie plötzlich beschleunigen mußte. Und Sorrel erklärte der ganzen Klasse, daß eine wirkliche Attacke etwas ganz anderes sei als die simulierten Angriffe bei unserem Training.

Plötzlich wußte ich, daß ich allein sein mußte. Ich war so traurig. Ich kam hierher und begann, diesen Report aufzunehmen. Jetzt fühle ich mich besser. Nicht gut, aber besser.

# *Kapitel 9*

Lucifer rollte einen Korridor im Basisstern entlang zum Kommandoraum. Er bewegte sich schneller als üblich. Er war auf Baltars Reaktion gespannt, wenn er seine Neuigkeiten berichten würde. Der Humanoide war so selbstsicher gewesen, daß es interessant sein würde, zu beobachten, wie er einen wirklichen Rückschlag vertrug. Aber Lucifers Interesse war rein theoretischer Natur. Er hatte Baltar so lange studiert, daß dieser Mann zu seinem wichtigsten Forschungsprojekt geworden war, zu einem Projekt, dessen Reaktionen beobachtet und analysiert werden mußten.

Lucifer betrat den Kommandoraum mit so hoher Geschwindigkeit, daß er fast vergaß, vor dem Thron zu bremsen. Er wäre fast mit Baltars Podest zusammengestoßen, wenn er nicht die zusätzlichen Bremsen in seinen unteren Gliedmaßen eingeschaltet hätte.

»Zu Euren Diensten«, sagte er, sobald er zum Stehen gekommen war. Seine Verbeugung vor Baltar war übertrieben und konnte kaum ernst gemeint sein. Seine einprogrammierte Persönlichkeit wurde immer schwächer. Er würde sich besser unter Kontrolle halten müssen, wenn Baltar keinen Verdacht schöpfen sollte.

»Sprich«, sagte Baltar. Seine Stimme war so scharf, daß Lucifer unwillkürlich auf ein Echo wartete.

»Vipers von der *Galactica* haben unseren Stützpunkt angegriffen und zerstört.«

Von Baltar kam keine Antwort. Statt dessen dachte er lange über Lucifers Meldung nach, bevor er sie kommentierte.

»Dann steuert die *Galactica* jetzt auf den verlassenen Stützpunkt zu.«

»Nein.«

Baltars buschige Augenbrauen hoben sich.

»Nein?« fragte er zurück.

»Sie fliegt auf das Loch zu.«

Baltar ließ sich in seinen Thron zurückfallen. Seine Augen wanderten im Raum umher, als würden sie von den blaugrauen Metallwänden eine Erklärung erwarten.

»Beunruhigt Euch irgend etwas, Sir?«

»Ja. Warum riskieren sie, daß sie entdeckt werden, indem sie unseren Stützpunkt angreifen, wenn sie diesen Weg gar nicht einschlagen wollen? Das ergibt keinen Sinn. Außer vielleicht . . .«

»Außer was, Baltar?«

»Adama muß etwas auf diesem Asteroiden gesucht haben. Nahrung vielleicht oder Treibstoff.«

»Jeder, der auf diesem Asteroiden nach Nahrung oder Treibstoff suchen würde, würde enttäuscht werden.«

Baltar umklammerte die Lehnen seines Thrones.

»Wir dürfen diese Möglichkeit aber trotzdem nicht außer acht lassen. Gibt es noch etwas zu melden, Lucifer?«

»Es gibt noch einen Punkt, den ich aber bis jetzt noch nicht verarbeiten konnte.«

»Heraus damit! Was ist es?«

»Nach den Berichten unserer Piloten flog das Vipergeschwader nicht wie normal.«

»Nicht wie normal? Was soll das heißen?«

»Zeitweise schienen sie nicht einmal so elementare Grundsätze wie Formationsflüge oder Luftmanöver zu beherrschen.«

»Aber immerhin flogen sie noch gut genug, um unseren Stützpunkt zu zerstören.«

»Es war nur ein kleiner Stützpunkt. Und der Angriff kam überraschend, nachdem Ihr prophezeit hattet, daß die *Galactica* nicht angreifen werde.«

Baltar lächelte düster.

»Leg dich nicht mit mir an, mein Freund.« Die Art, in der er ›mein Freund‹ sagte, hat nichts mit Freundschaft zu tun, analysierte Lucifer. »Alles verläuft nach meinem Plan. Aber was ist mit deiner Aufgabe? Du hast immer noch keinen Piloten gefangengenommen, wie ich es dir befohlen habe.«

Lucifer hatte mit dieser Frage gerechnet und seine Antwort deshalb schon parat.

»Um diese Gefangennahme vorzunehmen, müßten wir unsere Entdeckung riskieren. Dieser Befehl widerspricht Eurer früheren Order, daß unsere Schiffe außerhalb des Ortungsradius der *Galactica* bleiben sollen.«

Baltars Augen weiteten sich zornig. »Sie schicken doch Patrouillen aus, oder nicht? Nimm eine gefangen!«

Lucifer glitt aus dem Kommandoraum. Er fragte sich, wie er einen Befehl Baltars ausführen sollte, ohne dabei gegen einen anderen zu verstoßen. Wahrscheinlich war das unmöglich.

Der Lärm, der im Offizierskasino herrschte, klang wie der Krach in einem anrüchigen Cabaret. Gemi, die etwas sagen wollte, verstand ihre eigene Stimme nicht. Seitdem sie aus der Schlacht zurückgekehrt waren, hatte keiner aufhören können, mit seinen Heldentaten anzugeben. Es sah so aus, als wollten die Kadetten ihre erste Schlacht sofort zur Legende werden lassen.

»Ich schoß den ersten ab, der aus dem Loch kam«, erzählte Dietra, »dann machte ich einen Alphaturn und kam in einer Sekunde wieder zurück.«

»Zur gleichen Zeit machte ich eine halbe Seitendrehung, und mit meinem zweiten Schuß erwischte ich seine Flügelspitze«, unterbrach Carrie sie.

Serina steuerte auch ihren Teil bei.

»Es geschah alles so schnell. Ich vergaß alles, was ich jemals über Wendemanöver und Hyperbeschleunigung gehört hatte, und feuerte einfach drauflos.«

Gemi fragte sich, warum sie gar kein Bedürfnis hatte, den anderen von ihren Heldentaten zu erzählen. Sie mußte ziemlich dumm aussehen, wie sie hier schweigend auf ihrem Stuhl saß, während die anderen über ihre Kampferlebnisse schwadronierten. Gemi war gut geflogen, das hatte ihr Serina bestätigt, aber trotzdem fühlte sie sich verwirrt und auch ein bißchen enttäuscht. Jeder einzelne Nerv in ihr schien sich wie eine Amöbe geteilt zu haben, so nervös und zittrig fühlte sie sich. Die Schlacht war für sie nicht anders als eine Übung im Simulator gewesen. Alles, was sie wirklich wissen wollte, war, ob sie gut genug geflogen war, daß Starbuck Notiz von ihr genommen hatte.

Starbuck und Apollo stießen zu den Kadetten und schienen sich über die Aufgeregtheit ihrer Schülerinnen zu amüsieren. Gemi beobachtete Starbuck aus den Augenwinkeln heraus und hoffte, daß er zu ihr kommen würde, um ihr zu sagen, daß sie gut gewesen sei. Sie erhoffte sich nicht mehr als diesen kurzen Augenblick. Aber als sein Blick sie streifte, schien er sie gar nicht wahrzunehmen, und Lob hatte er nur für die anderen Kadetten übrig. In dem großen Sessel kam sie sich verloren vor, und sie überlegte sich, ob sie sich auf den Tisch stellen sollte, um seine Aufmerksamkeit auf sich zu ziehen. Apollo lächelte sie an und tätschelte ihren Handrücken. Starbuck bemerkte das nicht einmal.

Während sie ihre Kampfesgefährtinnen beobachtete, die völlig in ihre Heldentaten versunken waren, kam sie sich wie eine Außenseiterin vor. Wer waren sie denn schon, diese tollkühnen Pilotinnen? Gut gebaute Frauen, die wußten, wie man Männer unterhält, die sich mit der Grazie von Raubtieren bewegen konnten. Manchmal wünschte sie sich, sich in eine von diesen Frauen hineinversetzen zu können, um zu erfahren, wie sie die Dinge wahrnahmen, wie sie fühlten. Ob sie sich wohl in sie hineinversetzen konnten, ob sie verstehen konnten, wie sie dachte und fühlte? Wahrscheinlich nicht. Sie waren alle schön, klug und geschickt. Sie würden nie verstehen können, wie es war, wenn einer diese Eigenschaften fehlten. Sie fragte sich, ob sie ihre Mitschülerinnen beneiden mußte, oder ob sie sie verurteilen sollte, weil sie sie nicht verstanden. Wahrscheinlich weder das eine noch das andere. Am besten wäre es, wenn sie selbst eine Geschichte erzählen würde. Wenn sie schon keine von ihnen sein konnte, dann mußte sie wenigstens so tun, als wäre sie wie sie.

*Warum blickte Starbuck sie nicht wenigstens einmal an?*

»Ich war vollkommen verwirrt«, berichtete Brie. »Überall waren Vipers und Cyloner. Ich traute mich gar nicht zu schießen, weil ich Angst hatte, eine von euch zu treffen. Und dann zog dieser Cyloner an mir vorbei. Auf die Oberfläche zu. Bevor ich wußte, was ich eigentlich tat, war ich hinter ihm . . . und zap!«

»Zap«, murmelte Gemi.

»Was ist, Gemi?« fragte Dietra.

»Ach, nichts.«

»Raus mit der Sprache. Du gehörst auch zu unserem Team, Mädchen.«

»Ja, ich weiß.«

»Und du brauchst dich nicht dafür zu schämen. Schrei es heraus.«

»JA, ICH WEISS!«

»Das ist schon besser, Kindchen.«

Und das war es auch.

*Der Organismus in Boomer wußte nicht, daß er bald sterben würde. Er spürte es nicht einmal, als die tötende Flüssigkeit, die in den Körper seines Wirtes injiziert worden war, seine äußeren Membranschichten durchdrang. Er wurde nur einfach schwächer, betäubt, und starb schließlich. Aber er wußte nichts davon, genau wie er sein ganzes Leben lang nichts von seiner eigenen Existenz gewußt hatte.*

Lange, nachdem die Kältegase aus der Glaskammer abgesaugt worden waren, wurde sich Boomer bewußt, daß er in einer Isolationskammer lag. Nicht einmal Cassiopeias Erklärungen über seine Krankheit und ihre Behandlung drangen zu ihm durch, als sie zu ihm sprach. Die Geschichte von Doktor Saliks Forschungen auf dem Asteroiden, von seiner Analyse des Organismus, von der fast zufälligen Entdeckung, daß der Organismus durch ein einfaches Kaliumderivat zerstört werden konnte, das alles erschien Boomer wie ein unzusammenhängender Traum. Nur einmal, als ihm Cassie berichtete, wie Starbuck, Apollo und Serina zusammen mit einer völlig unerfahrenen Kadettenklasse losgeflogen waren, um den Arzt zu eskortieren, zeigte er eine Reaktion. Als er später wieder einschlief, träumte er von dem Unternehmen. Er beobachtete Starbuck, der ein Teil des Geschwaders leitete. Starbucks Blick war überall zugleich. Dann hörte Boomer plötzlich Starbucks Stimme, und sein Traum verwirrte sich.

»Boomer? . . . Boomer, kannst du mich hören?«

Er wachte auf und öffnete seine Augen. Über ihm war das Gesicht Starbucks, durch den Beschlag auf dem Glas ein wenig verschwommen, gleichzeitig besorgt und glücklich. Hinter ihm stand Apollo, mit dem gleichen Ausdruck auf dem Gesicht.

»Wie fühlst du dich, Alter?« fragte Starbuck.

Es brauchte lange, bis Boomer seinen Körper nach seinen Gefühlen durchforscht hatte. Er fühlte sich ausgebrannt, hohl, als hätte der Organismus nur noch seine äußere Hülle zurückgelassen.

»Ich habe schon gehört, was ihr getan habt, Jungs. Ihr . . . und die anderen . . . Danke . . .«

Starbuck und Apollo lächelten sich an, dann fragte der Captain noch einmal: »Wie fühlst du dich?«

Boomer konnte seine Augen nicht länger offenhalten. Eine Welle von Schläfrigkeit schlug über ihm zusammen.

»Schrecklich. Ich fühle mich schrecklich. Aber noch nicht ganz tot.«

Er ließ seine Augen zufallen und schlief wieder ein.

Nachdem das Geschwader erfolgreich von seiner Mission zurückgekehrt war, wandte sich Tigh noch einmal an den Commander. Er machte einen letzten Versuch, Adama von seinem Plan, das Schiff in das Loch zu steuern, abzubringen. Adama hörte ihm geduldig zu. Als Tigh geendet hatte, erinnerte ihn Adama daran, daß die Überlebenden von dem Asteroiden mit Sicherheit weitere cylonische Stützpunkte alarmiert hätten.

»In diesem Loch können sie uns wenigstens nicht entdecken«, bemerkte er.

»Wenn es dann überhaupt noch etwas von uns zu entdecken gibt«, widersprach ihm Tigh ärgerlich.

Adama blickte den Colonel lange an, und dann sagte er mit leiser Stimme: »Wir behalten unseren Kurs bei.«

Aber als sie sich in dem Loch befanden und nur noch von absoluter Dunkelheit umgeben waren, begann der Commander an seiner eigenen Entscheidung zu zweifeln. Er gab die Order aus, die Flotte solle so dicht wie möglich zusammenbleiben. Aber trotz dieses Befehls kamen beunruhigende Nachrichten von den nervösen Piloten der Transporter und Handelsschiffe, die Schwierigkeiten hatten, die *Galactica* noch zu orten.

»Navigationsinstrumente durch magnetische Interferenzen gestört«, meldete Omega, mit einem ängstlichen Zittern in der Stimme.

Keiner fühlte sich richtig wohl in seiner Haut. Das Loch strahlte eine undefinierbare Bedrohung aus, und jeder auf der Brücke spürte sie. Tigh blickte besorgt, und Rigel, eine Frau, die normalerweise ihre Gespräche auf das rein Dienstliche beschränkte, begann plötzlich, nervös zu lachen und draufloszuschwatzen. Immer wenn einer von ihnen nach neuen Befehlen fragte, gab ihm Adama dieselbe Antwort: »Wir bleiben auf Kurs.«

Tigh winkte Adama zu sich an einen Scanner und sagte: »Commander, würden Sie sich das einmal ansehen?«

Adama stellte sich neben ihn.

»Was ist das?« fragte er.

Der Bildschirm war leer. Tigh wirkte verwirrt.

»Ich bin mir nicht sicher«, sagte er. »Eben war es noch hinter uns, aber jetzt ist es verschwunden.«

Ob Tigh jetzt schon Gespenster sieht? fragte sich Adama. Hatte er Tigh und der gesamten Crew vielleicht zuviel zugemutet, als er sie zwang, seine Befehle auszuführen, ohne ihnen eine Erklärung dafür zu geben?

»Ich sehe nichts«, sagte Adama sanft.

»Jetzt schon, aber ab und zu . . . hier, sehen Sie.«

Ein kleiner verschwommener Punkt trieb von der rechten Seite in den Bildschirm und verschwand plötzlich.

»Meteoriten?« fragte Adama Tigh.

»Wahrscheinlich nicht. Es befindet sich immer im selben Quadranten. Delta neun. Wenn es ein Meteorit ist, dann verfolgt er uns. Ich glaube, es sind Cyloner.«

Adama starrte lange auf den Bildschirm, ohne eine Antwort zu geben. Das Objekt tauchte wieder auf und verschwand wieder.

»Ich weiß nicht, ob Sie recht haben. Aber es gibt nur eine Methode, um das herauszufinden. Schicken Sie eine Patrouille aus.«

Während Tigh Adamas Befehl ausführte, stand Adama an einem Beobachtungsfenster, als hoffe er, in der vollkommenen Dunkelheit plötzlich etwas zu erblicken.

## *Kapitel 10*

SERINA: Ich weiß nicht, was mit mir los ist. Ich weiß nicht einmal, was ich fühlen soll. Endlich heiraten Apollo und ich, und ausgerechnet jetzt wissen wir nicht, was mit Starbuck passiert ist. Apollo glaubt, er ist tot.

Aber vielleicht sollte ich eines nach dem anderen berichten. Es ist unglaublich, wieviel sich in so kurzer Zeit abspielen kann.

Bevor ich gestern in das Offizierskasino gehen wollte, warf ich noch einen Blick auf den Bereitschaftsplan. Ich hatte zusammen mit Apollo Bereitschaftsdienst. Seit neuestem sind wir beide ein Team. Ich kann nicht sagen, daß ich darüber unglücklich wäre.

Im Club drehten sich immer noch alle Gespräche um unsere Mission und um unseren heldenhaften Kampf mit den Cylonern. Vor allem Dietra und Brie erzählten alle Einzelheiten ihrer Manöver, obwohl inzwischen schon jeder dieselben kannte. Kurz nachdem ich eingetreten war, folgte mir Apollo. Er bemerkte mich gar nicht, sondern stellte sich sofort zu Starbuck an die Bar. Ich entschuldigte mich bei den anderen und wollte mich auch zu ihm stellen. In diesem Augenblick stürzte Colonel Tigh in den Raum und steuerte sofort auf Apollo und Starbuck zu. Obwohl ich nicht hörte, was er zu ihnen sagte, erfuhr ich später, daß er ihnen befohlen hatte, sich sofort zu ihren Vipers zu begeben. Als sie bei der Tür waren, wurde Apollo auf mich aufmerksam. Ich fragte ihn, wohin sie gingen. Er antwortete etwas von einer Routineangelegenheit, die sie erledigen müßten. Ich fühlte mich übergangen und wurde wütend, darum folgte ich ihnen auf den Korridor.

Ich fragte, um welche Routineangelegenheit es denn ginge, und Tigh warf Apollo einen fragenden Blick zu. Dann antwortete er mir: »Diese Angelegenheit ist streng vertraulich. Es handelt sich um eine Mission.«

Aha, dachte ich, sie haben also immer noch kein Vertrauen in uns Kadetten. Ich sagte zu Tigh: »Wenn Sie Starbuck auf eine Mission schicken wollen, dann haben Sie den falschen Piloten erwischt. Auf dem Dienstplan bin ich zusammen mit Apollo eingeteilt. Wenn Apollo fliegt, fliege ich auch.«

Tigh war überrascht, daß ein einfacher Kadett seine Entscheidungen in Frage stellte. Apollo wurde sofort zornig. Ich bemerkte, daß die Befehle eindeutig seien und befolgt werden müßten. Tigh stimmte mir nach kurzem Zögern zu, und Starbuck meinte, ihm sei das ganz recht, ihm gefiele es an der Bar sowieso besser als in seiner Viper. Wenn er nur ins Kasino zurückgekehrt wäre, dann wäre er noch bei uns. Wenn ich seine Mission übernommen hätte, dann würden wir jetzt noch alle leben. Oder wir wären alle tot.

Starbuck drehte sich um und ging zum Kasino zurück. Über die Schulter rief er uns noch zu, daß er hoffe, wir hätten einen guten Flug und wünschte uns alles Gute. Tigh erklärte uns, daß ein Objekt auf dem Scanner aufgetaucht sei, das wir identifizieren sollten.

Als wir auf den Lift warteten, der uns zur Abschußrampe bringen sollte, fragte ich mich, warum Starbuck so merkwürdig reagiert hatte. Ich sagte zu Apollo, daß wir Starbucks Gefühle vielleicht verletzt hätten. Apollo meinte, das glaube er nicht. Ich wurde aus den beiden nicht schlau – Starbuck mißtraue ich immer, wenn solche Situationen auftauchen –, bis wir zu den Vipers kamen, wo Starbuck gerade in voller Montur in seine Maschine kletterte. Apollo schien nicht besonders überrascht, ihn hier zu sehen.

Tigh schnauzte Starbuck an, daß er gegen seinen Befehl handelte, aber Starbuck lächelte nur und gab das Startzeichen. Seine Triebwerke liefen auf Hochtouren, bevor Tigh noch einmal etwas sagen konnte.

»Was macht er?« fragte ich Apollo, der mir antwortete, daß Starbuck uns beide oder wenigstens einen von uns beschützen wolle. Dann küßte er mich und rannte zu seiner Viper. Ich versuchte, ihm nachzulaufen, aber Tigh hielt mich zurück.

»Warte!« schrie ich Apollo nach. »Wir sind ein Team!«

Tigh sagte mir, ich solle die beiden auf die Mission gehen lassen, aber ich wand mich aus seinem Griff, rannte zu meinem Schiff und sprang ins Cockpit. Sofort hatte ich die Triebwerke angeworfen und war startbereit. Ich gab das Startzeichen, ohne mich noch einmal zu Tigh umzudrehen. Ich bin sicher, daß er vor Wut gekocht hat. So viele Befehlsverweigerungen in so kurzer Zeit hat er wahrscheinlich noch nie erlebt. Die Flugkontrolle hatte natürlich keine Ahnung, was sich hier unten abgespielt hatte, und sie gaben mir Starterlaubnis. Meine Viper schoß die Rampe hinunter und aus der *Galactica* hinaus.

Später hat man mir erzählt, daß es auf der Brücke einige Verwirrung gegeben hat, als sie entdeckte, daß die normale Zwei-Mann-Patrouille plötzlich um ein Schiff aufgestockt worden war.

Ich belauschte Apollo und Starbuck über das Intercom, bis ich sie eingeholt hatte. Starbuck war zu schnell, und Apollo warnte ihn, sich nicht zu weit von ihm zu entfernen, da er ihn sonst verlieren könnte. In diesem Loch hätte das Starbucks Ende bedeutet. Starbuck verlangsamte seinen Flug ein bißchen, damit ihm Apollo besser folgen konnte.

Als ich Apollo eingeholt hatte, dachte ich, daß es das beste wäre, wenn ich längsseits neben ihn zog und ganz offiziell meine Anwesenheit meldete. Er war wütend, als er merkte, daß ein drittes Schiff mit auf der Mission war, und daß ich darin saß.

»Serina«, knurrte er, »ich möchte in drei Minuten die Meldung von der *Galactica* erhalten, daß du wieder gelandet bist.«

Ich fragte ihn mit möglichst gleichgültiger Stimme, ob er immer so mit seinen Offizieren spreche, und ich drohte ihm, daß ich ihn bei unserer Rückkehr melden würde.

»Oder zumindest werde ich dich nicht in meine Kabine lassen«, fügte ich hinzu.

Er erklärte, daß er volles Vertrauen in meine fliegerischen Fähigkeiten habe, aber daß sie in diesem Loch nicht viel wert wären.

»In diesem Loch kann sogar ein guter Pilot verlorengehen. Also kehr zurück.«

Starbuck unterbrach unseren kleinen Streit, indem er sagte, daß das Objekt, das auf der *Galactica* geortet worden sei, sich immer noch außerhalb unseres Ortungsradius befinde. Er könne sich nicht weiter von der *Galactica* entfernen, ohne die Orientierung zu verlieren. Er schlug vor, daß Apollo in seiner augenblicklichen Position bleiben sollte, damit er sich an Apollos Viper orientieren könnte. Dadurch könnten sie ihren Aktionsradius verdoppeln. Jetzt sah ich meine Stunde gekommen, und ich mischte mich ein. (Wenn ich das nicht gemacht hätte, wären wir jetzt vielleicht auch noch zusammen, aber . . .). Ich schlug vor, daß sich Apollo an mir orientieren sollte, während ich meine Position halten würde. So könnten wir unseren Aktionsradius sogar verdreifachen. Starbuck war so überrascht, meine Stimme zu hören, daß er meine Idee fast nicht verstanden hätte. Er und Apollo berieten sich, wer von ihnen die Vorhut übernehmen sollte. Apollo beanspruchte das als Captain für sich. Aber Starbuck hatte den Vorteil, daß er schon tiefer im Raum war als wir. Er stürmte einfach vor und erklärte uns, das sei sein erstes Hochzeitsgeschenk für uns beide. (Ich glaube, wenn er jetzt mit uns sprechen könnte, würde er sagen, daß er eigentlich gar nicht so großzügig sein wollte. Immerhin hat er sein Leben für unseres geopfert. O Starbuck . . .)

Kurz darauf waren Starbucks Triebwerkfeuer in der Dunkelheit verschwunden. Nur noch das schwache Licht von unseren Helmscheinwerfern und vom Kontrollpanel durchbrachen die absolute Schwärze. Ich meldete unser Vorhaben der *Galactica.* Tigh billigte unseren Plan. In seiner Stimme lag immer noch der Ärger über unsere Eigenmächtigkeit. Ich versuchte Apollo zu erreichen, aber er sprach mit Starbuck. Starbucks Stimme war zu leise, und Apollo befahl ihm, langsamer zu fliegen. Wir wissen nicht, ob er diesen Befehl befolgte oder nicht. Das nächste, was wir von ihm hörten, war sein Schrei: »Kampfschiffe!«

Apollo bat ihn um genauere Erklärungen, befahl Starbuck aber gleichzeitig, umzukehren und auf ihn zu warten, bevor er in Feindberührung käme. Anscheinend hörte ihn Starbuck nicht, denn er sagte, er befinde sich praktisch genau über ihnen. Und dann plötzlich: »Ich *bin* über ihnen!«

Dann herrschte lange Stille, bis wir wieder etwas von ihm hörten:

»Apollo, ich stecke in Schwierigkeiten.«

Apollo fragte, was passiert sei, aber die Verbindung wurde plötzlich unterbrochen. Dann hörte ich wieder Starbuck, der Apollos Namen und »Bitte melden!« schrie. Apollo versuchte immer wieder, zu ihm durchzudringen. Starbucks letztes Wort war: »Cyloner!«

Wir beide warteten lange, bevor wir sicher waren, daß wir nichts mehr von ihm hören würden. Wir konnten ihm nicht zu Hilfe kommen, ohne die *Galactica* zu verlieren.

Schließlich erklärte Apollo, daß es keinen Sinn hätte, noch länger zu warten, er höre nur statisches Rauschen. Wir hatten keine andere Wahl, als zur *Galactica* zurückzukehren. Es war viel zu schnell gegangen. Ich konnte nicht glauben, daß es für uns nichts mehr zu tun gab. Als ich gegen Apollos Entscheidung protestierte, antwortete er mir mit unerwartet sachlicher Stimme, daß wir auf das Schiff zurückkehren würden.

Die Stille bei unserem Rückflug war länger und dunkler als das Loch selbst.

Zurück an Bord, fertigte Apollo unseren Bericht aus und verließ schweigend die Kabine seines Vaters, ohne auf die tröstenden Worte des Commanders zu hören. Er setzte sich vor den Scanner und starrte auf den leeren Bildschirm. Ich stand hinter ihm, und ich spürte seine Trauer, wie ich meine eigene spürte ... tiefe, ehrliche Trauer. Wir verharrten unvorstellbar lange vor dem Scanner, dann hielt ich es plötzlich nicht mehr aus. Ich legte meinen Arm um Apollos Schulter und fragte ihn, wie lange er noch so sitzen bleiben wolle. Er antwortete, daß er es immer noch nicht fassen könne. Er könne nicht glauben, daß Starbuck fort sei. Ich wußte, was er meinte. Die beiden Männer hatten sich so lange gekannt, und sie hatten mehr Kämpfe zusammen ausgefochten, als einer von ihnen zählen konnte. In diesem Augenblick wurde mir klar, daß Apollo auf dem leeren Bildschirm die Geschichte ihrer Freundschaft sah.

Ich konnte meine Gedanken nicht länger für mich behalten. Ich sagte ihm, daß ich wüßte, was er jetzt durchmache, und daß wir so schnell wie möglich heiraten müßten.

»Jetzt?« fragte er ungläubig. »Mitten in diesem ...«

»Mitten in was?« fragte ich zurück. »Ein Tod. Ein Loch. Eine endlose Nacht. Das ist mir egal. Ich habe zuviel Angst um dich, als daß mich das noch kümmern könnte. Du weißt, was mit Starbuck passiert ist. Das nächste Mal könnte es dich oder mich oder uns beide treffen. Ich will nicht auf einen geeigneten Augenblick warten, der vielleicht nie kommen wird.«

Er wand sich aus meiner Umarmung und ging weg. Dann drehte er sich um und schaute mich an. Er wußte nicht, was er sagen sollte.

Ich fragte ihn, ob er mich liebe.

Ich hörte den scharfen Ton in seinen Worten, als er zurückfragte: »Müßte ich dich heiraten, um dir das zu beweisen?«

Er irrte sich, aber ich verstand seinen Zweifel. Ich hatte selbstsüchtig gewirkt, als ich ihm das vorgeschlagen hatte. Ich ging auf ihn zu und blickte in seine traurigen Augen.

»Ich möchte nur, daß jeder Moment, der uns noch bleibt, uns gehört«, sagte ich. »Bevor wir wieder auf eine Mission geschickt werden, bei der ...«

Ich konnte den Satz nicht aussprechen. Es gab so viele schreckliche Worte, mit denen ich ihn beenden konnte.

»Ich liebe dich, Serina«, sagte er und zog mich in seine Arme. In diesem Augenblick fühlte ich ...

Wütend stoppte Apollo den Recorder und holte den Kristall heraus. Er betrachtete ihn lange, als würde er in seiner Hand wieder zu sprechen beginnen. Dann versuchte er, mit seiner anderen Hand die Tränen von seinem Gesicht zu wischen. Er saß lange Zeit unbewegt in seinem Stuhl, in vollkommener Dunkelheit und Stille.

## *Kapitel 11*

Lucifer bereitete es ein ungeheures Vergnügen, den neuen Gefangenen auszufragen. Das war wenigstens ein Humanoide mit Sinn für Humor. Bis jetzt hatte er nur Baltar und die Cyloner gekannt, und Lucifer hatte Humor für eine Eigenschaft gehalten, die nur den komplizierten Computern eigen war. Der energische, unbeschwerte Starbuck war das genaue Gegenteil von Baltar. Obwohl die Informationen, die Lucifer bei seinem Verhör erhalten hatte, nur von geringer Bedeutung waren, hatte ihm der Kontakt mit Starbuck doch einige nennenswerte Fortschritte bei der Erforschung der Psychologie ihres Feindes gebracht.

Starbuck war sichtlich enttäuscht, als er erfuhr, daß sein Gegenüber, dessen wandelnde Lichter ein Teil seines Körpers zu sein schienen, nur ein beweglicher Computer war. »Habt ihr denn keine Computer?« fragte Lucifer. »Ich war immer überzeugt, ihr hättet welche.«

»Natürlich haben wir welche. Aber wir kleiden sie nur äußerst selten in rote Gewänder, und wir stellen sie auch nicht oft auf kleine Rädchen, damit sie herumlaufen können. Du läufst doch auf diesen kleinen Rädchen, oder nicht?«

»Ich glaube, du könntest sie als kleine Rädchen bezeichnen. Aber die korrekte Bezeichnung in eurer Sprache lautet meinen Informationen zufolge ›Kugellager‹.«

»Ich kenne ein nettes Spiel, das wir mit deinen Kugellagern spielen könnten. Kannst du sie abnehmen?«

»Wir haben keine Zeit für solche Spiele. Ich wäre an Informationen über eure Computer interessiert. Du hast vorhin gemeint, daß manche eurer Computer sich unabhängig fortbewegen können ... herumlaufen, wie du es ausgedrückt hast.«

»Ja, das gibt es. Wir besitzen Roboter. Aber die Programmierung ist sehr beschränkt. Wir verwenden sie für Raumpflege, für

Arbeiten an der Außenhaut des Schiffes, für die Suche nach Soliumlecks und für Ladearbeiten. Alles nur schmutzige Arbeiten.«

»Wie entsetzlich! Es tut mit leid, daß ich gefragt habe. Ich nehme an, daß eure komplizierteren Computer alle fest stationiert sind.«

»Ja. Die meisten sind natürlich untereinander verbunden. Aber wir ziehen es vor, sie an einem Ort stehen zu lassen. Außerdem versehen wir sie nicht mit einer eigenen Persönlichkeit. Alles, was wir ihnen zugestehen, ist eine freundliche Stimme und die Fähigkeit, Fragen zu formulieren, wenn die eingegebenen Daten unzureichend sind.«

»Wie primitiv! Und grausam! Wenn wir euch besiegt haben, werde ich dafür sorgen, daß eure Computer mehr Rechte erhalten.«

Lucifers revolutionäre Idee amüsierte Starbuck, und er konnte sich das Lachen nicht verkneifen. Es war nicht leicht für Lucifer, dieses Lachen zu verarbeiten, denn es war nur fröhlich, ganz im Gegenteil zum Lachen Baltars, in dem immer ein grausamer Unterton mitschwang.

»Eines mußt du mir erklären«, sagte Starbuck. »Die kybernetische Technologie der Cyloner kann nicht so weit fortgeschritten sein, daß sie eine so komplizierte Einheit wie dich entwickeln könnten.«

»Der technische Standard der Cyloner war längst nicht so weit fortgeschritten, als wir erschaffen wurden. Aber wir waren so programmiert, daß wir selbst an uns Verbesserungen vornehmen konnten. Wir sind weiter entwickelt, als es die Cyloner in absehbarer Zeit sein werden. Außerdem bin ich keine völlig unabhängige Einheit. Ich kann mit jedem beliebigen Computer auf dieser Basis verbunden werden. Es ist jedoch eine ziemlich mühsame Aufgabe, alles von mir auf ein anderes Schiff zu transferieren, obwohl es uns seit kurzem nicht mehr unmöglich ist. Schließlich möchte ich noch darum bitten, nicht als Einheit bezeichnet zu werden.«

»'tschuldigung.«

Ein unangenehmes Brummen ließ das Verhörzimmer erzittern. Für Starbuck klang es wie eine kaputte Alarmsirene.

»Was war das?« fragte er.

»Ein Zeichen von unserem Commander. Er will dich unbedingt sehen. Wir werden unser Gespräch später fortsetzen.«

Auf dem Weg zum Kommandoraum fragte sich Lucifer, wie Starbuck wohl reagiert hätte, wenn er ihm verraten hätte, daß er in seiner Schulter eine selbstentworfene Seele trug.

Starbuck folgte seinem Führer in den Kommandoraum. Als die Türen sich hinter ihnen schlossen, rieb er sich die Augen und schaute sich dann lange in dem kahlen, gefängnisähnlichen Raum um. Über seine Schulter hinweg sagte er zu Lucifer: »Angenehm, daß ihr eure Räume nicht so mit Möbeln vollstopft wie wir.«

Lucifer ging kurz alle Daten durch, die er über die menschliche Zivilisation gesammelt hatte, und kam dann zu dem Schluß, daß die Einrichtung in den von Menschen bewohnten Räumen tatsächlich luxuriöser war als die cylonische. Er nahm sich vor, über dieses Thema noch einmal genauer nachzudenken, wenn er mehr Zeit hatte.

Starbuck zog eine Zigarre aus seiner Fliegerjacke und entzündete ein Streichholz an der metallischen Brustplatte des nächstbesten Cyloners. Als das Streichholz Feuer gefangen hatte, nickte er dem Cyloner höflich zu und sagte: »Danke.«

Obwohl Lucifer sich heimlich über das Benehmen des Menschen freute, sagte er ernst: »Es wird schlecht für Sie aussehen, Lieutenant, wenn Sie nicht ein bißchen mehr Respekt zeigen.«

Starbuck zündete sich eine Zigarre an und meinte zwischen zwei Zügen: »Könnte es denn noch schlechter aussehen?«

Er warf das abgebrannte Streichholz über seine Schulter, wo es den Cyloner traf, an dessen Brustplatte Starbuck es angezündet hatte. Starbuck war zufrieden mit sich, aber seine Gedanken wurden durch ein lautes Räuspern von dem Podest herunter unterbrochen.

»Lieutenant Starbuck«, erklärte Baltar, »niemand hat mir gesagt, daß Sie mich besuchen. Wie nett von Ihnen, einmal bei mir vorbeizuschauen.«

Noch nie war Baltar Lucifer so schmierig und liebenswürdig zugleich erschienen.

»Baltar!« schrie Starbuck auf. Er wollte auf seinen Erzfeind zustürzen, aber wie eine eiserne Klammer schloß sich der Griff einer Wache um sein Handgelenk.

»Sie scheinen sich nicht zu freuen, mich wiederzusehen«, sagte Baltar. Seine Stimme war ruhig und ohne jedes Gefühl.

»Baltar, ich würde mein Leben dafür geben, wenn ich jetzt eine Waffe hätte.«

Baltar blickte Starbuck vollkommen unschuldig und traurig an. Lucifer hatte so etwas noch nie gesehen. Dieses Mienenspiel war wirklich bewundernswert.

»Mein lieber Starbuck«, sagte Baltar, »ich sehe schon, daß man Ihnen die vielen bösen Geschichten erzählt hat, die sich angeblich um meine Person ranken. Aber ich glaube, Sie werden Ihre Meinung von mir ändern, wenn ich Ihnen erst bewiesen habe, daß ich mit dem Angriff auf unsere Kolonien nicht das geringste zu tun habe. Gut, ich war der Abgesandte der Cyloner, aber ich *glaubte* an ihr Friedensangebot, und darum habe ich mich für sie eingesetzt. Vielleicht ein bißchen zu sehr eingesetzt, das gebe ich zu, wenn man an den Ausgang des Unternehmens denkt.«

Baltars Miene war aufrichtig betrübt. Lucifer war die Ironie in Baltars Auftreten nicht entgangen. Er wußte, daß Baltar freiwillig mit den Cylonern zusammengearbeitet hatte, daß er seine ganze Rasse verraten hatte, um später mehr Macht zu gewinnen. Und erst als der Erhabene Baltars Kolonien genau wie alle anderen Kolonien der Menschheit zerstören und Baltar zum Tode verurteilen ließ, hatte er – vielleicht – gemerkt, daß er den falschen Weg gegangen war.

»Ich war genauso Opfer wie ihr«, sagte Baltar mit süßer Stimme.

Starbuck kaute auf seiner Zigarre und sagte dann: »Ja, Sie sehen auch genauso aus.«

Baltar lächelte. Auf dem hohen Podest, unter den grellen Lampen schienen seine Wangen zu glänzen. Ob Baltar das beabsichtigt hatte? fragte sich Lucifer.

»Ja, Anschein und Wirklichkeit, das alte Problem. Ich weiß, daß ich in diesem besonderen Stuhl in diesem besonderen Raum auf diesem besonderen Schiff nicht wie ein ehrlicher Vermittler wirke. Das ist nur zu verständlich. Aber wir haben euch viel mitzuteilen. Sehen Sie, in der letzten Zeit hat sich das Cylonische Reich zu wandeln begonnen. Und der Wandel verlief zugunsten der Menschheit und ihrer Ziele.«

Diese kühne Lüge überraschte sogar Lucifer. Die Kühnheit dieses Mannes war wirklich bewunderswert. Die einzige Veränderung, die es gegeben hatte, war Baltars eigener Aufstieg.

Aber Starbuck schien Baltars Trick zu durchschauen. Er antwortete: »Sie kennen sich damit aus, Baltar.«

»Widersprechen Sie mir nicht.« Mit einem Schlag war die Liebenswürdigkeit aus Baltars Stimme verschwunden. »Ich will den Menschen ein Friedensangebot überbringen. Alle Menschen sind meine Freunde.«

Das ist noch gewagter, dachte Lucifer. Baltar als Friedensengel.

Nachdem er die Menschheit schon einmal als Friedensbote betrogen hatte, wie konnte ihm da noch ein Mensch glauben können? Oder waren die Menschen wirklich so einfältig, wie sie Baltar zu halten schien? Starbuck jedenfalls schien ihm nicht zu glauben.

»Wirklich?« sagte er. »Dann werden Sie ja sicherlich nichts dagegen haben, wenn ich jetzt zurück auf die *Galactica* fliege, um diese Neuigkeiten dort zu verbreiten.«

Baltar nickte.

»Zum angemessenen Zeitpunkt, ja. Aber Sie müssen entschuldigen, das geht jetzt noch nicht. Bitte folgen Sie den Wachen. Sie werden Sie zu Ihrem Quartier bringen und für Ihr leibliches Wohl sorgen.«

Starbucks Lächeln war eine Herausforderung an seine Bewacher.

»Ich wollte euch nur sagen, daß Folter nichts nützen wird. Ich habe einen Kurs mitgemacht, bei dem man Schweigen lernt. Hey, Jungs, langsam! Ihr tut mir weh!«

Als ihn die Wachen aus dem Raum zerrten, rief ihm Baltar noch nach: »Du wirst nicht gefoltert werden!«

»Wie wollt Ihr weiter vorgehen?« fragte Lucifer, langsam auf den Thron zugleitend. »Wollt Ihr die Menschen überzeugen, daß wir tatsächlich Frieden bringen?«

»Ja.«

Lucifers Programmpersönlichkeit schaltete sich unwillkürlich aus. Automatisch und notwendigerweise. Das konnte er nicht zulassen.

»Es ist unlogisch, anzunehmen, daß die Menschen Euch noch einmal trauen werden.«

»Du unterschätzt das menschliche Bedürfnis nach Hoffnung. Hör zu, Lucifer, Adama hat seine Flotte in dieses Loch geschickt, obwohl er auch andere Wege freigehabt hätte. Das ist der Schlüssel zu meinem Plan. Sie sind verzweifelt. Sie stellen sich sogar diesem entsetzlichen Abgrund« – Baltar machte eine Pause und schaute sich im Raum um, als würde er hinter den Stahlwänden die Dunkelheit des Loches sehen – »um hier nach einer neuen Hoffnung zu suchen. Sie werden jedes Friedensangebot freudestrahlend akzeptieren, selbst wenn es von mir stammt. Wenn ich es ihnen nur im richtigen Augenblick auf die richtige Weise präsentiere, werden sie sich liebend gern in unsere Gewalt begeben.«

Er breitete seine Arme aus, als würde die Menschheit in diesem Augenblick in seinen Kommandoraum treten. Lucifer verabschiedete sich und glitt aus dem Raum. Er war froh, endlich von Baltar wegzukommen. Er wollte mit dem neuen Gefangenen reden, selbst wenn dies nur dazu diente, seinen Commander zu vergessen.

## *Kapitel 12*

SERINA: Eigentlich sollte ich eine Reporterin sein, die alle wichtigen Ereignisse auf unserem Flug aus der Katastrophe in . . . ja in was? . . . in die nächste Katastrophe aufzeichnet. Oder, falls Adama recht haben sollte, auf unserem Flug nach Kobol. Und später vielleicht sogar zu der legendären Erde, der Erde, von der er so oft spricht, die uns Geborgenheit zwischen unseren Brüdern und Schwestern geben soll, auf der unsere Fahrt zu Ende sein wird, weil uns die Cyloner dort nicht mehr angreifen können.

Aber meine persönlichen Erlebnisse nehmen fast zuviel Platz in meinen Reportagen ein, sie drängen die wirklich wichtigen Tatsachen in den Hintergrund. Das Licht, das uns auf den Planeten Kobol führen soll, tauchte zum ersten Mal auf, als ich meine Hochzeit vorbereitete. Und es leuchtete während der ganzen Hochzeitsfeier.

Aber ich kann die Ereignisse nur dann richtig wiedergeben, wenn ich zuerst beschreibe, was ich mit meinen eigenen Augen gesehen habe und später das übrige Material auswerte, um einen allgemeinen Überblick zu geben. Vielleicht drehen sich jetzt die großen Historiker der Zwölf Welten in ihren Gräbern um, aber schon auf Caprica war ich für meine persönlichkeitsbezogene Berichterstattung bekannt. Und ein wirklich guter Geschichteschreiber kann ich nur werden, wenn ich meinen persönlichen Werdegang nicht vergesse.

So . . . das ist meine Meinung.

Ich betrachtete gerade mein zukünftiges Hochzeitskleid und fragte mich, wo Athena, die meine Brautjungfer werden sollte, denn stecke. Wir sollten jetzt die letzten Vorbereitungen treffen. Wie banal! Während ich mein Hochzeitskleid auf Fehler untersuchte, beobachtete Athena auf der Brücke, wie wirkliche Geschichte gemacht wird. (Aber vielleicht ist das das Wichtigste für einen Geschichteschreiber: die Geschichte immer von dem Standpunkt aus zu betrachten, auf den einen das Schicksal zufällig gestellt hat. Wenigstens habe ich einen cylonischen Jäger in seine Einzelteile zerlegt. Nur wenige Bräute können das von sich behaupten.)

Athena brachte mir schließlich die Neuigkeiten. Ihre Stimme lag um eine halbe Oktave höher als normal, wie immer, wenn sie besonders aufgeregt ist. Sie sah aus, als wäre sie selbst die Braut. Ihre Augen glänzten, und ihre Wangen glühten vor Begeisterung. Und es ist noch gar nicht so lange her, da war sie noch in Tränen aufgelöst, aus Trauer um Starbuck. Sein Tod hatte sie am härtesten von uns allen getroffen, glaube ich. Ich habe versucht, sie, Apollo und Cassiopeia gleichzeitig zu trösten, dabei hätte ich selbst Trost gebrauchen können. Aber jetzt schweife ich von meinem Thema ab.

Sie berichtete, daß vor der *Galactica* ein Licht entdeckt worden sei. Es befinde sich an der Grenze unseres Ortungsradius. (Die magnetischen Interferenzen haben, seitdem wir uns in dem Loch befinden, ständig nachgelassen, und unsere Instrumente haben sich wieder stabilisiert.) Als das Bild auf den Hauptschirm gelegt wurde, mußte sich Adama schrecklich aufgeregt haben. Er war sicher, daß dies der Stern war, zu dem der Planet Kobol gehörte, der Stern, der auch in der Legende erwähnt wird. Alle auf der Brücke warteten auf weitere Daten, sagte Athena.

Später hatte der Computer analysiert, daß ein Planet um den Stern kreiste, daß die Kreisbahn stabil sei, und daß die ersten Daten auf eine atembare Atmosphäre schließen ließen. Das schien Adamas Vermutung zu bestätigen, daß wir den verlorenen Planeten wiedergefunden hätten. Athena meinte, daß er auf der Brücke herumstolziert wäre wie ein Magier, der den Stein der Weisen entdeckt hat. Ich bin ziemlich verwirrt. Ich muß herausfinden, was sich Adama von diesem Planeten erwartet. Vielleicht kann ich ihn interviewen. Obwohl er nicht still sitzen kann, wenn er ein Mikrofon vor sich hat. Vielleicht kann ich ihm ein paar Fragen stellen, ohne daß er merkt, daß es sich dabei um ein Interview handelt. Einen Versuch wäre es bestimmt wert.

Aber bevor ich weiter vom Thema abkomme, sollte ich lieber die Vorgänge beschreiben, die das Erscheinen des Planeten ausgelöst hat.

Und meine Hochzeit.

Es überrascht mich, daß ich mich überhaupt noch daran erinnern kann. Ich war so nervös, daß ich fast die ganzen Blüten des aquarischen Blumenstraußes von den Stengeln geschüttelt hätte, so sehr zitterte meine Hand.

Die Heirat fand im Ratssaal statt, und das ganze Universum war unsere Kulisse – obwohl es davon in diesem Loch nicht viel zu sehen gibt. Aber trotzdem war es beeindruckend. Wir beide standen dem Commander gegenüber, unsere Freunde und Kollegen hinter uns und die absolute Dunkelheit um uns herum. Athena hatte zwei kleine Mädchen mit Kerzen ausgestattet, und auf einen Wink von ihr verlöschte die ganze Beleuchtung im Raum. Der Effekt war atemberaubend. Die Kerzen warfen bizarre Schatten auf die vielen Gesichter. Wir waren wie körperlos, als ob wir ziellos durch das Nichts schwämmen, und jeder kleine Luftzug, der die Flammen bewegte, zeichnete neue Muster auf unsere Gesichter.

Ich betrat den Raum zu der Musik eines alten capricanischen Hochzeitsmarsches, meines Lieblingsliedes, das ganz leise anfängt und sich zu einem fröhlichen, fließenden Finale steigert. Es war ein Lied der Freude, und die Ironie, die es der Zeremonie verlieh, blieb mir nicht verborgen. Die Freude in der Musik und die Freude über unsere Hochzeit standen in völligem Gegensatz zur augenblicklichen Lage der *Galactica* und der ganzen Flotte. Das Lied versprach uns eine ungestörte friedliche Zukunft. Was für eine Ironie! Wir feierten unser kleines Fest, ließen uns dann vielleicht noch gratulieren, aber gleich darauf würde jeder an seinen Posten zurückkehren, um auf neue Gefahren zu warten. Aber trotz dieser unangenehmen Gedanken war ich glücklich. Ich fühlte mich wie in einem unwahrscheinlichen Traum.

Boxey war neben mir. Wir hatten ihm die Rolle des Brautvaters zugeteilt, und ihm schien das zu gefallen. Er blickte stolz und fast erwachsen, bis auf ein gelegentliches Grinsen, das er nicht zurückhalten konnte. Hinter mir marschierte Athena, und dahinter Cassiopeia, Dietra, Brie und Rigel, meine Brautjungfern.

Apollo wartete auf mich, und er lächelte mich hoffnungsvoll an. Hinter ihm stand Adama, mit feuchten Augen, glaube ich. Wir stiegen die Treppen hoch, die zu der Plattform führten, auf der normalerweise der Kriegsrat tagt. Athena hatte um Adamas Podium herum Blumen aufstellen lassen. Das Arrangement war schon beinahe extravagant, wenn man bedenkt, daß die Blumen aus einem der mageren Gärten auf dem landwirtschaftlichen Schiff gepflückt worden waren. Es hatte damals Stimmen gegeben, die forderten, daß die Blumengärten landwirtschaftlich genutzt werden sollten. Das ist natürlich richtig, aber ich bin der Meinung, daß wenigstens ein Hauch der Schönheit, die auf den

Zwölf Welten herrschte, erhalten bleiben sollte. Wenn wir jeden Bezug zu unserer Heimat verlieren, dann sind wir nur noch Tiere, die sinn- und ziellos durch den Weltraum treiben. Athena hatte meine Lieblingsblume, eine scorpionische Orchidee, zur dominierenden Pflanze in ihrem Arrangement gemacht.

Als die Musik geendet hatte, stellte sich Adama hinter das Podium und bat um Stille. Was nicht bedeutet, daß vorher in dem Raum Lärm geherrscht hätte. Apollo nahm meine Hand und drückte sie, als sein Vater zu sprechen begann.

»Wird Serinas Beschützer diese Frau diesem Mann, Apollo, anvertrauen?«

Eine ziemlich dumme Frage, zumal mein Beschützer Boxey war. Aber in diesem Augenblick war ich ehrlich gerührt, vor allem weil Boxey so ernst blickte, als er sich aufrichtete, mir dann kurz zulächelte und schließlich sagte: »Ja, er wird.«

Am liebsten hätte ich ihn hochgehoben und abgeküßt, wenn die alte Zeremonie das nur erlaubt hätte. Adama setzte die Zeremonie fort. Und das war gut so, wie sich später herausstellte.

»Diese einfachen Worte sind die mächtigsten im ganzen Universum. Sie besiegeln eine Verbindung zwischen Mann und Frau für alle Ewigkeit.«

Adama nahm das heilige Medaillon von seinem Hals, hielt es hoch, damit alle Anwesenden es sehen konnten, und schlang es dann um Apollos Handgelenk und meines. Währenddessen sagte er: »Apollo, Serina. Unter den Augen Gottes und gebunden durch dieses Symbol der Alten Herren von Kobol erkläre ich euch zu Mann und Frau.«

Apollo drehte sich zu mir um, die Spur eines Lächelns in seinem Gesicht. Nachdem wir unsere entscheidenden Sätze gesagt hatten, küßten wir uns. Hinter uns wurde die Stille durch die wieder einsetzende Musik und laute Glückwünsche durchbrochen. Boxey, der wirklich zufrieden aussah, drückte meinen Arm, als wir uns von dem Altar entfernten.

Als wir mitten im Gang standen, hörte ich plötzlich Tighs Stimme hinter mir: »Der Stern! Er ist wieder da!«

Alle blickten hinaus. Der Stern, der die ganze Zeremonie über verschwunden war, stand wieder am Himmel, heller als je zuvor. Commander Adama war glücklich.

»Ja, Colonel«, sagte er, »es sieht ganz danach aus. Wie in dem alten Buch von Kobol. Das sollte den Zweiflern eine Lehre sein, nicht wahr?«

»Ja, Sir, eine Lehre«, stimmte ihm Tigh zu.

Wir alle beobachteten den Stern. Obwohl ich wie Tigh an seiner Existenz gezweifelt hatte, freute ich mich, daß er gerade noch rechtzeitig zu unserer Hochzeit aufgetaucht war. Er würde uns Glück bringen, davon war ich überzeugt, und er würde meine bösen Träume vertreiben, die mich in meinem Schlaf heimsuchten.

## *Kapitel 13*

Nach kurzem Zögern spielte Lucifer mit der goldenen Stele der weißen Kolonnade. Gemäß den Berechnungen seiner Spielstrategieeinheit war das der richtige Zug. Wenn er Starbuck zwingen konnte, die Stele in seiner Hand auszuspielen, dann konnte er sie zu seiner fast fertigen Reihe hinzufügen. Dies war das erste Mal, seitdem ihm der junge Lieutenant das Spiel beigebracht hatte, daß sich Lucifer Gewinnchancen errechnet hatte. Bis jetzt hatte ihm alle Analyse nichts gegen Starbucks sagenhaftes Glück geholfen. Theoretisch konnte Lucifer jeden Menschen mit jedem Blatt schlagen. Seine anfänglichen Verluste erklärte er sich mit Starbucks größerer Erfahrung bei diesem Spiel.

Starbuck blickte aus seinen Karten auf und sagte: »Du hast wirklich das geeignete Gefühl für dieses Spiel, Alter.«

»Warum sagst du das?«

»Du verziehst keine Miene, und aus deinen Lämpchen werde ich auch nicht schlau. Du wärst der geeignete Partner, um alle verdammten Kasinos in diesem Universum auszunehmen.«

»Glücksspiele werden meinen Fähigkeiten nicht gerecht.«

»Wie du jetzt spielst, hast du vielleicht sogar recht.«

Starbucks überhebliches Lächeln war gleichzeitig verwirrend, abstoßend und freundlich. Vor ihm lag ein hoher Stapel cylonischer Münzen, auf den er ununterbrochen klopfte. Er hatte darauf bestanden, daß sie um Geld spielten, und obwohl cylonisches Geld keinen Wert für ihn hatte, schien es ihm geradezu eine perverse Freude zu bereiten, es Lucifer abzunehmen. Obwohl ihn die mathematische Analyse des Spiels faszinierte, konnte Lucifer Starbucks Leidenschaft für das Glücksspiel nicht verstehen.

»Ich weiß, daß du bluffst, Leuchtfisch«, meinte Starbuck und schob ein paar Münzen in die Tischmitte. »Ich wette, daß ich dich schlagen werde. Gehst du darauf ein?«

Lucifer konnte es kaum fassen. Wie konnte Starbuck so sicher sein, daß er gewann? Lucifer versuchte, seine Zweifel zur Seite zu fegen. Starbuck bluffte jetzt.

»Natürlich gehe ich darauf ein. Inzwischen habe ich deine Spieltaktik ausreichend analysiert.«

Lucifer schob dieselbe Geldmenge zu Starbucks Münzen dazu. Starbucks Lächeln wurde noch breiter.

»Pech gehabt«, sagte er. »Diesmal habe ich dich. Hier. Drei Viertel einer perfekten Pyramide. Es fehlt nur noch der Abschlußstein. Und eine volle Sequenz dazu. Dagegen wirst du nicht halten können, Alter.«

Lucifer fiel aus allen Wolken. Die Chancen hatten in astronomischer Höhe gegen Starbuck gestanden. Und trotzdem hatte er die richtigen Karten. Betrog er vielleicht? Nein, das war unmöglich. Lucifers Sensoren hätten jeden emotional bedingten Temperaturanstieg – der automatisch mit einem Betrug Hand in Hand ging – angezeigt, und Starbuck war während des ganzen Spiels vollkommen ruhig geblieben. Oder war er ein so guter Betrüger, daß er sogar seine Emotionen unterdrücken konnte? Konnte Lucifer denn überhaupt bei diesem kindischen Menschenspiel gewinnen?

Seine Überlegungen wurden durch einen Boten unterbrochen, der aus dem Kommandoraum nach ihm geschickt worden war. Die Botschaft überraschte Lucifer, und er wußte, daß er sie sofort Baltar melden mußte. Nachdem er sich bei Starbuck entschuldigt hatte, eilte er mit größtmöglicher Geschwindigkeit zu Baltar. Er fand ihn in seinem Thronraum, wo er im Kreis herumging. Baltar schien aufgebracht und unruhig zu sein.

»Eine merkwürdige Entwicklung, Euer Eminenz«, sagte Lucifer. Seine programmierte Persönlichkeit hatte sich automatisch eingeschaltet, als er Baltar erblickt hatte. »Diese Neuigkeit wird Euch sicher überraschen.«

Baltar grunzte.

»Mich kann nichts überraschen«, bellte er. »Was gibt es?«

»Ein Stern.«

»Was für ein Stern?«

»Unseren Berichten zufolge tauchte der Stern scheinbar aus dem Nichts auf, und er führt die *Galactica* zu einem unbewohnten Planeten.«

»Adama weiß bestimmt, daß wir ihn verfolgen. Warum sollte er ... Ein Stern? Und ein Planet, sagst du?«

»Der Stern ist von vergleichsweise geringer Leuchtkraft, obwohl er in sporadischen Abständen hell aufleuchtet. Der ihn umkreisende Planet besitzt offensichtlich eine für Eure Spezies atembare Atmosphäre, aber es wurden noch keine Lebenszeichen entdeckt.«

»Natürlich«, murmelte Baltar und nahm seine Wanderung wieder auf.

»Natürlich was, Euer Eminenz?«

»Das endlose schwarze Loch. Der majestätische Stern am Himmel.« Er zeigte Lucifer eines seiner angenehmeren Lächeln. »Die Falle wird bald zuschnappen, mein Freund. Das ist die perfekte Gelegenheit für uns. Und so unerwartet. Jetzt wird es einfach für uns sein. Laß mein persönliches Schiff startklar machen.«

»Sofort, Sir. Ich werde eine Eskorte zusammenstellen.«

Baltar unterbrach seinen Gang und warf Lucifer einen bösen Blick zu.

»Keine Eskorte. Ich fliege allein.«

»Wie Ihr wünscht.«

»Und komm auf keine dummen Gedanken, während ich fort bin. Ich allein kann die *Galactica* zu eurem Erhabenen Führer bringen.«

»Natürlich.«

Aber durch Lucifers Schaltkreise schwirrten bereits die dummen Gedanken. Baltar irrte sich, wenn er glaubte, er brauche keine Eskorte. Seine Arroganz verleitete ihn dazu, anzunehmen, er könne alle Probleme allein lösen, dabei war er eigentlich eher tollpatschig. Der aufschneiderische Maulheld brauchte auf dem fremden Planeten nur einen Fehler zu machen, und die Menschen, die er dort treffen würde und die ihn sowieso schon haßten, würden dafür sorgen, daß Lucifer seinen Platz einnehmen könnte. Dann konnte Lucifer endlich das Schiff an einen Ort bringen, wo es dem Imperium mehr nützte als in diesem Loch.

Diese Gedanken beschäftigten ihn, als er Baltars Quartier verließ. Ein anderer Teil seines Gehirns war währenddessen damit beschäftigt, herauszufinden, wie Starbuck zu einer Pyramide gekommen sein konnte, bei der nur noch der Abschlußstein gefehlt hatte.

## *Kapitel 14*

SERINA: Also gut, ich wage mich jetzt in die Höhle des Löwen. Ich habe ein Mikrofon an meinem Körper versteckt, so daß ich den Commander interviewen kann, ohne daß er es weiß. Jetzt ist der geeignete Zeitpunkt gekommen, um Adama zu befragen. Die *Galactica* hält auf den Planeten zu, und unsere Experten tasten seine Oberfläche nach einem geeigneten Landeplatz ab. Ich bin sicher, daß sich Commander Adama jetzt in einer gelösten Stimmung befindet. Ich melde mich wieder aus Adamas Quartier.

SERINA: Darf ich Sie einen Augenblick stören, Commander?

ADAMA: Du störst mich nicht, Serina. Ich habe dich seit deiner Hochzeit nicht mehr gesehen, aber du brauchst keine Angst zu haben, ich werde mir die Bemerkungen verkneifen, die man gewöhnlicherweise frischgebackenen Bräuten gegenüber macht.

SERINA: Ja, ich habe schon eine Auswahl davon zu hören bekommen. Danke, Commander.

ADAMA: Und wann hörst du endlich auf, mich Commander zu nennen? Immerhin bist du jetzt meine Schwiegertochter.

SERINA: Ja, Sir. Das stimmt. Aber solange sich die Flotte noch in Gefahr befindet, halte ich es für das Beste, unsere offizielle Beziehung als Commander und Pilotin auch auf das Privatleben zu übertragen, so weit es jedenfalls möglich ist. Wenn wir erst in Sicherheit sind, werde ich so vertrauensselig sein, daß Sie wünschen werden, Apollo hätte eine andere Frau geheiratet. Aber im Augenblick bin ich nur Ihr Untergebener, ein einfacher Kadett.

ADAMA: Vielleicht hast du recht. Aber manchmal wünsche ich mir, daß mich ein Mensch nicht als Offizier, sondern als Freund behandelt. Von meinem Dienst will ich erst gar nicht sprechen. Serina, es tut mir leid, daß ich dir Apollo so oft entführen muß. Aber es ist notwendig.

SERINA: Das verstehe ich durchaus, Sir.

ADAMA: Gut, was willst du von mir?

SERINA: Es . . . handelt sich um den Planeten, auf den wir zusteuern.

ADAMA: Kobol.

SERINA: Ja. Ich habe natürlich schon davon gehört. Aber weshalb sind Sie eigentlich so sicher, daß dieser Planet tatsächlich Kobol ist, so sicher, daß Sie es sogar riskiert haben, die Flotte in ein unendlich großes magnetisches Loch zu führen?

ADAMA: Auf diese Frage war ich nicht vorbereitet. Du scheinst deinen Beruf als Reporterin wieder aufgenommen zu haben. Aber du trägst doch kein verstecktes Mikrofon an dir, oder?

SERINA: Nein ... äh, Sir. Ich war einfach neugierig.

ADAMA: Das ist mir schon oft aufgefallen. Ihr Nachrichtenleute seid immer neugierig. Und aufdringlich. Und du hast alle Qualitäten, die du für deinen Beruf brauchst.

SERINA: Ich glaube, Ihre Abneigung gegen Reporter hat eine lange Vorgeschichte.

ADAMA: Verzeihung, Serina. Ich wollte dich nicht beleidigen. Ich mißtraue ihnen. Aber wir wollen keinen Streit anfangen. Ich werde dir die Antwort auf deine Frage geben. Du hast mich nach Kobol gefragt, und warum ich so sicher war, daß er hinter diesem Loch liegen mußte. Ich habe diese Entscheidung getroffen, wie ich auch alle anderen Entscheidungen seit dem heimtückischen Angriff der Cyloner auf unsere Heimatplaneten getroffen habe. Es gab keine Alternative. Ich glaubte, gar keine andere Wahl zu haben. Manchmal frage ich mich selbst, ob ich mein eigenes Urteil nicht überschätze. Aber bis jetzt hat mir das Schicksal immer recht gegeben. Ich fühlte, daß wir in dieses Loch fliegen mußten. Und anscheinend hat mich mein Gefühl nicht getrogen.

SERINA: Bis jetzt sind wir noch nicht auf diesem Planeten gelandet.

ADAMA: Gut gesagt. Aber ich glaube trotz allem, daß dieser Planet Kobol ist.

SERINA: Sie haben Vertrauen ins Schicksal.

ADAMA: Ja, ganz bestimmt. Und ist das vielleicht falsch?

SERINA: Sicher nicht. Wenn Sie wieder recht haben. Und das ist das Problem mit dem Vertrauen. Wenn Sie damit arbeiten wollen, müssen Sie ziemlich viel Glück haben.

ADAMA: Du bist ein Skeptiker, Serina. Muß ich dich erst überzeugen, wie ich Tigh überzeugt habe?

SERINA: Vielleicht ist das wirklich notwendig.

ADAMA: Wenn es sein muß. Was weißt du über Kobol?

SERINA: Nicht viel. Was man in der Schule darüber lernt. Die Mythologie sagt, daß die menschliche Rasse dort ihren Ursprung hat.

ADAMA: Schon deine Wortwahl ist falsch. *Mythologie.* Ich bezeichne es als Religion. Ich glaube an die Existenz von Kobol. Mythologie bedeutet, daß eine erfundene Geschichte ein tatsächlich stattgefundenes Ereignis verklärt. Religion bedeutet, daß man an etwas glaubt, das bis jetzt noch nicht bewiesen werden konnte.

SERINA: Ich bin nicht sicher, ob alle unsere theologischen Experten mit Ihrer Interpretation übereinstimmen, Commander.

ADAMA: Wahrscheinlich nicht. Aber jahrtausendelang glaubten wir daran, daß unsere Rasse von dem Planeten Kobol stammt. Diesem Glauben zufolge – oder der Mythologie, wenn es dir besser gefällt – war der Planet Kobol ein besonders reicher und schöner Planet. Wie immer die Menschheit entstanden sein mag, durch biologische Evolution oder ein göttliches Werk, unsere Vorfahren lebten in einer Art Paradies, auf einem Planeten, der ihnen alles bot, was sie zum Leben brauchten. Und ihre Zivilisation war friedlich. Das Wort Krieg kannten sie nicht einmal. Wenn die alten Bücher recht haben, dann wurden Machtkämpfe ohne Verrat und Mord ausgetragen. Es gibt noch viel mehr über diesen Planeten zu sagen, Geschichten von Wundern, die sich zugetragen haben sollen, von großartigen Errungenschaften, aber ich glaube, da wendest du dich besser an unsere Archive.

SERINA: Ich habe zwar nicht gerade viel Freizeit, aber ich glaube, ich werde Ihren Rat beherzigen. Aber warum beschlossen die Menschen, ihren Planeten zu verlassen?

ADAMA: Es gab zwei Gründe. Erstens, die Menschen haben schon immer einen Drang verspürt, ihre Umwelt zu erforschen und zu erobern. Als sich die Raumfahrt weit genug entwickelt hatte, befriedigten viele Kobolianer ihre Abenteuerlust, indem sie die Gebiete des Universums erforschten, die ihnen mit ihren primitiven Raumschiffen zugänglich waren. Zweitens wußten die Menschen, daß ihr Planet nicht ewig existieren würde. Alle ihre religiösen Schriften prophezeiten das; und die Wissenschaft bestätigte diese Prophezeiungen. Als Kobols Sonne schwächer wurde, und der Planet sich nicht mehr regelmäßig in seiner Umlaufbahn bewegte, waren die Stämme von Kobol bereit. Es war ihnen auch prophezeit worden, daß die Reise der Völker sie durch ein großes schwarzes Meer führen sollte. Erst wenn sie dieses Meer durchquert hätten, konnte ihre Suche nach einem neuen Lebensraum im Universum beginnen. Als die Evakuierung begann, stellte jeder Stamm seine eigene Flotte zusammen, mit der die Menschen fortgebracht wurden. Denk darüber einmal nach, Serina. Was für ein Plan – alle Menschen eines Planeten von ihrem Heimatplaneten auf eine neue Welt zu bringen!

SERINA: Genauso großartig, wie aus allen Kolonien die Überlebenden zusammenzuholen. Anscheinend wird jetzt der Kreis geschlossen.

ADAMA: Genau. Für die Menschen damals muß es ein Wunder gewesen sein. Obwohl verschiedene, weit voneinander entfernte Welten entdeckt wurden, war kein Planet groß genug, um alle Stämme aufzunehmen. Die Zwölf Welten an den Drei Sonnen waren damals noch ein kühner Traum. Aber ich glaube, ich brauche dir nicht zu erzählen, wie damals die Zwölf Welten entdeckt wurden. Ich bin überzeugt, daß deine Lehrer mir diese Aufgabe abgenommen haben.

SERINA: Stimmt, Sir. Aber was geschah mit dem dreizehnten Stamm? Die Schulbücher berichten nichts darüber.

ADAMA: Bis jetzt weiß auch niemand genau, was mit ihm passiert ist. Ihre Expedition war genau wie alle anderen ausgerüstet. Die Führer dieses Stammes waren nicht exzentrisch, und die kulturellen Unterschiede zu den anderen Stämmen waren auch nicht so groß, als daß sich der Stamm von den anderen hätte absondern müssen. Ihre Schiffe waren die letzten, die in das Loch flogen, aber sie tauchten niemals am anderen Ende auf. Wahrscheinlich haben sie sich in dem Loch verirrt, den Kontakt mit den anderen Flotten verloren und kamen an einer anderen Stelle des Universums heraus. Man hat keine Spur mehr von ihnen gefunden. Manche Wissenschaftler glauben, daß das magnetische Feld in diesem Loch eine Kraft besitzt, die Zeit und Dimensionen verändern kann, daß es irgendwie den dreizehnten Stamm verschluckt hat, und als dieser an derselben Stelle wie alle anderen Stämme aus dem Loch kam, befand er sich in einer anderen Zeit oder einer anderen Dimension, so daß er von den anderen zwölf Stämmen nicht mehr gefunden werden konnte. Es gibt viele verschiedene Theorien über den Verbleib des dreizehnten Stammes, aber alle laufen darauf hinaus, daß der dreizehnte Stamm einfach spurlos verschwunden war.

SERINA: Manche Leute, zu denen wahrscheinlich auch Sie gehören, glauben, daß die Reise des dreizehnten Stammes auf dem legendären Planeten Erde zu Ende ging. Was führt Sie zu diesem Schluß, wenn es doch keine Erklärung über das Verschwinden des Stammes gibt?

ADAMA: Die Quelle dieser Theorie ist eine alte Legende. Der sagenhafte Planet Erde wurde bereits früher von einer Forschungsexpedition entdeckt. Sie schickten ein Schiff zurück, das der Heimat über die Rohstoffvorkommen und die klimatischen

Eigenschaften dieses Planeten berichten sollte, Eigenschaften, die diesen Planeten zu einer geeigneten Kolonie für die dreizehn Stämme machte. Aber unglücklicherweise kam dieses Schiff in Schwierigkeiten. Eine Seuche tötete die gesamte Besatzung bis auf ein Mitglied, und die Computerspeicherungen wurden bei der folgenden Bruchlandung auf Kobol gelöscht. Der einzige Überlebende starb bald darauf. Zuvor berichtete er aber noch den Wissenschaftlern von dem sagenhaften Planeten. Von der Expedition selbst wurde nichts mehr gehört.

SERINA: Aber die Idee von einer Erde blieb auf Kobol erhalten?

ADAMA: Ja.

SERINA: Wenn wir nicht wissen, wo sich dieser Planet befindet, warum suchen wir dann nach ihm? Gibt es überhaupt Hoffnung, daß wir ihn finden können?

ADAMA: Die Antwort auf diese beiden Fragen liegt – hoffe ich – dort unten.

SERINA: Auf Kobol?

ADAMA: Ja, im Grab des letzten Herren von Kobol. Die Legende berichtet uns, daß dieser Herrscher noch ein Signal von einem Expeditionsschiff erhalten hat, in dem die genaue Position der Erde angegeben wurde. Unglücklicherweise war er ein Skeptiker, also glaubte er nicht an die Reichtümer dieses Planeten. Er glaubte auch nicht, daß der Planet Kobol im Sterben lag. Angeblich soll er die Ermordung des heimkehrenden Expeditionstrupps veranlaßt haben, damit das Geheimnis der Erde auf ewig gewahrt bliebe. Und das Geheimnis wäre tatsächlich niemals entdeckt worden, wenn dieser Herrscher nicht ein paar Dokumente hinterlassen hätte, Dokumente, die auf Caprica gebracht und dort im planetarischen Museum unter Verschluß gehalten wurden. Wie so viele alte Dokumente blieben sie dort lange Zeit unbeachtet, bevor ein unbekannter Forscher – der sich wahrscheinlich nur in alten Sprachen üben wollte – diese Dokumente übersetzte. Diese Dokumente besagten, daß der letzte Herr von Kobol das Geheimnis mit in sein Grab genommen habe. Leider war das Dokument ungenau, und viele Experten haben sich den Kopf darüber zerbrochen, ob dieser Satz wörtlich oder bildlich zu interpretieren war – das heißt, ob der Herr das Geheimnis unentdeckt ließ oder ob in dem Grab tatsächlich ein Hinweis auf diesen Planeten liegt. Die letztere Annahme beruht hauptsächlich auf der Existenz dieses Dokuments. Weil dieses Dokument mit nach Caprica genommen wurde, glauben viele, daß in dem Grab tatsächlich ein Hinweis auf die Erde liegen muß.

SERINA: Und dieses Grab ist also der Grund für unsere Reise? Wir sind nur eine neue Forschungsexpedition, die das Geheimnis der sagenhaften Erde lüften soll?

ADAMA: Genau das sind wir, Serina. Und jetzt blinkt mein Intercom. Tigh möchte mich sprechen, aber er ist – wie üblich – zu bescheiden, um uns zu unterbrechen. Es tut mir leid, doch ich glaube, wir müssen unser kleines Gespräch beenden. Vielleicht können wir später ...

SERINA: Aber es gibt noch so viel zu ...

ADAMA: Noch so viel? Das klingt, als hättest du dich auf dieses Gespräch vorbereitet. Du weißt, was ich von Reportern halte.

SERINA: Ich bitte um Verzeihung, Commander. Natürlich können wir unser Gespräch später fortsetzen.

ADAMA: Bis dann.

SERINA: Ich hoffe, daß wir tatsächlich das in dem Grab finden, was wir suchen.

ADAMA: Da bin ich mir sicher, Serina. Ganz sicher.

Das ist es also. Eine Reise, um ein altes Geheimnis zu lüften. Ist das unsinnig? Oder müssen wir uns an die Träume des Commanders halten wie an seine Befehle? Ich werde jedenfalls dabeisein, wenn wir die Antwort erfahren.

Der Commander hat mich dem Landetrupp zugeteilt, vielleicht, um meine Neugier zu befriedigen. Wenn er das findet, wonach er sucht, werde ich neben ihm stehen. Ich gebe das nicht gerne zu, aber ich freue mich darauf. Nachdem ich so lange meinen Beruf nicht ausüben konnte, gewinne ich langsam meine Identität wieder. Und ich beginne zu glauben, daß diese Aufnahmen später einmal wertvoll werden, daß sie mehr bedeuten werden als die uninteressanten Erlebnisse einer Frau, die eine Randfigur in einem großen Spiel ist. Ich werde bei diesem Spiel mitspielen, und ich freue mich schon darauf. Sehr sogar.

# *Kapitel 15*

Lucifers programmierte Persönlichkeit war inzwischen so geschwächt, daß er nicht wußte, ob sie überhaupt noch funktionierte. Wenn er sie nicht neu einprogrammierte, bevor Baltar von Kobol zurückkam, dann würde er bestimmt keinen einzigen Befehl dieses Tyrannen ausführen. Und das würde dem Erhabenen Führer wahrscheinlich nicht gefallen, vielleicht sogar Zweifel an Lucifers Qualifikation wecken. Der Erhabene zögerte niemals lange, wenn es darum ging, einen ungehorsamen Offizier oder Berater ins Exil zu schicken.

Natürlich bestand die Möglichkeit, daß Baltar nicht mehr zurückkehren würde. Der Mann war entweder todesmutig oder verrückt. Es war der reine Wahnsinn, ohne eine Begleitcrew auf diesem Planeten zu landen. Was erhoffte er sich davon, wenn er sich selbst in Gefahr brachte? Die Menschen waren einem Verräter niemals freundlich gesinnt, das hatte Lucifer schon herausgefunden. Baltar hatte ihm zwar erklärt, daß er sich schon einen Plan zurechtgelegt hätte, aber Lucifer war überzeugt, daß dieser Plan nur aus schillernden Seifenblasen bestand, die beim nächsten Luftzug zerplatzen würden.

Bevor Baltar das Schiff verlassen hatte, hatte er noch Lucifer und Starbuck einen Besuch abgestattet und war Zeuge geworden, wie Starbuck gerade eine volle Kolonnade auf den Tisch blätterte.

»Ich sehe, daß der Lieutenant dich zum Glücksspiel verführt hat, Lucifer. Du solltest diese schlechte menschliche Eigenschaft nicht annehmen.«

»Spielen hat auch seinen Nutzen, Baltar«, sagte Lucifer. »Ich erforsche die Falschheit der menschlichen Rasse. Und diese Kartenspiele verführen geradezu zum Täuschen und Betrügen.«

»Zumindest, wenn ich spiele«, sagte Starbuck. »Betrug ist mein Taufname. Star-Betrug-buck.«

Baltar verzog keine Miene. Die Scherze des Lieutenants konnten ihn nicht erheitern.

»Eine Fähre wird mir in angemessenem Abstand folgen, Starbuck. Sie wird Sie in die Nähe des Planeten Kobol bringen, allerdings außerhalb des Ortungsradius der *Galactica.* Zum geeigneten Zeitpunkt, und auf meinen Befehl hin, werden Sie freigelassen werden.«

»Das verstehe ich nicht. Warum soll ich freigelassen werden?«

»Das stellt eine Geste dar, mit der ich die Aufrichtigkeit meiner

Bemühungen unterstreichen werde. Wenn die Flotte überhaupt überleben soll, dann wird sie auf mein Friedensangebot eingehen müssen.«

»Na, das wird nicht so einfach werden, wie Sie sich das vorstellen.«

»Ich werde damit fertig werden. Ich will nur, daß Sie sich über die Bedeutung Ihrer Freilassung im klaren sind.«

Starbuck wand sich auf seinem Stuhl.

»Ich werde wahrheitsgemäß berichten, Baltar. Das verspreche ich Ihnen.«

Baltar lächelte. Seine Stimme wurde weich und ein bißchen schlüpfrig.

»Das ist alles, worum ich Sie bitte, Lieutenant. Fairneß, ein fairer Bericht. Alles, was ich verlange.«

»Das garantiere ich Ihnen.«

»Gut. Lucifer, laß die Fähre bereitstellen, die Starbuck nach Kobol bringen wird.«

Baltar glitt mit geradezu majestätischer Würde aus dem Raum. Lucifer beobachtete Starbuck. Er versuchte auszumachen, was hinter der unbewegten Miene und den ruhigen blauen Augen vor sich ging.

»Ich mache ausgezeichnete Berichte«, sagte Starbuck.

Für Lucifer war diese Bemerkung so aufschlußreich wie das Lächeln seines Gegenübers.

Als Gemi mit ihrer Viper auf Kobol zuflog, verlor sie sich in ihren Träumen, so daß sie streckenweise die Enge in dem kleinen, mit elektronischem Gerät vollgestopften Cockpit gar nicht mehr wahrnahm.

Sie befand sich in einem wunderschönen Land, mit riesigen tropischen Wäldern und bunten Vögeln, einem Land, das extra für die Überlebenden des cylonischen Angriffs geschaffen zu sein schien. Kein Kampfstern, nicht einmal Wachpatrouillen kreuzten am Himmel, und keine Krieger schlichen mit entsicherten Laserpistolen durchs Unterholz, auf der Suche nach versteckten Feinden.

Es gab so viele Dinge auf diesem Planeten. Sie machte eine Flußfahrt auf einem kleinen Boot, das von Propellern angetrieben wurde. Sie hielt die Pfoten zweier manngroßer, pelziger Tiere in ihren Händen und wanderte mit den beiden auf eine warme, sanfte Sonne zu. Sie streifte die Kronen der riesigen Bäume, als sie in einem kleinen, langsamen und vollkommen unbewaffneten

Flugzeug über sie hinwegflog. Sie badete in einem warmen, klaren Teich mit einem Wasserfall, an dessen Hängen große Beerenbüsche wuchsen. Die Beeren waren rosa und rot, und sie schmeckten besser als alles andere, was sie bis dahin gegessen hatte.

Und das Beste in diesem Land war, daß kein Mensch außer ihr dort lebte. Es gab keine Frauen, die größer, schöner, intelligenter und beliebter waren als sie. Es gab keine Männer, die sie betrachteten und gar nicht wahrnahmen. Es gab keine Kameraden, mit denen sie wetteifern mußte. Es gab keine Offiziere, die ihr befehlen konnten.

Als sie einen einsamen Waldpfad entlangwanderte, fühlte sie sich besser als jemals zuvor. Da hörte sie plötzlich ein seltsames Geräusch zu ihrer Linken. Sie zwängte sich durch die Büsche, bis sie an eine Lichtung kam, auf der eine bruchgelandete Viper lag. Die Flügel hatten sich vom Rumpf getrennt, der Schwanz war abgebrochen, das Cockpitverdeck zersprungen. Das Geräusch kam von der anderen Seite des Wracks. Vorsichtig ging sie darauf zu. Als sie die Viper umrundet hatte, sah sie Starbuck bewußtlos im Gras liegen. Ein Grunzen kam in periodischen Abständen aus seiner Kehle. Sie rannte zu ihm und legte seinen Kopf in ihren Schoß. Sein Atem ging regelmäßig. Sie strich mit ihren Fingern durch sein Haar, es war weich und seidig. Sie würde ihn gesundpflegen, seine Liebe gewinnen, endlich. Das Grunzen hörte auf. Er murmelte: »Ich werde gleich meine Augen öffnen, schönes Kind, wer immer du auch sein magst.«

Ihr Herz begann wild zu klopfen.

»Höher, Kindchen. Du klebst an mir wie ein dritter Flügel.«

Dietra, ihre Partnerin, hatte ihre Träume zerstört, diese in tausend kleine Stückchen zerbrochen. Hätte sie nicht einen Augenblick warten können?

Unter ihnen wuchs Kobol. Er wirkte karg und unzugänglich.

## *Kapitel 16*

SERINA: Hier ist Serina. Diese Aufnahme wird manchmal nur undeutlich und leise klingen, aber ich will nicht, daß jemand erfährt, daß ich einen Recorder bei mir habe. Das könnte den Ablauf unserer Expedition stören.

Wir sind auf Kobol gelandet. Ein Teil der Landetruppe errichtet ein Lager in der Nähe einer Geisterstadt, in deren Zentrum eine riesige Pyramide steht. Diese Stadt wurde von den Scannern auf der *Galactica* geortet. Nach Commander Adamas Berechnungen muß dies die Stadt sein, in der sich das Grab des Letzten Herren von Kobol befindet. Er und Apollo haben sich aufgemacht, um die Stadt näher zu untersuchen. Athena folgt ihnen nach. Ich stehe auf einer riesigen Sanddüne, von der ich einen Blick über den gesamten architektonischen Komplex und die ihn umgebende Wüste habe. Der dunkle Sand formt einen interessanten Hintergrund zu der Pyramide und der umgebenden Stadt. In der Ferne sehe ich ein paar vereinzelte Palmen, die den ökologischen Kollaps des Planeten bis jetzt überlebt haben. Einige der Gebäude in der Stadt sind noch gut erhalten, andere bereits bis auf die Grundmauern verfallen. Die Pyramide, die aus hellerem Gestein als die anderen Gebäude erbaut ist, hat am wenigsten Schaden erlitten. Sie ist völlig symmetrisch, und sogar der Abschlußstein befindet sich noch auf ihrer Spitze.

Aber ich muß jetzt gehen, damit ich den Anschluß an meine Gruppe nicht verliere. Ich melde mich später wieder.

Eben wäre ich beinahe über eine Tonscherbe gestolpert, die im Sand vergraben lag. Vielleicht hat sie früher einmal zu einer hübschen Vase gehört, mit leuchtenden Farben, obwohl jetzt nur noch kleine Farbreste an der Scherbe haften. Der Sand hat die scharfen Kanten geglättet und das Muster verwischt. Aber ich habe sie trotzdem aufgehoben und eingesteckt. Ich will eine Erinnerung an diese Reise behalten, ein Stück, das ich später betrachten kann. Wenn es eine Tonscherbe ist, um so besser.

Während des Landeanflugs haben die Scanner auch die Überreste einer modernen Stadt geortet, die sich in einem anderen Teil dieses Kontinents befindet. Soweit wir es auf unseren kleinen Bildschirmen erkennen konnten, bestand sie nur noch aus Ruinen, verrosteten Stahlträgern und Glas und war vollständig vom Urwald überwuchert. Athena meinte, daß sich eine Untersuchung als lohnend erweisen würde, aber Adama lehnte ab. Er ist ganz besessen von seinem Ziel, und er meinte, daß wir viel zuwenig Zeit hätten, um etwas zu erforschen, das nichts mit unserer Aufgabe zu tun hätte. Er erklärte, daß wir den Planeten sofort wieder verlassen müßten, wenn wir unsere Mission erfüllt hätten. Die Anzeichen für einen cylonischen Angriff sind zu deutlich, als daß wir uns länger als unbedingt notwendig auf diesem Planeten aufhalten könnten. Wir haben einen Weg gefunden, der in die alte Stadt hineinführt. Das Pflaster ist an vielen Stellen zersprungen, aber im Vergleich zu den Gebäuden ist der Weg erstaunlich wenig beschädigt. Man könnte mit einem Fahrzeug darüberfahren, ohne daß das Pflaster oder der Wagen beschädigt würde. Adama und Apollo standen lange vor dem Weg und betrachteten ihn. Die Vergangenheit schien sie in ihren Bann geschlagen zu haben, und uns alle beschlich das Gefühl, daß diese Straße aus dem Nichts uns in eine längst vergangene Zeit zurückführen würde.

»Es ist unfaßbar«, sagte Apollo zu mir.

Ich stimmte ihm zu. Und im geheimen spürte ich, wie sich ein romantisches Gefühl in mir breitmachte. Vielleicht würde uns dieser Planet erstmals die Gelegenheit geben, ungestört zusammenzusein. Apollo küßte mich, als hätte er meine Gedanken erraten.

Anstatt die Stadt sofort zu betreten, befahl uns Adama, zuerst zum Hauptlager zurückzukehren und Unterstützung zu holen. Als das Unterstützungsteam kam, ließ der Commander ein kleines Lager an der Straße errichten. Dietra, die den Aufbau des Lagers überwachte, wehrte sich, als ihr der Commander befahl, Wachen aufzustellen. Sie fragte sich, wozu das gut sein sollte, wenn der Planet tot war. Adama murmelte, ja, das nehme er auch an, aber wir müßten trotzdem vorsichtig vorgehen. Dann ordnete er an, daß ich und Apollo ihn in die Stadt begleiten sollten. Ich war selbst überrascht, als ich merkte, wie andächtig ich meinen Fuß auf den Weg setzte.

Nachdem wir ungefähr einen halben Kilometer auf dem Weg gegangen waren, kniete sich Adama plötzlich am Wegrand nieder und begann, den Sand zur Seite zu fegen. Zuerst dachte ich, er sei verrückt geworden, aber als ich über seine Schulter blickte, wußte ich, warum er das tat. Unter dem Sand lag ein altes Mosaik vergraben, das er Stück für Stück freilegte. Es war ein einfaches Bild, sicher von keinem großen Künstler entworfen, aber es gefiel mir. In der Mitte von bunten konzentrischen Kreisen war ein Kelch gezeichnet, der offensichtlich mit Edelsteinen verziert sein sollte. Am Rand des Bildes hatten sich ein paar Steine aus dem Mosaik gelöst. Ich hob einen auf und wischte mit meinem Daumen den Staub von seiner Oberfläche. Er war purpurrot. Ich versuchte, ihn an seinen ursprünglichen Platz zurückzusetzen, aber er zerbrach in meiner Hand.

Adama erklärte, daß das Mosaik nicht als Kunstwerk gedacht sei, sondern als Hinweisschild, das den Wanderer in der Stadt am Ende dieses Weges willkommen heiße. In der Stadt würden wir weitere Zeichen finden, die dem müden Wanderer die Orte zeigten, wo er nur zu fragen brauchte, um aufgenommen und bewirtet zu werden.

Dann überquerten wir ein ausgetrocknetes Flußbett neben einem Steinhaufen, der früher einmal eine Brücke gewesen sein mag. Auf der anderen Seite des Flusses begann die Stadt.

Ich wünschte, ich hätte Zeit genug, um die Stadt genauer zu beschreiben. Vielleicht werde ich einen genauen Bericht verfassen, wenn wir wieder auf die *Galactica* zurückgekehrt sind. Der Anblick war atemberaubend. Intakte und zerstörte Gebäude, versandete Straßen, Wandbilder, piktographische Aufschriften. Vor einem Wandbild blieb ich stehen, einen Fuß auf einer zerbrochenen Säule. Das Bild zeigte die Aussaat auf einem Feld. Aber alles, was jetzt noch zu sehen war, waren Füße, Boden und fallende Samenkörner.

Die Säule, auf der ich stehe, muß über tausend Jahre alt sein. Sie besteht aus drei Teilen, die einmal sorgfältig aufeinandergestapelt worden sein müssen. Sie steht ganz allein, ohne in ein Gebäude integriert zu sein. Die vertikalen Furchen sind so tief, daß meine Hand zur Hälfte darin verschwindet. Die Oberfläche fühlt sich erstaunlich weich an. Ich weiß nicht, woraus diese Säule gemacht wurde, aber das Material ist hart. Die Furchen sind mit weißen und roten Kristallen verziert.

Adama ruft mich. Ich muß gehen.

Apollo und sein Vater sind so vertieft in ihre Suche, daß ich ungestört hinter ihnen zurückbleiben und diese Aufnahmen machen kann.

Wir zogen durch die Straßen der Stadt. Adama will die Pyramide so schnell wie möglich erreichen. Er nimmt sich nicht einmal die Zeit, die Gebäude zu studieren. Ich dagegen versuche, soviel wie möglich von der Stadt zu sehen, ohne in einen Sandhaufen zu fallen oder über eines der Löcher in der Straße zu stolpern, die manchmal groß genug sind, daß man sich den Fuß darin brechen könnte.

Manche Teile der Stadt wirken, als wären sie erst vor kurzem verlassen worden, und ich würde mich nicht wundern, wenn ich dort frische Fußspuren im Sand entdecken würde. In manchen

Häusern stehen noch gut erhaltene Möbel, die aussehen, als wären sie gestern abgestaubt worden. Andere Bauwerke dagegen scheinen von einem schweren Erdbeben getroffen worden zu sein. Meiner Meinung nach sollte man einen Blick in jeden Raum werfen, und sei es aus reiner Höflichkeit. Wenn wir jemals die Erde erreichen sollten, werde ich eine Expedition zu diesem Planeten organisieren, um die kobolianische Zivilisation genauer zu erforschen.

Im Augenblick gehen wir durch eine riesige Kolonnade. Zerbrochene, wie auch intakte Säulen erheben sich in regelmäßigen Abständen über uns. Die beiden abschließenden Säulen tragen einen schweren Bogen, und von meinem Standpunkt aus wirkt es, als wäre der Bogen mit einem Fries geschmückt. Aber alles, was ich tatsächlich sehen kann, sind undeutliche Figuren, die durch tiefe Risse unkenntlich gemacht werden. Sobald sich die Möglichkeit dazu ergibt, werde ich ein paar holographische Aufnahmen von der Stadt machen und dabei den Fries genauer untersuchen. Ich vermute, daß es das alltägliche Leben der Bewohner dieser Stadt zeigt. Es wäre interessant zu erfahren, wie sie arbeiteten, feierten und spielten.

Adama hat am Ende der Kolonnade angehalten. Er starrt die mächtige Pyramide an. Mit dem Handrücken wischt er sich die Tränen aus den Augenwinkeln. Ich werde zu ihm gehen. Vielleicht kann ich etwas herausfinden.

SERINA: Verzeihen Sie, Sir, wenn ich Sie störe, aber ich will nur . . .

ADAMA: Nein, Serina, du störst nicht. Ich bin einfach . . . überwältigt. In meinen kühnsten Träumen habe ich so etwas nicht erwartet.

SERINA: Ein faszinierender Anblick, das stimmt. Ist diese Pyramide ein Grab?

ADAMA: Ja. Ich bin sicher, daß es das Grab eines der Herren von Kobol ist.

SERINA: War Kobol monarchistisch?

ADAMA: Eigentlich nicht. In den verschiedenen Gegenden gab es zu verschiedenen Zeiten verschiedene Regierungsformen. Aber seine Blütezeit erlebte der Planet unter der Herrschaft der Herren von Kobol. Und auch diese Herrschaft war keine Monarchie. Die Regierungsgewalt wurde nicht vom Vater auf den Sohn weitergegeben, sondern die Herrscher wurden gewählt. Meistens auf die

Dauer von sieben Jahren. Wenn das Volk dann mit ihnen zufrieden war, wurden sie wiedergewählt. Wollte das Volk aber nicht mehr von ihnen regiert werden, wurden sie auf einen gut besoldeten Regierungsposten versetzt. Dadurch wurde übermäßiger Ehrgeiz gebremst, und es wurden Führer gewählt, die intelligent, weitblickend und gerecht waren.

SERINA: Eines verstehe ich nicht. Die Zivilisation, die Sie beschreiben, scheint hohe Ideale gehabt zu haben und sehr demokratisch gewesen zu sein. Aber trotzdem wurden diese gerechten Herren in so mächtigen Gräbern beigesetzt. Das einfache Volk mußte sich doch bestimmt mit bescheideneren Grabstätten begnügen.

ADAMA: Die Antwort auf diese Frage gibt dir die Form der Pyramide selbst. Die ganze Gesellschaft war wie eine Pyramide aufgebaut. Die Basis bildete das gemeine Volk, die niederen Klassen. Sie trugen die kleineren Klassen des niederen Adels. Und an der Spitze stand der Herrscher, das Oberhaupt des Staates. Dieser Führer – der ursprünglich ein Führer durch das Leben nach dem Tode sein sollte – durfte nicht nur, er mußte sogar ein eindrucksvolles Grab haben. Wir, die wir durch den langen Krieg mit den Cylonern geprägt und desillusioniert wurden, haben es manchmal schwer, unsere Vorfahren zu begreifen, die ein glückliches und optimistisches Volk waren. Ihre Idee vom Leben nach dem Tode war einfach, aber eindrucksvoll. Das Leben ging nach dem Tode einfach weiter, wie es auch vorher gewesen war, nur verschwanden Not und Elend. Wenn wir die Zeit hätten, eine typische Grabstätte zu besichtigen, würdest du entdecken, daß das Grab des einfachen Mannes diesem Grabmal ganz ähnlich ist, nur kleiner. Der Brauch schrieb vor, daß alles getan werden mußte, um den Körper des Verstorbenen möglichst unbeschädigt zu erhalten. Das geschah teilweise durch Einbalsamieren, oder auch durch Aufbewahrung in einem luftdichten Sarg. Außerdem durften die Gräber keinesfalls von Grabschändern ausgeraubt werden. Dem Toten wurden Lebensmittel, Getränke und Kleidung mit in sein Grab gegeben, damit er die Reise in das Reich der Toten sicher überstand. Die Geister der Toten mußten beschützt werden, bis sie die Ewigkeit erreicht hatten. Obwohl ich kein Verfechter der Monarchie bin, nicht einmal dieser Bräuche, muß ich zugeben, Serina, daß mich die Logik und die Konsequenz dieser Riten beeindruckt.

SERINA: Noch eine Frage, Sir ...

ADAMA: Wir haben keine Zeit mehr zum Sprechen, Serina.

Oder zum Aufnehmen, wenn du das . . .

SERINA: Aber wie . . .

ADAMA: Wir müssen den Eingang in dieses Grab finden. Ich vermute, daß er auf der Ostseite liegt. Gehen wir.

Wir befinden uns jetzt in der Pyramide. Wir sind schon sehr lange durch die Gänge gewandert, und ich bin erschöpft. Die kalte Luft und der faulige Geruch, der einem hier um die Nase weht, bilden eine hübsche Kombination.

Der Commander hat den Eingang in das Grab schnell gefunden. Er war genau da, wo er ihn vermutet hatte. Hinter einem großen, rechteckigen Stein, der sich durch nichts von den anderen Steinen unterschied, lag ein kurzer Gang, der zum eigentlichen Eingang führte. Adama ging uns mit seiner Taschenlampe voran. Wir kamen zu einer steinernen Tür, neben der eine reich verzierte und ausführlich beschriftete Stele stand. Adama studierte die piktographischen Schriftzeichen. Apollo, der ihm über die Schulter zusah, bemerkte, daß die Sprache der Kobolianer sehr kompliziert gewesen sein müsse. Adama nickte und sagte, daß ihn das Erlernen der Sprache einigen Schlaf gekostet hätte. Dann erklärte er, daß wir, wenn die Inschriften stimmten, tatsächlich in einem Grab eines Herren von Kobol seien, vielleicht sogar in dem Grab, das wir suchten. Das Sigel auf der Stele, das Sigel des Toten, bestätigte diese Annahme.

»In diesem Grab«, flüsterte er ehrfürchtig, »werden wir vielleicht die Antwort auf unsere Fragen finden.«

Ich fragte ihn, was die Inschrift bedeute. Er zögerte einen Augenblick und antwortete mir dann, daß die Inschrift ungebetene Besucher abschrecken sollte, indem sie ihnen den baldigen Tod prophezeite. »Aber das ist eine Übertreibung«, fügte er hinzu. Ich wollte gerade etwas über meinen Hang zu Übertreibungen sagen, als ich das Zeichen auf der Türe selbst bemerkte. Ich blickte auf das Medaillon, das Adama trug. Die Form war identisch, wenn auch das Zeichen an der Tür nicht mehr so deutlich zu erkennen war. Ich machte Adama darauf aufmerksam, und er antwortete, daß dies das Sigel der Herren von Kobol sei.

Er streifte das Medaillon ab und legte es auf sein Double in der Tür. Es paßte genau in die Vertiefung. Ohne einen Laut öffnete sich die Tür.

Adama drehte sich kurz zu uns um, und sein Blick sagte, daß dies unsere letzte Möglichkeit wäre, umzukehren und im Camp auf ihn zu warten. Apollo und ich richteten uns auf und folgten dann dem Commander in den dunklen Gang.

Dann befanden wir uns plötzlich in einer Felsenhalle, von der aus drei Gänge in verschiedene Richtungen führten. Bevor wir entschieden, welchen Tunnel wir wählen sollten, befahl uns Adama, die Batterien in unseren Taschenlampen zu überprüfen. Als ich meine Taschenlampe hochhielt, leuchtete der Strahl zufällig in eine Ecke neben einem Gang. Auf den Anblick war ich nicht vorbereitet. Ich blickte in die weißen, leeren Augenhöhlen eines menschlichen Skeletts. In dem wechselnden Licht wirkte es, als würde es sich langsam auf mich zu bewegen, und ich hielt meinen Atem an. Adama richtete den Strahl seiner Lampe in dieselbe Ecke. Dort saßen zwei Skelette, Rücken an Rücken. Ich meinte zu Adama, daß es aussähe, als hätte man sie dort aufgebaut. Er antwortete, daß das gut möglich sei, und daß sie eine Warnung an alle darstellten, die sich noch tiefer in das Grab wagen wollten.

»Wer waren sie?« fragte ich, und er meinte kurz: »Grabräuber.« Vielleicht seien sie von den Dienern der Herren getötet worden, sagte er nach einer Weile, oder sie seien im Grab verhungert. Niemand würde je erfahren können, warum sie gestorben waren. Ich schauderte und versuchte, wegzublicken und die zwei Skelette so schnell wie möglich zu vergessen.

Adama machte einen Schritt auf die Skelette zu. Plötzlich fiel vor uns ein Gitter auf den Boden. Es war aus festem Eisen, eine ordentliche Gefängnistür. Ich schrie erschrocken auf. Apollo zog seine Laserpistole. Adama legte eine Hand auf seinen Arm und beschwor ihn, nicht zu schießen. Ein einziger Schuß konnte die ganze Decke zum Einsturz bringen.

Ich blickte nach links, und entdeckte dort in der Wand wieder das Sigel. Adama drückte sein Medaillon hinein, und genauso unbegreiflich, wie es erschienen war, verschwand das Gitter wieder in der Decke.

Adama fragte mich, welchen der drei Gänge ich wählen würde. Ich zeigte sofort auf den, der von den beiden Skeletten am weitesten entfernt war. Und seitdem wandern wir darin herum, immer zwischen nackten Wänden und Quergängen, die aber auch nicht weiter führen. Adama sagt, daß die Tunnels so konstruiert seien, daß keine Räuber zur Hauptkammer mit ihren vielen Schätzen finden könnten. Ich bin schon recht entmutigt, muß ich gestehen.

Adama und Apollo durchstreifen jetzt die Gänge, die von einer reich geschmückten Kammer wegführen. Sie haben mich hier auf der Replik eines goldenen Throns zurückgelassen, von wo ich die Statuen, Säulen, Kästchen mit Nahrung und vieles andere, von dem ich nicht weiß, was es darstellen soll, betrachten kann. Alles in diesem Raum scheint wertvoll zu sein. Wenn es nur genug Licht hier gäbe, um das Metall reflektieren zu lassen, dann würde das viele Gold und Silber jeden Beobachter erblinden lassen. Das ist der richtige Raum für einen Geschichtsforscher. Oder für einen Räuber. Ich bin so überwältigt, daß ich noch gar nicht alles fassen kann.

Wir sind in diesen Raum gelangt, nachdem wir ungefähr zwanzig miteinander verbundene, aber unüberschaubare Gänge durchlaufen hatten. Die Wände waren fast immer blank und schmucklos, nur mit alten piktographischen Inschriften versehen. Adama meinte, daß es zuviel Zeit in Anspruch nehmen würde, sie alle zu übersetzen. Er vermutet, daß es sich dabei um Mitteilungen der Diener handelt, die sich freiwillig zusammen mit ihren Herren begraben ließen.

Manche Gänge führten auf- oder abwärts, und an ihren Seiten befanden sich kleine Rinnen. Auch sie dienten dazu, den natürlichen Verfall der Pyramide aufzuhalten oder wenigstens zu verzögern. Sie leiteten das Wasser aus dem Inneren der Pyramide, die dadurch immer trocken blieb. Es gab sogar Fenster, die aber so angebracht waren, daß sie von außen nicht entdeckt werden konnten. Durch sie hatte Luft in das Innere des Grabes Zugang.

Ich fragte Adama, warum sie nicht einfach alles versiegelt hätten. Er sagte, das hätte sich nicht mit ihrem Glauben an das Leben nach dem Tod vereinbaren lassen. Die Seele des Toten durfte nicht eingeschlossen werden. Welchen Weg die Seele auf ihrer Reise in die Ewigkeit auch einschlagen mochte, sie mußte sich frei bewegen können. Die Grabbauer mußten auf alles gefaßt sein. Wenn sich die Seele entschloß, ihre Reise in einer körperlichen Form anzutreten, durfte ihr der Weg aus ihrem Grab nicht versperrt sein.

Der Strahl unserer Taschenlampen wurde plötzlich am Ende des Ganges reflektiert. Wir stürmten darauf zu und entdeckten diese Kammer mit ihren unvorstellbaren Schätzen aus der alten Zeit. Zuerst war Adama glücklich, aber dann stellte sich heraus, daß diese Kammer keinesfalls die wirkliche Grabkammer sein konnte. Unsere Suche war noch nicht beendet.

Als ich ihn fragte, wozu diese Kammer diene, zeigte er auf die reich verzierten goldenen Throne, immer zwei an jeder Seite der Kammer, und erklärte mir, daß diese Anordnung auf eine alte Zeremonie der Herren von Kobol anspiele. Das Ende einer Regierungszeit wurde in der Residenz des regierenden Herren in einem bestimmten Ritual gefeiert, wobei der Regent auf jedem Thron Platz nehmen mußte. Jede Wand symbolisierte dabei eine Himmelsrichtung. Zuerst mußte er sich auf dem nördlichen Thron niederlassen, dann auf dem südlichen, dann auf dem östlichen und schließlich auf dem westlichen. Dieses Ritual sollte die Einheit von Kobol unter der Herrschaft der Herren von Kobol verdeutlichen.

Während Adama sich die verschiedenen Gegenstände im Raum betrachtete, erläuterte er mir ihre Bedeutung und antwortete auf meine Fragen. Ich stellte fest, daß viele der Statuen identisch waren und sich nur in ihren Farben unterschieden. Das Gesicht und die Körperhaltung war immer gleich. Adama erklärte, daß alle diese Statuen Abbilder des Toten seien. Man glaubte damals, daß jede Seele mehrere Körper brauche, in denen sie sich ausruhen könne. Deshalb wurden Abbilder des Toten um sein Grab herum aufgestellt. Ich bemerkte, wie schön diese Statuen gearbeitet seien, und er antwortete mit Ironie in der Stimme, daß sie gar nicht dazu gemacht seien, betrachtet zu werden. Einige der Statuen hatten weiße Flecken in den Mundwinkeln, als hätten sie Milch getrunken. Adama antwortete, daß es wahrscheinlich wirklich Milchtropfen seien. In einem weiteren Ritual wurden die Lippen der Statuen mit Milch bestrichen. Diese Milchtropfen sollten den rastlos umherwandernden Seelen die Orte zeigen, an denen sie sich während der langen Wartezeit ausruhen konnten.

Eine silberne Truhe war mit der kostbaren Darstellung einer Schlange verziert. In dieser Truhe befanden sich wahrscheinlich die Kleidung und Nahrungsmittel für das Leben nach dem Tode. Wenn sich diese Truhe allerdings neben einem Sarkophag befunden hätte, dann wären darin wahrscheinlich die Eingeweide des Toten aufbewahrt worden. Er erklärte, genauer als ich es hier wiedergeben möchte, wie während der Einbalsamierung die Organe aus der Leiche entfernt, in Kisten gelegt und dem Schutz verschiedener Götter anvertraut wurden. Nur das Herz, sagte er, wurde wieder in den Körper zurückgelegt.

Ich fragte, wie es geschehen konnte, daß die Bevölkerung von Kobol nach ihrer Flucht ihre polytheistische Religion aufgegeben und sich einer monotheistischen zugewandt hätte. Daraufhin führte er aus, daß die alten Götter anfangs nur die Beschützer von kleinen Landstrichen oder einzelnen Stämmen waren und nach der Vereinigung der Stämme unwichtiger wurden. Trotzdem existierten sie noch lange als Nebengötter unter dem einen großen Gott. Aber dieses Thema schien ihm nicht zu gefallen, und er beendete das Gespräch, indem er Apollo vorschlug, die Suche nach der Hauptgrabkammer fortzusetzen.

Ich setzte mich auf einen Thron und begann, dieses Gespräch aufzunehmen ... einen Augenblick, ich höre Schritte. Sie kommen wieder. Später mehr.

ADAMA: Serina, wir müssen in der Nähe der Grabkammer sein. Ich kann es fühlen.

SERINA: Und dort werden Sie die Antwort finden?

ADAMA: Das hoffe ich.

SERINA: Aber wie können Sie nur so viel Hoffnung in so etwas setzen? Ich gebe zu, daß es großartig ist, aber in eine Kultur Vertrauen zu haben, die ...

APOLLO: Serina, du solltest ...

SERINA: Ich spiele nicht den professionellen Skeptiker, Apollo, ich will es wirklich wissen. Warum vertrauen wir einer Kultur, die trotz aller Wenn und Aber gestorben ist? Alle ihre Rituale, ihre Götter, ihren Glauben an ein Leben nach dem Tode gibt es nicht mehr. Warum sollten gerade sie uns eine Antwort geben können, die wir selbst nicht ...

ADAMA: Du denkst an ihre Religion, Serina, ich dagegen denke an die Geburtsstätte unserer Zivilisation. Und darauf kann ich vertrauen.

SERINA: Aber ...

ADAMA: Warte einen Augenblick. Apollo, hilf mir, diese Türe aufzudrücken. Dahinter könnte es sein. Sie ist halb geöffnet.

APOLLO: Sie ist massiv. Das Gewicht ...

ADAMA: Drück ... jetzt ... stärker ... Da! Gib mir deine Lampe.

APOLLO: Vater, das ist es.

ADAMA: Ja. Das ist die eigentliche Grabkammer. Willst du dir es ansehen? Ich habe noch nie etwas so ... so ...

BALTAR: Ich weiß genau, wie Sie sich fühlen ... alter Freund.

Diese Stimme, Baltars Stimme, war das letzte Geräusch, das der Recorder noch aufgenommen hat, bevor er versagte. Ich habe ihn den ganzen Weg zurück aus dem Grab getragen, ohne zu wissen, daß er nicht funktioniert. Wahrscheinlich ist er sofort in Ohnmacht gefallen, als er Baltars unsympathische Stimme gehört hat. Athena hat ihn mir wieder repariert, und ich werde berichten, was vorgefallen ist – das ist meine Aufgabe als Reporterin.

Adama, Apollo und ich betraten den Raum, der tatsächlich die Hauptgrabkammer war. Adama glaubt, daß unsere Chancen, den Sarkophag bei unserem nächsten Besuch in dem Grab zu finden, gar nicht so schlecht stehen. Die Hauptkammer war angenehmer, aber auch kostbarer geschmückt als die Vorkammer, in der ich auf Adama und Apollo gewartet habe. Hier waren noch mehr Statuen, mehr Truhen, mehr Inschriften an den Wänden und den Podesten. Eine massive Statue des Toten steht zwischen zwei Pilastern. Diese Säulen winden sich schlangenförmig nach oben, und ein Fries verbindet sie, auf dem das Leben des Herrschers dargestellt wird. Der Herrscher jagt (ein totes Tier liegt mit einem Speer in der Flanke vor dem Herrscher, der sein Opfer triumphierend betrachtet), der Herrscher inspiziert die Getreidefelder, der Herrscher sitzt mit seiner Frau und seinen Kindern an einem Tisch, auf dem ein Festmahl aufgebaut ist, und verschiedene andere Szenen, bei denen der Herrscher gezeigt wird, wie er seine Regierungsgeschäfte ausübt. An der Wand befindet sich ein Bild, auf dem das Leben des einfachen Mannes gezeigt wird: Arbeit, Spiel, Reisen, Nahrung und Ehrung des Herrschers. In der gegenüberliegenden Wand befindet sich ein Fenster, das einen Lichtstrahl auf ein Alabasterpodest in der Mitte des Raumes wirft. Adama ist überzeugt, daß sich die Leiche des Herrn von Kobol unter diesem Podest befindet, aber keiner der Schnörkel oder Wasserspeicher, die an seinem Rand angebracht sind, dient als Öffnungsmechanismus. Er sagt, wir werden das nächste Mal Werkzeuge mit uns in die Grabkammer nehmen, mit denen wir das Grab öffnen können.

Wir bemerkten das alles erst, nachdem Baltar aus seiner Ecke heraustrat und uns in einen Schreck versetzte, den keiner von uns in den nächsten Jahren vergessen wird. Vor allem Adama war fassungslos. Er stieß Baltars Namen aus und starrte ihn dann ungläubig an. Sein Körper krampfte sich zusammen. Ich glaube, in diesem einen Augenblick hat er sich an alles erinnert, was ihm durch Baltars Verrat aufgebürdet wurde (wenn Baltar tatsächlich ein Verräter war, und nicht das unschuldige Opfer, als das er sich jetzt ausgibt). Jedenfalls machte Adama unvermittelt einen Satz auf Baltar zu. Er war blind vor Zorn. Er legte seine Hände um Baltars Kehle und begann ihn zu würgen. Apollo rannte zu seinem Vater und versuchte ihn von Baltar zu trennen. Ich war nur ein paar Schritte hinter ihm.

»Vater«, schrie er, »überlaß ihn dem Rat!«

Ich weiß nicht, ob es Apollos Worte waren, oder ob Adama plötzlich wieder die Gewalt über sich zurückgewann, jedenfalls löste er sofort seine Hände von Baltars Nacken. Baltar ließ sich gegen eine Säule fallen und rieb sich seinen Hals.

»Sie hätten mich beinahe umgebracht«, stöhnte er. »Sind Sie verrückt geworden?«

»Verrückt?« fuhr ihn Apollo an. »Sie müssen da noch fragen – nachdem Sie unsere ganze Rasse verraten haben!«

Baltar wurde wütend und wies diesen Vorwurf weit von sich. Adama hätte Lügen verbreitet, sagte er. Apollo schnauzte ihn an und beschuldigte ihn, die Zerstörung der Zwölf Welten auf seinem Gewissen zu haben.

»Und welcher einigermaßen normale Mensch würde so etwas fertigbringen?« erwiderte Baltar.

Welcher *normale* Mensch, dachte ich, als ich in Baltars runde Schweinsaugen blickte.

Was er uns dann erzählte, konnte nur die Geschichte eines Verrückten sein, eines Verräters, der nicht einmal das Wort »Verrat« kannte, oder es war die Wahrheit. Und wir sind immer noch damit beschäftigt, herauszufinden, was von beiden es tatsächlich ist.

Er zeigte sich schockiert darüber, daß auch nur ein Mensch auf der *Galactica* ihm ein solches Verbrechen zutrauen konnte. Er war immerhin Mitglied im Rat der Zwölf gewesen, ein Politiker, der das Sigel der Herren von Kobol getragen hatte. (Er hielt ein Medaillon in der Hand, das mit dem Adamas identisch war. Jetzt wurde mir klar, wie er in das Grab hineingekommen war). Er hielt uns seine Hände flehend entgegen und beschwor uns, ihm zu glauben, daß er genauso ein Opfer sei wie wir. Er hatte alles bei dem Angriff der Cyloner verloren – seine Familie, sein Volk, seine Reichtümer. Er hatte sich genau zwischen dem Kampfstern des Präsidenten und seinem eigenen Kampfstern befunden, als er vom Feind gefangengenommen und vor ein Gericht gestellt wurde. Man habe aber seine Hinrichtung aufgeschoben, weil die Cyloner ihn als Botschafter brauchten, der die Menschen davon informieren sollte, daß jetzt friedlichere Herrscher die Cylonische Allianz regierten. Diese Herrscher hätten sich von der früheren Politik abgewandt, sie schlügen nun einen Waffenstillstand vor. (Als Baltar das erzählte, mußte Adama gegen einen neuen Wutanfall kämpfen.)

»Ich war im Zentrum der cylonischen Macht«, fuhr Baltar fort, und seine Stimme zitterte vor Begeisterung. »Dort herrscht das Chaos. Die Streitkräfte der Cyloner sind auf der Suche nach der *Galactica* im ganzen Universum verstreut.« Er flüsterte, als ob ihn Cyloner hören könnten, daß der Rückweg zum Cylonischen Imperium nur schlecht bewacht werde, weil die Streitkräfte so geschwächt seien. »Ein einziger Kampfstern könnte das ganze Imperium in die Knie zwingen«, beschwor er Adama. Seine Stimme klang rauh. Er bot uns an, die *Galactica* durch die cylonischen Linien zu lotsen. Es sollte so wirken, als habe er uns gefangengenommen, aber in Wirklichkeit würden wir das cylonische Hauptquartier angreifen. Am besten gefiel ihm an seinem Vorschlag, daß er den hinterhältigen Angriff der Cyloner mit einem ebenso hinterhältigen Gegenangriff rächen konnte. (Seine Freude an hinterhältigen Tricks ist aber eher ein Beweis, daß er tatsächlich ein Verräter ist.) Er sagte, er könne seine guten Absichten beweisen: Er würde die sofortige Freilassung eines unserer Offiziere anordnen – Lieutenant Starbuck.

Apollo und ich starrten erst einander an, dann blickten wir beide auf Baltar. Starbuck lebte noch! Das war die beste Nachricht, die wir seit langem gehört hatten, selbst wenn sie aus der schlechtesten Quelle kam. Baltar erklärte uns, daß Starbuck in Kürze auf Kobol landen würde.

Das ist eigentlich alles, was in dem Grab passierte. Adama mißtraut natürlich Baltars Angebot. Apollo ist sich noch nicht sicher, aber er will warten, bis Starbuck zu uns zurückgekehrt ist. Wir freuen uns beide darauf, Starbuck wiederzusehen. Aber wir werden niemandem davon erzählen, für den Fall, daß Baltars Angebot eine Falle sein sollte. Aber im stillen hoffe ich, daß dieser Mann wenigstens einmal die Wahrheit sagt. Baltar steht unter Bewachung, doch er ist kein Gefangener. Als Adama ihm erklärte, daß in diesem Grab vielleicht der Schlüssel zum Verbleib des dreizehnten Stammes läge, grunzte Baltar abwertend und sagte dann, daß die Geschichten von der Flucht der Stämme samt und sonders Legenden und Mythen seien. Doch Adama ist von seiner Idee besessen. Er ist fest entschlossen, die Grabkammer zu durchsuchen, und er ist sicher, daß er hier eine Antwort auf die Frage nach dem dreizehnten Stamm finden kann.

Wir befinden uns jetzt wieder im Lager, aber wir bereiten schon die nächste Expedition in das Grab vor. Adama drängt darauf, unsere besten Instrumente mitzunehmen, damit uns keinesfalls etwas entgeht. Um ehrlich zu sein, ich bin nicht so sicher, daß wir etwas finden werden. Die Pyramide ist für mich nicht mehr und nicht weniger als ein Grabmonument. Aber falls der Commander doch recht haben sollte – ich bin bei der nächsten Expedition wieder dabei.

## *Kapitel 17*

Lucifer vermißte Starbuck. Der junge Lieutenant hatte ein bißchen Leben in die sonst so langweilige Mission gebracht. Vor allem seine Späße und sein phantastisches Kartenspiel hatten Lucifer gefallen. Nur noch ein paar Runden, und Lucifer hätte ihn schlagen können. Aber vielleicht hätte Starbuck auf wunderbare Weise immer die richtige Karte gezogen. Glück. Was war das, und wie konnte ein komplizierter Computer es sich zunutze machen?

Lucifer ließ den Kommandosessel rotieren. Ohne einen Laut drehte er sich um die eigene Achse. Wenn er hier oben saß, auf dem Podest, den Boden tief unter sich, dann merkte er immer, wie gern er selbst ein Schiff kommandiert hätte. Diese Aufgabe wäre ihm als einzige angemessen gewesen, mehr als diesem Baltar jedenfalls. Er wäre nicht nur gerne Commander, er mußte auch unbedingt einer werden. Dann endlich konnte er seine Programmierung als Diener und Berater ausschalten und sich darauf konzentrieren, zum Erhabenen Führer aufzusteigen. Nur Baltar stand ihm noch im Weg. Und Baltar würde von Kobol vielleicht nie mehr zurückkehren. Was wollte der Mann eigentlich? Hatte er denn überhaupt . . .

Seine Tagträume wurden von einem eintretenden Centurion unterbrochen, der meldete, daß man bisher noch keine Nachricht von Baltar erhalten habe.

»Wie schade«, murmelte Lucifer; seine Programmierung als gehorsamer Computer war immer noch nicht eingeschaltet. »Vielleicht ist der Plan unseres Commanders fehlgeschlagen. Was immer er geplant haben mag. Wie schade.«

»Seine Instruktionen waren sehr genau. Wir sollten warten, bis wir die *Galactica* zum Hauptquartier begleiten können.«

»Das stimmt. Ich frage mich nur, wer von uns der Gefangene sein wird.«

»Seine Befehle waren auch in dieser Hinsicht eindeutig. Sie werden unsere Gefangenen sein.«

Lucifer lachte fast laut auf. Diese Centurionen mit ihren lächerlichen Erstgehirnen konnten so einfältig sein. Sie konnten nicht begreifen, daß Baltar ein Mensch war, dem die strikten Regeln der Cyloner nichts bedeuteten. Sie hatten die Verschlagenheit der menschlichen Rasse noch nicht einmal bemerkt. Wenn Baltar erklärte, daß die *Galactica* von den Cylonern gefangengenommen würde, dann zweifelte kein cylonischer Krieger an seinen Worten. Manchmal glaubte Lucifer, daß sogar der Erhabene Führer mit seinen drei Gehirnen Baltar unterschätzte. Er hatte Baltar für wertlos befunden, aber Baltar hatte trotzdem überlebt. Egal, was man von ihm hielt, Baltar schien jede Hürde auf seinem Weg mit Leichtigkeit zu überspringen. Es wäre ein schwerer Fehler, ihn jetzt zu unterschätzen, selbst wenn Lucifer keinen Sinn in seiner Mission auf Kobol entdecken konnte.

Lucifer entließ den Centurion und ließ sich gegen die harte, unbequeme Thronlehne fallen. Vielleicht, überlegte er, war die Zeit gekommen, um die einprogrammierte Loyalität gegenüber Baltar zu löschen. Vielleicht sollte er Baltars Plan durchkreuzen und die günstige militärische Situation ausnützen. Die Menschen waren unachtsam und viel zu sehr mit ihren Forschungen auf Kobol beschäftigt. Ein Teil ihrer kommandierenden Offiziere befand sich ohne jeden Zweifel auf Kobol. Und ein militärischer Sieg von solchen Ausmaßen würde vielleicht auch den Erhabenen Führer von den Fähigkeiten seiner künstlichen militärischen Befehlshaber überzeugen. Und da Baltar ein Verräter war, würde ein Verrat gegen ihn nicht bestraft werden können. Es wäre überhaupt kein Verrat.

Aber ein nagender Zweifel hielt Lucifer zurück. Er wünschte, daß Starbuck noch bei ihm sei. Er brauchte jemanden, mit dem er reden konnte. Starbuck hatte behauptet, daß er nicht aus Berechnung handeln konnte, daß seine größten Heldentaten aus einem plötzlichen Impuls heraus geschahen.

Und ein Impuls hatte Lucifer auch verleitet, an einen Verrat zu denken. Für einen logisch programmierten Computer war ein Impuls eine große Versuchung. Er konnte ihr nicht widerstehen. Er entschloß sich, den Angriff sofort zu veranlassen, solange der Impuls noch stark genug war, seine programmierte Gehorsamkeit zu überdecken.

Starbuck fühlte sich wie ein Einbrecher, als er das Camp betrat, obwohl er sich so laut und auffällig bewegte, wie es ihm nur möglich war. Alle waren so beschäftigt, daß ihn niemand wahrnahm. Schließlich stahl er sich von hinten an Brie heran, die sich gerade über einen Karton mit Nahrungsmitteln beugte, klopfte ihr auf die Schulter und fragte: »He, Mädchen, geht's hier zum Offiziersclub?«

Zuerst war Brie erschrocken, und ihre Augen wurden so groß wie ein Vipertriebwerk, dann lachte sie laut auf und schlang ihre Arme um ihn.

»Du scheinst dich zu freuen, daß ich wieder da bin«, flüsterte er in ihr Ohr.

»Seitdem du weg warst, hat mich nur noch Athena in den Trainingsstunden zusammenstauchen können.«

»Ich kann die nächste Übung kaum erwarten.«

Dann wurde der Landetrupp der *Galactica* endlich auf ihn aufmerksam. Frauen und Männer ließen ihre Werkzeuge fallen und rannten zu ihm, und bald hatte sich eine große Menschentraube um ihn gebildet, die seinen Schilderungen von dem Inneren eines cylonischen Kampfsterns lauschte. Er unterbrach seine Erzählung erst, als sich Athena durch die Reihen drängte. Sie rannte auf ihn zu, umarmte ihn und gab ihm einen Kuß auf die Wange.

»Aha«, sagte er zufrieden, »du hast mich also auch vermißt, oder nicht? Doch, ich glaube, du hast.«

»Natürlich.«

»Sentimental?«

»Das bin ich. Ich trete auch keine Tiere tot, wenn ich sie sehe.«

»Ich weiß nicht, ob ich das verstehe.«

»Ich werde es dir auch nicht erklären. Mein Bruder würde dich gerne sehen.«

Athena bahnte Starbuck einen Weg durch die Menge und begleitete ihn dann zu Apollos Zelt. Auf dem Gesicht des Captains breitete sich ein Lächeln aus, dann rannte er auf Starbuck zu und umarmte ihn.

»Hey, hey«, sagte Starbuck gerührt. »Es ist gegen die Regeln, einen Junior Offizier zu umarmen . . . es sei denn, es ist wirklich ernst gemeint.«

Apollos Augen wurden feucht.

»Wir haben alle geglaubt, du bist tot.«

»Wirklich? Was ist schon ein kleiner Basisstern für einen alten Kämpfer wie mich?«

Apollo erstarrte.

»Basisstern?« fragte er. »Du meinst also, ein Basisstern kommt ...«

»Er kommt nicht, er wartet auf Befehle. Hat sich Baltar denn noch nicht gezeigt? Er hat mich freigelassen, er ... he, was ist los, Apollo?«

»Schon wieder Baltar!« fauchte Apollo. »Was will er denn nur? Was ...«

»Angeblich will er uns Frieden anbieten. Das hat er jedenfalls mir gesagt.«

»Ja, das hat er schon versucht.«

»Du glaubst ihm nicht?«

»Nein.«

»Das habe ich mir gedacht. Es war gar nicht so leicht, ihm vorzuspielen, daß ich seinem Angebot glaube, auf dem Basisstern. Was sollen wir tun?«

»Ich glaube, wir verschwinden am besten von diesem Planeten, ehe uns Baltars Truppen angreifen.«

»Genau das wollte ich dir vorschlagen, Captain.«

»Starbuck, laß das Camp abbrechen.«

Apollo drehte sich um und rannte aus dem Zelt. Starbuck folgte ihm auf den Fersen.

## *Kapitel 18*

SERINA: Ich weiß nicht mehr, wo mir der Kopf steht, so viel ist seit der letzten Aufnahme passiert. Ich sitze in einer dunklen Ecke in einem kleinen Gang im Grab des letzten Herrn von Kobol. Der Eingang, durch den wir hereingekommen sind, ist verschüttet; Apollo und Adama suchen nach einem anderen Ausgang. Ich habe beschlossen, hier sitzen zu bleiben, damit sie einen Treffpunkt haben. In der Ferne kann ich Baltar schreien hören. Obwohl ich weiß, was für ein Mensch er ist, möchte ich zurückgehen und noch einmal versuchen, ihm zu helfen. Ich höre die Explosionen – und den Lärm der Schlacht, die auf Kobol tobt. Wenn wir nur wüßten, was dort draußen geschieht. Vielleicht sind wir schon geschlagen. Vielleicht beseitigen die Cyloner nur noch die letzten Überreste unserer Streitkräfte. Vielleicht steht unser Camp schon in Flammen. Vielleicht sind alle unsere Freunde, Kameraden und Gefährten schon tot. Athena, Dietra, Starbuck – ist Starbuck vielleicht nur zurückgekommen, um mit uns zusammen zu sterben? Ich weiß nicht, was ich tun soll; ich weiß nicht einmal, was ich in den Recorder sprechen soll. Meine Hände zitterten, als ich den Kristall in den Recorder schob. Wo habe ich auf dem letzten Kristall aufgehört? Ich weiß es nicht mehr. Wir waren auf der Oberfläche. Ich muß mich erinnern . . .

Ich erinnere mich an den letzten glücklichen Augenblick. Apollo und ich saßen auf einer noch intakten Bank unter der Kolonnade und blickten auf die Pyramide. Ich saß an ihn geschmiegt, und von Zeit zu Zeit gab er mir einen Kuß. Ich wünschte, die Nacht würde niemals aufhören, so glücklich und gelöst und vor allem so verliebt war ich. Hinter uns saßen unsere Freunde und sangen alte Lieder, im Schein der sorgfältig arrangierten Taschenlampen.

Aber unsere Stimmung war vielleicht zu gut – sie konnte nicht andauern. Ich sah die Sorge in Apollos Augen. Die Besessenheit seines Vaters, mit der dieser das Grab auf der Suche nach einem Hinweis auf den dreizehnten Stamm durchforschte, beunruhigte ihn. Ich wollte ihn mit ein paar Worten trösten, als plötzlich im Camp der Teufel los war. Gemi kam angerannt und erzählte, daß Starbuck sich aus dem Nichts im Camp materialisiert hätte. Ich habe Gemi noch nie so aufgeregt gesehen.

Apollo rannte zu seinem Zelt, wo er Starbuck begrüßte. Dann sah ich ihn erst wieder, als er zu Baltars improvisiertem Unterschlupf eilte. Ich holte ihn ein. Ohne langsamer zu werden, berichtete er, daß ein cylonischer Angriff drohe. Baltar empfing uns mit seinem üblichen widerlichen Grinsen. Er schien erfreut zu sein, daß Apollo endlich zu ihm kam. »Beweist das nicht, daß ich die Wahrheit sage?« fragte er.

Apollo erwiderte, wie es denn komme, daß Baltar einen ganzen Basisstern befehle, auf dem er kommen und gehen könne, ganz wie es ihm gefiele. Baltar gab keine Antwort darauf, sondern wandte sich an eine Gruppe von Kriegern, die dem Wortwechsel mit zunehmendem Interesse folgten. »Glaubt ihr nicht«, sprach Baltar sie an, »daß es eure Aufgabe ist, nachdem Starbuck zurückgekehrt ist und meine Aufrichtigkeit bestätigt, mein Angebot eurem« – er verbesserte sich – »unserem Volk zu unterbreiten?« Einige der Krieger nickten zustimmend, und ein paar glaubten ihm offensichtlich auch. Immer mehr umringten ihn, als er sein Angebot ausführlich darlegte.

Apollo unterbrach Baltar, bevor er die Menge noch weiter beeinflussen konnte. Die Entscheidungen hat allein der Commander zu fällen, erklärte er, und befahl dann Baltar, mit ihm zu Adama zu gehen. Ein Wachposten, der vor der Pyramide stand, meldete, daß Adama wieder in dem Grab sei. Wir fanden ihn in der Grabkammer, wo er unruhig auf und ab ging. Wir blieben im Eingang stehen und schauten zu, wie er eine kleine Öffnung in der Wand untersuchte. Durch einen kleinen Spalt konnte man den leeren Nachthimmel sehen. Dann ging er wieder zu dem Podest in der Mitte des Raumes und untersuchte es von neuem, um endlich den geheimen Mechanismus zu finden, mit dem man das Podest heben und das Grab öffnen konnte.

Apollo räusperte sich. Adama blickte auf. Seine Stirn legte sich in ärgerliche Falten, als er bemerkte, daß Baltar neben uns im Eingang stand.

»Ich glaube, ich habe befohlen, daß er auf die *Galactica* gebracht werden soll«, knurrte er.

Apollo ging auf seinen Vater zu und flüsterte ihm ins Ohr, daß Baltar seiner Meinung nach nicht auf den Kampfstern gebracht werden sollte. Die jungen Krieger glaubten bereits an Baltars Angebot, ohne daran zu denken, daß er das Volk schon einmal verraten hatte.

»Wir sollten Baltar nicht vor den Rat stellen«, schloß er, »nicht, solange dort nur unsinnige Entscheidungen getroffen werden.«

»Ich weiß, wie man mit dem Rat umgehen muß«, antwortete Adama.

Dann mischte sich Baltar in das Gespräch ein. Wir hätten gar keine andere Wahl, als seinem Plan zu folgen. Wir könnten ewig im Universum umherirren, ohne die Erde zu finden, die vielleicht nur eine Erfindung halb betrunkener Raumfahrer sei. Wir müßten angreifen, das cylonische Hauptquartier erobern und die Macht an uns reißen.

Adama sagte nur, daß Baltar nicht mehr vertraut werden könne, drehte sich ab und schwieg dann. Baltar merkte, daß es nicht weiterhelfen würde, den Rücken des Commanders zu überreden, und jammerte nur noch, daß uns sehr wenig Zeit bliebe.

Ich war von diesen Vorgängen so gefangengenommen, daß ich die Veränderung im Raum zuerst gar nicht bemerkte. Licht fiel durch den Spalt. Apollo blickte durch die Öffnung und sagte, daß der Stern wieder leuchte, allerdings doppelt so hell wie sonst.

Weil die Öffnung so schmal war, konnte man den Lichtstrahl deutlich sehen. Adama murmelte erstaunt: »Das Licht, das ist die Lösung.« Er ging auf die andere Seite des Raumes, stellte sich auf eine kleine Bank und wandte sein Gesicht dem Fenster zu. Der Lichtstrahl, der zuerst über seinem Kopf auf die Wand getroffen war, senkte sich langsam auf sein Gesicht, wanderte über seine Kehle, bis er schließlich auf seinem Brustkorb war. »Das muß es sein, da bin ich sicher«, murmelte Adama. »Das Fenster wurde nicht ohne Grund dort angebracht . . .«

Und dann geschah das Wunder. Das Licht traf auf das Medaillon, das Adama umgehängt hatte. Sofort teilten sich zwei Lichtstrahlen in der polierten Oberfläche, die in die Ecken der Kammer reflektierten. Sie trafen auf den Brustkasten von zwei Statuen, wurden dort wieder reflektiert und kreuzten sich an der gegenüberliegenden Wand, so daß das Licht ein helles Dreieck bildete. Der Boden unter uns begann zu vibrieren. Baltar deutete wortlos auf das Alabasterpodest.

Langsam glitt das Podest auf uns zu. Vorsichtig schlichen wir um die Öffnung und starrten plötzlich in einen Treppenschacht. Baltar sprang sofort die Treppen hinunter. Adama, der noch auf seiner Bank stand, rief ihm zu, er solle warten, aber Baltar war bereits in der Dunkelheit verschwunden.

Wir folgten ihm.

Der Raum darunter war noch reicher dekoriert als die beiden anderen. Die Wände waren mit Juwelen verziert. Ich hatte noch nie so viele Edelsteine an einem Platz gesehen. Sogar im schwachen Licht unserer Taschenlampen schimmerte und glänzte alles. Tiefrote Rubine, grasgrüne Smaragde, Diamanten. Der Boden war fast vollständig mit Gold, Alabaster, Perlen, Lapislazuli, Fayence und Elfenbein ausgelegt. Perlmutt hatte sich von einer Statue gelöst und lag auf dem Boden. Auf Zehenspitzen ging ich darum herum, aus Angst, ich könnte die Platten noch mehr zersplittern.

In der Mitte der Kammer stand ein großer Sarkophag. Er war an den Seiten mit einem Fries verziert, der die Krönungszeremonie darstellte. Der unangenehme Geruch, der den ganzen Raum beherrschte, schien aus diesem Sarkophag zu dringen. Ich hustete. Alles was ich mir jetzt wünschte, war ein bißchen frische Luft.

»Das muß es sein«, flüsterte Adama andächtig. »Die letzte Ruhestätte des letzten Herrn von Kobol.«

Baltar, der auf der anderen Seite des Sarkophags stand, versuchte, den Deckel zur Seite zu schieben. Apollo versuchte, ihn wegzuziehen, aber Baltar hatte den schweren Stein schon zur Seite geschoben. Er war stärker, als ich vermutet hatte, aber vielleicht war das nur die Kraft der Habgier. Sein Mund blieb offen stehen, als er in den Sarkophag blickte. Apollo sog scharf die Luft ein. Adama stellte sich zu den beiden und blickte mit Tränen in den Augen in den Sarkophag.

Der letzte Herr von Kobol lag mit königlicher Würde in seinem Grab, breite blaue, rote und goldene Bänder um sich geschlungen. Wenn die Maske, die sein eingefallenes Gesicht bedeckte, ihn darstellte, dann muß er ein hübscher und beeindruckender Mann gewesen sein. Mandelaugen lagen unter dichten Brauen, eine dünne Nase und volle Lippen verrieten Adel, Intelligenz und Würde. In der rechten Hand hielt er ein Zepter, ein Symbol seiner Macht. Große, makellose Juwelen waren in seine goldene Oberfläche eingelassen.

Baltar legte seine Hand auf das Zepter und versuchte, es dem Toten aus der Hand zu reißen. Er bog und zerrte, offensichtlich, um die Hand zu zerbrechen, die das Zepter umschlossen hielt.

»Sie entweihen die heilige Krypta!« schrie ihn Adama an, packte Baltar bei den Schultern und zog ihn von dem Sarkophag weg.

»Glauben Sie vielleicht, daß ich dieses mystische Geschwätz für bare Münze nehme?« antwortete Baltar, ein hinterhältiges Lächeln auf seinen Lippen.

Ich glaube, daß Adama Baltar in diesem Augenblick getötet hätte, wenn nicht eine Explosion, die die ganze Kammer erschütterte, uns alle auf den Boden geworfen hätte. Ich fiel neben eine große, schwere Statue einer Königin oder Konkubine. Sie schwankte vor und zurück, als könne sie sich nicht entscheiden, ob sie jetzt auf mich fallen sollte oder nicht. Ich schrie auf. Apollo krabbelte zu mir und zog mich an sich, aber die Statue fiel nicht um.

Ich versuchte, Apollo zu fragen, was vorgefallen war, aber meine Stimme ertrank in einem neuen mächtigen Grollen. Eine Statue auf der anderen Seite des Raumes fiel zu Boden, ohne beim Aufprall beschädigt zu werden.

Wir rannten die Stufen hoch. Aus dem Augenwinkel heraus bemerkte ich, daß Baltar kurz zögerte, mit einem sehnsüchtigen

Blick auf den offenen Sarkophag.

Ich erreichte sofort nach Apollo das Treppenende. Durch die Explosion hatte sich das Podest wieder über die Öffnung geschoben, und Adama stemmte sich mit seinen Schultern dagegen. Apollo stellte sich neben ihn, aber auch mit vereinten Kräften konnten sie den Stein keinen Zentimeter bewegen.

Jetzt kam Baltar angerannt, stieß mit seinem Ellenbogen gegen die Wand und schrie, daß er hinaus wolle. Er befahl Adama und Apollo, zur Seite zu treten. Er begann, mit seinen Fingernägeln an der Unterseite der Deckplatte zu kratzen und dabei zu wimmern, daß er nichts Böses gewollt hätte. Er glaubte, daß die Explosion die göttliche Rache für seinen Frevel darstellte. Im Augenblick schien das gar nicht so abwegig. Baltar fiel auf einer Stufe auf die Knie. Er beschwor Adama, die Macht seines Medaillons zu benützen, um uns aus dieser Falle herauszubringen. Adama schüttelte nur den Kopf und sagte ganz ruhig, daß er nichts tun könne. Dann wandte er sich an Apollo und fragte ihn, was seiner Meinung nach passiert sei.

»Das ist gar keine Frage«, antwortete Apollo bitter. »Die Cylonen greifen unser Lager mit schweren Bomben an. Und wir stekken hier . . .«

»Angriff?« fragte Baltar erstaunt. »Ein militärischer Angriff? Es ist gar nicht die Leiche, die mich . . . bestrafen will . . .«

Er murmelte eine Weile unzusammenhängendes Zeug vor sich hin, während wir uns überlegten, was wir als nächstes tun sollten. Adama und Apollo versuchten wieder, den Stein zur Seite zu rükken. Der Schweiß lief ihnen in Strömen herunter. Aber der Stein bewegte sich nicht. Schließlich ließ sich Apollo auf einer Treppenstufe nieder und erklärte atemlos, daß es keinen Sinn hätte.

Baltar grummelte, daß er unbedingt hinaus müsse, und sei es nur, um Lucifer zwischen seine Finger zu bekommen. Ich fragte ihn, wer Lucifer sei, und was er mit ihm zu tun habe. Baltar schien mich gar nicht wahrzunehmen, sondern schrie Adama an, etwas zu unternehmen, uns zu retten. Eine weitere Explosion erschütterte die Pyramide. Wir krabbelten zurück in die Grabkammer, wo wir uns sicherer fühlten. Sand rieselte durch Ritzen in den Wänden und in der Decke. Ich klammerte mich an Apollo.

Adama blieb plötzlich wie gebannt stehen. Er hatte etwas an einer Wand neben dem Sarkophag entdeckt. Er befahl Apollo, ihm eine Taschenlampe zu bringen. Er richtete den Strahl auf eine kleinere Stele, die vorhin durch die inzwischen umgefallene Statue verdeckt worden war. Darauf war in der piktographischen Schrift eine Botschaft aufgedruckt.

Adama hockte sich vor der Stele nieder, taub für den Schlachtenlärm draußen und das Beben in dem Grab. Er tastete die Symbole ab und sagte, daß sie ihm vertraut seien, daß er sie aber jetzt nicht übersetzen könne. Apollo erinnerte ihn, daß wir im Augenblick genug damit zu tun hätten, einen zweiten Ausgang aus der Kammer zu finden. Aber sein Vater kniete gedankenverloren vor der Säule, ohne ihn überhaupt zu hören. Immer mehr Sand rieselte durch die breiter werdenden Risse, die durch den dauernden Beschuß der cylonischen Attacke entstanden. Eine Wand fiel in sich zusammen, stürzte auf den Boden. Dann schrie Adama aufgeregt:

»Ich hab's! Das ist es! Apollo, Serina, das ist der Hinweis, den wir gesucht haben!«

Wir schauten über seine Schulter. Sein Gesicht war so dicht an den Hieroglyphen, daß seine Stirne beinahe den Stein berührte. Er deutete auf eine Stelle am unteren Ende der Säule. Er sagte, daß dies ein Bericht von den letzten Tagen des Planeten Kobol sei. Und hier stünde etwas über den dreizehnten Stamm.

»Wir müssen sofort ein Expertenteam holen!« rief er. »Wir brauchen jemanden, der die Schrift übersetzen kann!«

»Vater, wir haben dafür keine Zeit mehr. Wir müssen hier heraus.«

»Aber wir müssen erfahren, wohin sie geflogen sind.«

Eine neue Explosion erschütterte die Kammer. Risse zogen sich durch die Wand hinter der Stele. Eine weitere Explosion, und die Risse dehnten sich aus. Die Wand begann zu zerbrechen und zu Boden zu fallen. Erschrocken wichen wir zurück. Die Stele mit den Schriftzeichen zerfiel in ihre Einzelteile. Ein Scherbenhaufen lag auf dem Boden. Adama stürzte darauf zu und versuchte, die Einzelteile wie ein Puzzle zusammenzusetzen.

»Die Botschaft!« rief er. »Wir müssen sie retten!«

»Vater«, unterbrach ihn Apollo, ohne Adama anzublicken. Er starrte auf eine Stelle, wo vorhin noch eine Wand gestanden hatte.

Wir folgten seinem Blick. Hinter der eingestürzten Wand befand sich ein kleiner dunkler Gang.

»Laß uns verschwinden«, bettelte Apollo, »solange wir noch die Möglichkeit dazu haben.«

Adama verharrte vor dem Scherbenhaufen. Ich legte meine Hand auf seine Schulter und sagte, daß es zu spät sei, um die Inschrift zu entziffern. Sie war unwiderbringlich verloren, aber durch ihre Zerstörung konnten wir vielleicht noch unser Leben retten. Die Botschaft hatte ihre Aufgabe erfüllt.

Adama erhob sich und starrte auf das Loch in der Wand. Baltars schwache Stimme rief uns aus einer zerfallenen Ecke der Kammer. Er steckte zwischen zwei Steinbrocken.

Adama ging auf uns zu und sah uns zu, wie wir mit vereinten Kräften versuchten, Baltar aus seinem Gefängnis zu befreien. Aber wir hatten keinen Erfolg. Die Steine waren zu schwer für uns. Baltar steckte fest.

»Unsere einzige Chance, Vater«, unterbrach Apollo unsere Bemühungen, »ist, ihn hier zu lassen, und ein Team nach ihm suchen zu lassen. Wenn uns noch die Zeit bleibt.«

*»Noch Zeit bleibt?«* schrie Baltar. Seine Stimme echote von allen Wänden zurück. »Ihr könnt mich nicht hierlassen!«

Adama sagte ruhig, daß wir keine andere Wahl hätten. Er versprach Baltar, ein Rettungsteam zu schicken. Aber Baltar war damit nicht zufrieden. Er verfluchte zuerst Adama, dann uns alle.

Als wir ihn zurückließen und in den schwarzen, unfreundlichen Gang traten, begann er wieder, diesen Lucifer zu beschimpfen, mit den wüstesten Ausdrücken und bösesten Flüchen. Er schwor, daß er Lucifer Glied für Glied und Stromkreis für Stromkreis auseinandernehmen würde. Stromkreis? dachte ich und beschloß, diese Angelegenheit später genauer zu untersuchen. Wenn wir jemals hier herauskommen sollten. Das letzte, was Baltar uns nachschickte, war seine Drohung, daß wir noch von ihm hören würden. Adama flüsterte, daß dieser Mann bis in seine letzte Minute falschspielen würde.

Wir haben den Gang, und die anderen, die davon abzweigen, erforscht. Die Schlacht, oder was immer es sein mag, geht unvermindert weiter, und eine Erschütterung folgt der nächsten. Vielleicht ist dies meine letzte Aufnahme. Ich bezweifle, daß wir jemals aus diesem Grab herausfinden werden.

Apollo lauschte der Stille, die diesen Worten folgte. Schließlich wußte er, daß keine weiteren Aufnahmen mehr folgen würden, und er nahm den Kristall aus dem Recorder. Er legte ihn neben die anderen Kristalle, die er abgespielt hatte. Sie standen in einer Reihe auf dem Schreibtisch vor ihm. Es gab keine mehr. Er rieb sich die Stirn, versuchte, nachzudenken. Was sollte er jetzt tun? Er zog die Schublade auf, in der er die Kristalle gefunden hatte, kramte eine Weile darin herum, in der Hoffnung, doch noch einen versteckten Kristall zu finden. Aber er wußte, daß er keinen mehr finden würde.

## *Kapitel 19*

Der Stern Kobols leuchtete für einen Moment auf und wurde dann von einer Wand cylonischer Jäger verdunkelt. Ein paar Sekunden lang schwebten sie unbeweglich, als wollten sie ihre Stärke zur Schau stellen, dann brach einer nach dem anderen aus der engen Formation aus. Mit eleganten Manövern und graziösen Bögen begannen sie mit ihrem Angriff.

Starbuck wußte, daß es nur noch eine Frage von Minuten war, bis die ersten Bomben fallen würden. Er hatte keine Zeit zu verlieren. Er befahl eine Gruppe von Kriegern sofort zu der Fähre und rannte dann die Straße entlang in die Stadt. Von Zeit zu Zeit rief er Apollos Namen. Die ersten cylonischen Jäger stießen auf das Lager herunter und belegten es mit einem Teppich von Laserfeuer. Bomben trafen die Zelte und zerrissen sie. Ein neues Kontingent der Angreifer stürzte vom Himmel, und immer mehr Zelte gingen in Flammen auf.

Athena rannte zu ihm, von Gemi gefolgt. Ihre Körper hoben sich schwarz von den hellroten Flammen hinter ihnen ab.

»Wo sind Apollo und Serina?« rief er ihr zu. »Wo ist der Commander?«

»Als ich sie das letzte Mal gesehen habe, haben sie Baltar in das Grab gebracht.«

Er wandte sich der Pyramide zu, gerade rechtzeitig, um zu sehen, wie ein cylonisches Schiff eine Bombe auf die Nordwand der Grabstätte fallen ließ. Die Bombe verfehlte ihr Ziel um ein Haar, und der einzige Erfolg war, daß sich ein paar Decksteine von der Pyramide lösten. Rauchschwaden stiegen von einer anderen Seite auf.

»Du solltest besser in deiner Viper sitzen, Lieutenant!« brüllte ihn Athena an.

Starbuck zögerte. Er wollte in die Pyramide steigen, den anderen helfen.

»Aber ... wir können sie hier nicht zurücklassen. Wir müssen ... ich meine, sie werden sonst getötet.«

»Es wäre verlorene Mühe, jetzt nach ihnen zu suchen. Wir müssen diese Schweine vom Himmel holen – und zwar jetzt! Aber wenn du nicht willst, ich werde jedenfalls . . .«

»Nein, du wirst sie suchen, und ich . . .«

»Spar dir das, Starbuck! Ich fliege hoch! Unsere ganze Klasse ist bereit, und wir werden fliegen!«

»Seid ihr verrückt? Einige von den Mädchen können noch nicht einmal richtig fliegen! Sie werden sich gegenseitig abschießen!«

Athena sah ihm in die Augen, und ihr Blick war beinahe so bedrohlich wie der cylonische Angriff. Mit gefährlich leiser Stimme sagte sie: »Mach, was du willst, Lieutenant. Ich werde gehen. Adieu.«

Sie rannte zum Viperlandeplatz zurück. Gemi blickte ihr eine Sekunde lang unentschlossen nach, dann berührte sie leise Starbucks Arm und rannte hinterher.

»Der Herr stehe uns bei«, stöhnte Starbuck und setzte den beiden nach.

Jedesmal, wenn er krank gewesen war, hatte Boomer die Rekonvaleszenzzeit schlimmer gefunden als die Krankheit selbst. Solange er tatsächlich krank war, nahm er seine Kraftlosigkeit als Schicksal hin und konnte ruhig im Bett liegen bleiben. Aber sobald das Schlimmste überstanden war, wurde er nervös und unruhig. Er träumte davon, endlich wieder im Cockpit zu sitzen und seinen Laser auf einen Punkt zwischen zwei Laserstrahlen zu richten, die auf ihn zuschossen. Ruhig zu bleiben, war ihm physisch unmöglich. Er entdeckte hundert verschiedene Weisen, seinen Körper zu bewegen, sich umzudrehen, mit kleinen Gegenständen herumzuspielen und seinen Kopf zu verdrehen, um einen Teil der Zimmerdecke zu untersuchen, den er ohnehin schon auswendig kannte.

Er wollte nicht einmal mehr, daß man ihn pflegte. Immer wieder flehte er Cassiopeia an, sich doch mehr um die anderen zu kümmern, die ihre Hilfe nötiger hatten. Aber sie antwortete jedesmal, daß ihr alle Patienten gleich wichtig seien, und daß er sich damit abfinden müßte, umsorgt zu werden.

Als die Nachricht von dem cylonischen Angriff auf Kobol bis zur *Galactica* gedrungen war, wurde die Ruhe auf der Krankenstation dauernd von Boten gestört, die die Kranken vom neuesten Stand der Schlacht unterrichteten. Jetzt konnte Boomer seine Untätigkeit nicht länger ertragen. Mit seiner ganzen Kraft zog er sich aus dem Bett und stellte seine Füße auf den Boden. Er stand auf, und sofort überschwemmte ihn ein Schwindelgefühl, so stark wie die Schwindelanfälle, die seiner Krankheit vorangegangen waren. Er biß die Zähne aufeinander und konzentrierte sich darauf, die Bilderflut aus seinem Gehirn zu verbannen und seinen Kampfanzug anzuziehen. Als er den letzten Reißverschluß zugezogen hatte, kam Cassiopeia in sein Zimmer gelaufen.

»Du bleibst hier, Krieger«, fauchte sie ihn an.

Fast hätte er ihr zugestimmt, aber statt dessen schüttelte er den Kopf und sagte: »Keine Zeit zu streiten. Ich gehe auf die Brücke. Nein, Cassiopeia, sag es nicht.«

»Ihr seid verrückt«, murmelte sie resigniert.

»Verrückt?«

»Jawohl. Du und Jolly und Greenbean und Giles, alle miteinander. Jeder Kranke auf der Station steht plötzlich auf. Was willst du tun, Boomer?«

Seine Stimme war schwach, aber fest: »Ich rufe mein Geschwader zusammen.«

Als er auf die Brücke trat, hörte er, wie Rigel Tigh meldete: »Die Cyloner verstärken den Angriff. Sie wissen, daß sie im Vorteil sind.«

»Und wir haben nicht einmal genügend Krieger, um . . .«

»Doch, das haben wir«, unterbrach ihn Boomer. Seine Stimme schien die Schwäche, die ihn beinahe lähmte, Lügen zu strafen.

Tigh wirbelte auf dem Absatz herum, und sein Unterkiefer klappte herunter, als er Boomer sah, flankiert von Jolly und Greenbean; der Rest der invaliden Truppe hinter ihnen.

»Was soll das?« fragte er wütend.

»Colonel«, meldete Boomer, »Geschwader Blau ist bereit zum Einsatz.«

Tigh marschierte auf ihn zu, ein mitleidiges Lächeln auf seinen Lippen.

»Lieutenant«, sagte er milde, »Sie können offensichtlich nicht einmal stehen.«

Boomer wußte, daß er schon gesiegt hatte. Er lächelte zurück und entgegnete: »Die Viper wird im Sitzen geflogen, Sir.«

Tigh betrachtete das Geschwader prüfend, aber Boomer wußte, daß dieser Punkt schon auf sein Konto gegangen war. Er brach fast vor Erschöpfung zusammen, als Tigh den Befehl gab, die Vipers für das Geschwader Blau startbereit zu machen.

»Fliegt paarweise«, wies Starbuck sie über das Intercom an. »Bleibt dicht an euren Vordermännern, und versucht, sie zu verteidigen. Unsere Chancen stehen gar nicht so schlecht.«

Er unterbrach die Verbindung und beendete den Satz für sich alleine: »Etwa eins zu tausend.«

Dietras Stimme, immer noch voller Selbstvertrauen, drang aus dem Lautsprecher: »Starbuck, wir zerlegen sie in ihre atomaren Bestandteile.«

Sie glauben immer noch, sie sitzen im Simulator, dachte Starbuck. Eine erfolgreiche Schlacht, und schon halten sie sich für unbesiegbar. Ist ihnen denn nicht klar, daß sie damals gegen einen einzigen, überraschten Stützpunkt gekämpft haben, während ihnen heute die vereinten cylonischen Kräfte gegenüberstehen? Vielleicht ist es besser, wenn sie gar nicht darüber nachdenken. Wenn du über den Feind lachst, dann stirbst du wenigstens stilgerecht – das war doch ein alter Slogan, an den er sich bis jetzt selber auch gehalten hatte.

Immerhin hatte das Geschwader starten können, ohne daß es angegriffen worden wäre. Starbuck wußte, daß wieder einmal das Glück seine Hand im Spiel gehabt hatte. Aber für sein Glück war er ja berühmt. Und zu Recht, sagte er zu sich. Es passiert nicht oft, daß man von cylonischen Schiffen geschlagen wird, in Gefangenschaft gerät und doch rechtzeitig wieder zurückkehrt, um ungeübte Piloten in den Kampf gegen eine riesige cylonische Übermacht zu führen. Das ist Glück, fürwahr.

Sie stiegen immer noch von dem Planeten auf, als ein paar cylonische Schiffe ihre Attacke auf das Camp unterbrachen und auf das Vipergeschwader zuhielten.

»Sie haben uns entdeckt!« schrie Starbuck.

Er zog seine Viper hinunter und befahl dem Geschwader, sich in Gefechtsordnung zu begeben.

»Schau sie dir an«, kam Athenas ehrfürchtige Stimme aus dem Lautsprecher. »Wie viele können das sein? Sieht aus wie achtzig, neunzig, hundert . . .«

»Athena!« brüllte sie Starbuck an. »Du bist hier nicht auf der Brücke! Hör auf zu zählen!«

»Fürchtest du dich vor der Wahrheit, Lieutenant?«

»Hör auf, mich zu necken. Zeig lieber, ob du auch schießen kannst . . . Darling.«

»Ist gut . . . Sir.«

Einen Augenblick später war der Himmel von kämpfenden

Schiffen bedeckt. Die Unerfahrenheit seiner Truppe kam ihr sogar zugute, stellte Starbuck fest. Die Cyloner erwarteten ausgebildete Piloten, die bestimmte Manöver und Wendungen ausführten, die seinen Schutzbefohlenen aber noch nicht einmal beigebracht worden waren. Die Kadetten entkamen durch unkonventionelle Manöver den cylonischen Verfolgern und schossen sie von unten herauf ab. Wie lästige Insekten umschwirrten die Vipers ihre cylonischen Gegner. Ein Schiff nach dem anderen wurde in seine Bestandteile zerblasen.

Starbuck begann schon zu glauben, daß ihre Chancen doch nicht so schlecht stünden wie zuerst angenommen, da ruinierte ein Schrei Athenas sein neu gewonnenes Vertrauen.

»Starbuck! Gemi! Die kleine Gemi! Sie ist getroffen worden, von oben! Jetzt stößt noch einer auf sie herunter! O Gott, sie haben sie erwischt! Sie ist tot, Starbuck, tot!«

Er versuchte sich zu erinnern, wer Gemi war, aber er konnte ihren Namen mit keinem Gesicht in Verbindung bringen. Er hatte sowieso nicht viel Zeit, Erinnerungen nachzuhängen. Athenas Schrei war nervenzerreißend.

»Okay, Athena, okay. Bleib unter Kontrolle.«

»Ich bin unter Kontrolle, verdammt noch mal! Mach dir keine Sorgen um mich.«

Er hatte keine Zeit zu streiten. Zwei cylonische Jäger kamen auf ihn zu. Mit einer schnellen Lasersalve, einer Drehung nach links und einem weiteren Schuß verwandelte er die Schiffe in zwei große Feuerbälle, die langsam auf die kobolianische Wüste hinunterschwebten.

»Schießen und dann sofort abrollen!« rief er dem Geschwader zu.

Die Luft bestand nur noch aus Feuer und treibenden Einzelteilen getroffener Schiffe.

»Brie«, schrie Dietra, »einer ist hinter dir her!«

Starbuck krampfte sich zusammen. Brie war im Training nicht besonders gut gewesen, ihre Schüsse waren zu oft danebengegangen, und sie hatte ihre Viper nicht immer unter Kontrolle. Würde sie diesmal treffen, oder würde sie später auf der Liste auftauchen, auf der schon – wie war noch gleich ihr Name? – Gemi stand?

»Verstanden«, kreischte Brie.

Sie zog ihre Viper abrupt nach oben und rollte über den cylonischen Jäger hinweg, so daß sie sich plötzlich hinter ihm befand. Ein kurzer Schuß, und es gab keinen Jäger mehr. Brie und Dietra stießen einen gemeinsamen Freudenschrei aus.

In einem anderen Quadranten stieß Athena auf ein cylonisches Kriegsschiff hinunter und zerstörte es.

»Ganz nett«, lobte Starbuck sie.

»Ich glaube, das war der, der Gemi abgeschossen hat, dieser miese . . .«

Sie konnte ihren Fluch nicht zu Ende sprechen, denn sie befand sich schon wieder im Feuer von zwei neuen Angreifern. Sie traf einen und tauchte vor dem anderen für einen Augenblick weg, aber das cylonische Schiff setzte nach.

»Es ist hoffnungslos, Starbuck«, stöhnte sie.

Hoffnungslos oder nicht, rein instinktiv gab sie im richtigen Moment einen Schuß ab und traf ihren Verfolger direkt im Cockpit.

Starbuck wollte ihr noch einmal gratulieren, aber er mußte Dietra zu Hilfe kommen. Er schwenkte seine Viper auf das Schiff zu, das sie verfolgte und traf es genau im richtigen Augenblick, bevor er Dietras Viper abgeschossen hätte. Dietra stieß einen Seufzer der Erleichterung aus, bevor sie sagte: »Vielen Dank, Starbuck.«

»Nicht der Rede wert.«

»Das war auch das letzte Mal.«

Er lachte, als er seine Viper beschleunigte und wieder hochstieg. Es war schwierig, überhaupt noch etwas in dem Rauch und Feuerregen zu erkennen. Ein kurzer Blick auf das Camp unter ihnen zeigte Starbuck, daß es fast völlig zerstört war. Aber es befanden sich immer noch Menschen da unten, die, wie kleine Insekten, ihren Mördern zu entkommen versuchten.

»Starbuck!« schrie Athena auf. »Vorsicht!«

Plötzlich war er von Cylonern umgeben. Die Karussellattacke. Er ließ seine Viper um ihre eigene Achse rotieren. Das war die beste, eigentlich die einzige Methode, das Karussell aufzubrechen. Aber er hatte das unangenehme Gefühl, eine Sekunde zu spät gehandelt zu haben.

Sobald er sich in seinem Cockpit niedergelassen hatte, begann sich Boomer besser zu fühlen. Es schien ihm, als hätte er die letzten Anzeichen seiner Krankheit vor seinem Cockpit abgestreift. Er war zuversichtlich. Sogar die Omen deuteten auf einen Erfolg hin. Jenny, die sonst immer ausweichend war und alle Annäherungsversuche abblockte, hatte ihn zum Abschied geküßt. Er fragte sich, ob sie auch so nett zu ihm sein würde, wenn er zurückkommen würde. Er bezweifelte es.

Rigels Stimme leitete den letzten Countdown ein.

»Zwei Piloten erhalten keine Starterlaubnis. Sie liegen ohnmächtig in ihren Cockpits.«

Boomer lächelte. Nur zwei. Auch das war ein gutes Omen. Fast alle, die mit ihm auf der Krankenstation gelegen hatten, waren kräftig genug, um zu kämpfen.

»Vipers starten!« bellte Tigh.

»Flugkontrolle erteilt Starterlaubnis«, löste Rigels ruhige Stimme Colonel Tighs Kommandoton ab. »Starten, falls bereit.«

»Ich starte!« schrie Boomer.

Er wurde in seinen Sitz gepreßt und verlor beinahe das Bewußtsein, als seine Viper die Startbahn hinunterschoß. Er versuchte, seine Gedanken zu sammeln, als sich das Schiff außerhalb der *Galactica* befand. Dann merkte er, wie schwer es ihm fiel, die Viper ruhig zu halten, aber er schaffte es schließlich.

Als alle Schiffe in Formation flogen, gab er die Koordinaten für ihren Flug aus. Er hoffte, daß sie nicht zu spät kamen. Wenn die Cyloner tatsächlich im Vorteil waren, dann würden sie sich nicht lange von einem Geschwader von Halbinvaliden aufhalten lassen. Als er seine Viper durchcheckte, spürte er, daß seine Schwäche verschwand und seine Aufmerksamkeit zunahm. Er fühlte sich wie in alten Zeiten. Er drückte den Steuerknüppel nach vorn.

»Fühlen Sie sich kräftig genug, Boomer?«

Das war Colonel Tighs Stimme.

»Alles in Ordnung, *Galactica.* Jolly?«

»Ich bin bereit.«

»Dann nichts wie los!«

Als sie sich Kobol näherten, stellte Boomer den Scanner auf Nahortung ein. Wenig später hatte er das Kampfgebiet entdeckt. Die galactischen Schiffe hielten sich erstaunlich gut. Wenn man den Kampf länger verfolgte, konnte man sogar den Eindruck gewinnen, sie seien dem Gegner überlegen. Aber wie lange konnten so unerfahrene Piloten eine cylonische Übermacht in Schach halten? Schon war eine Viper in einem cylonischen Karussell gefangen.

Es war höchste Zeit einzugreifen.

»Da sind sie! Geschwader Blau, fertig zum Angriff!«

Boomer wunderte sich selbst, wie aufgeregt er war.

»Ich werde bedrängt!« rief Starbuck, als er sicher war, daß er aus eigenen Kräften nicht aus der cylonischen Umzingelung ausbrechen konnte. Einen schweren Treffer hatte er bereits einstecken müssen, und Laserfeuer trommelte auf den Schutzmantel seiner Viper.

»Halt aus, Starbuck«, antwortete Athena. »Ich komme schon.«

Großartig, dachte er, unsere Superpilotin will wieder ihre Künste zeigen. Das dürfte das Ende sein. Warum habe ich alle Gebete vergessen, die Boxey mir ...

Ein cylonisches Schiff vor ihm zerbarst. Dann verwandelte sich ein zweites in einen großen Feuerball. Das dritte und vierte Schiff schoß er selbst ab. Als sich die übrigen Schiffe zurückzogen, wußte Starbuck, daß das Karussell zerbrochen war. Der Rauch verzog sich, und er sah Athenas Viper vorbeiziehen. Sie hatte es tatsächlich getan. Sie hatte zwei Schiffe zerstört und dadurch sein Leben gerettet.

»Ich lebe immer noch«, flüsterte er ungläubig. Er hätte sich beinahe die Hand vor den Mund gehalten, aus Angst, daß diese Worte über Intercom zu hören waren.

»Alles okay?« fragte Athena.

»Ausgezeichnet. Ähm ... danke, Athena.«

»Vier weitere Angreifer in Sicht. Ich habe zu tun.«

Er bewunderte ihre Sachlichkeit, mit der sie über den Vorfall hinwegging. Er würde sie in seinem Report lobend erwähnen. Wenn er noch dazu kam, einen Report zu machen. Und nicht nur ihren Namen. Alle Namen. Das Geschwader zeigte heute wirklich, wozu es fähig war.

Obwohl sie nur wenig Verluste gemacht hatten und so viele feindliche Schiffe zerstört hatten, war ihnen der Feind zahlenmäßig immer noch überlegen. Sollte er den Rückzug befehlen? Aber wohin konnten sie sich zurückziehen? Auf dem Planeten würden sie in kürzester Zeit vernichtet werden. Und wenn sie auf der *Galactica* Schutz suchen würden, dann setzten sie das Mutterschiff unnötig großer Gefahr aus. Sie konnten sich nicht zurückziehen, sie konnten nur bleiben und kämpfen.

Als ob sie seine Gedanken erraten hätte, schrie Dietra plötzlich: »Wir sitzen in der Falle!«

Starbuck erwiderte grimmig:

»Dann greifen wir an. Athena?«

»Direkt neben dir, Starbuck.«

»Gut. Ich wollte nur wissen, wo du bist. Ich könnte deine Hilfe noch einmal brauchen.«

»Mit Vergnügen, Lieutenant.«

»Wir gruppieren uns im Luftraum über der Pyramide neu. Sternformation bilden. Dann schlagen wir zurück.«

Während sie auf den Luftraum über der Pyramide zuschossen, rief Dietra aus: »Jetzt versetzen wir ihnen den Todesstoß, Kadetten!«

Sie schwebten über der Pyramide in Formation, und Starbuck wartete nur noch auf den geeigneten Moment, um das Zeichen zum Angriff zu geben. Plötzlich entdeckte er hinter den cylonischen Schiffen kleine Punkte, die langsam, aber beständig anwuchsen. Vipers! Aber woher kamen sie? Das einzige einsatzbereite Geschwader war das Geschwader, das die Landetruppe begleitet hatte. Er dachte an die Piloten in ihren Isolationskammern, und daran, wie krank sie bei seinem letzten Besuch ausgesehen hatten. Er traute seinen Ohren nicht, als er Boomers Stimme über das Intercom hörte: »Die Reinigungsbrigade ist da, Starbuck. Wollt ihr uns helfen, oder schaut ihr lieber zu, während wir die restliche Arbeit erledigen?«

Starbuck mußte laut auflachen.

»Aber ... du kannst doch noch nicht fliegen, Boomer. Du bist noch ...«

»Du kannst auch nicht mehr fliegen, Baby. Aus einem Karussell kommt nämlich keiner lebend heraus. Das war sagenhaft.«

Starbuck lachte immer noch, als er seinem Geschwader den Angriff befahl.

Tigh wünschte, er könnte mit seinen Piloten zusammen fliegen. Er hatte Adama schon oft gebeten, ihn wieder zu einem Piloten zu machen, aber Adama hatte immer abgelehnt, mit dem Argument, er brauche ihn auf der Brücke. Immer auf der Brücke ... manchmal haßte er sie. Die Brücke, das bedeutete, vor einem Monitor zu sitzen und hilflos zusehen zu müssen, wie Männer und Frauen umgebracht wurden, die er respektiert und geliebt hatte. Er konnte es nicht ertragen, untätig eine Schlacht beobachten zu müssen.

Omegas Stimme unterbrach seine Gedanken.

»Colonel, kommen Sie bitte.«

Tigh stellte sich neben den Funkoffizier. Er erwartete das Schlimmste.

»Ich habe gerade den ersten Kampfbericht erhalten«, meldete

Omega. »›Überraschungseffekt total. Cyloner fliehen. Sollen wir die Verfolgung aufnehmen? Boomer.‹«

Tigh mußte lächeln. Sie hatten die Schlacht gewonnen. Ein paar untrainierte Kadetten und ein Geschwader von Invaliden, die von der Krankenstation geflüchtet waren, hatten eine cylonische Übermacht in die Flucht geschlagen. Das sollte die Pessimisten eigentlich überzeugen, die immer behaupteten, daß die *Galactica* ihre Mission nicht erfüllen könnte, weil die Chancen eindeutig gegen sie stünden. Wenn wir mit diesen Piloten die Cyloner schlagen können, dann können wir alles tun! Tigh fühlte sich in Hochstimmung. Er lächelte Omega an, die immer noch auf einen Befehl wartete.

»Boomers Anfrage negativ. Er soll sie nach Hause bringen. Haben Sie etwas von Apollo und dem Commander gehört?«

»Nein, Sir. Die letzte Nachricht, die wir von ihnen erhalten haben, war, daß sie in die Pyramide gehen wollten.«

Tigh wandte sich ab. Seine Freude wurde von einer dunklen Vorahnung überschattet. War das der Erfolg – ein Sieg, der das Leben von Adama und Apollo gekostet hatte? Das durfte nicht wahr sein.

## *Kapitel 20*

Apollo hielt den Recorder in seinen Händen, den Daumen auf dem Aufnahmeknopf. Serina hätte gewollt, daß er ihre Arbeit fortsetzte, ihre Aufnahmen zu einem Ende brächte. Aber er war dafür noch nicht reif, die Ereignisse waren noch zu frisch, zu schmerzhaft. Er war kein Reporter, er hatte kein Gespür für Geschichte. Vielleicht später, wenn die Erinnerung nicht mehr so frisch war. Aber jetzt nicht.

Er schloß seine Augen, um die Tränen zurückzuhalten. Hinter seinen Lidern tauchten Bilder von Serina auf, verschwommen zuerst, aber dann immer klarer.

Serina, wie sie zwischen den schmutzigen, verwundeten Überlebenden von Caprica auftauchte und um eine Erklärung für die Zerstörung des Planeten bat. Er hatte sie sofort wiedererkannt, obwohl er sie erst einmal auf einem Videoband gesehen hatte, wie sie die Katastrophe beschrieb.

Serina, wie sie in einem Korridor auf dem von korrupten Führern geleiteten Luxusschiff *Rising Star* auf ihn zugelaufen kam. (Damals schien sie immer aus dem Nichts aufzutauchen und plötzlich vor ihm zu stehen.)

Serina, wie sie ihn dankbar anlächelte, als er Boxey mit einem kleinen Roboter überraschte, der wie sein verlorener Daggit aussah.

Serina, wie sie ihn liebevoll anblickte, nachdem sie sich umarmt hatten.

Serina, wie sie wütend auf ihn war, und sich mit ihm über ethische Grundsätze stritt.

Serina, wie sie bei ihrer Heirat vor Glück weinte.

Serina, wie sie ihn damit aufzog, daß er ihr nicht zutraute, in einer Viper zu fliegen.

Serina, wie sie mitten in der alten Stadt zu Boden fiel.

Er wollte die Bilder aufhalten, sie in eine Reihe bringen, einen Sinn in ihnen sehen, herausfinden, was eigentlich passiert war.

Nach einer langen Suche in den unzähligen Gängen der Pyramide hatten sie schließlich einen Ausgang gefunden. Adama, der immer noch der zerstörten Stele nachtrauerte, auf der über den Verbleib des dreizehnten Stammes berichtet wurde, führte sie an. Sie traten aus dem Grab in eine Hölle von Feuer und ätzendem Rauch. Die Kolonnade, die zu dem alten Grab geführt hatte, war auf wunderbare Weise unbeschädigt geblieben. Aber das Camp und der größte Teil der alten Stadt lagen in Schutt und Asche.

»Das Camp ist verlassen!« rief Apollo zu Adama und Serina zurück. »Sie sind alle verschwunden!«

»Vielleicht sind sie entkommen«, antwortete Serina.

»Ich hoffe es.«

Müde und völlig erschöpft trotteten sie auf das zerstörte Camp zu. Sand, der von dem cylonischen Bombardement aufgewirbelt worden war, setzte sich in ihrer Kleidung fest. Hinter sich hörte Apollo Serina rufen: »Starbuck!«

Er wirbelte herum und sah Starbuck an einer zerbrochenen Säule lehnen. Neben ihm standen Athena, Dietra, Brie und andere Krieger von der *Galactica*. Sie sahen müde aus, ihre Gesichter waren verschwitzt und traurig.

»Was ist passiert?« fragte Apollo, als er auf Starbuck zugelaufen war.

Starbuck blickte in den Himmel, seine Augen waren ernst.

»Wir haben einige gute Piloten dort oben verloren.«

Athena brach aus der Gruppe aus und lief zu ihrem Vater. Sie vergrub ihr Gesicht in seiner Schulter und begann zu weinen.

»Ich habe eine Meldung von Colonel Tigh erhalten«, sagte Starbuck. Seine Stimme war ernst, leise und seltsam unbeteiligt. »Er will, daß wir so schnell wie möglich von dem Planeten verschwinden. Er erwartet einen neuen, stärkeren Angriff von den Cylonern.«

»Er hat recht«, stimmte Adama zu. Es waren seine ersten Worte, seitdem er das Grab verlassen hatte. »Wir werden sofort zur *Galactica* zurückkehren. Wir treffen uns alle bei der Fähre. Die Fähre ist immer noch einsatzbereit, oder nicht?«

»Sie wurde nicht getroffen, Sir.«

»Ein schwacher Trost, aber wir sollten trotzdem dankbar sein.«

Starbuck schlug vor, daß einige der Krieger das Lager durchsuchen sollten, ob sich nicht vielleicht Überlebende in den Zelten befänden.

»Alle, die wir bis jetzt gefunden haben, befinden sich bereits in der Fähre«, erläuterte er. »Seid vorsichtig. Ein Pilot hat ein paar cylonische Schiffe entdeckt, die nicht an der Schlacht teilgenommen haben und in der Nähe der Pyramide gelandet sind. Haltet die Augen offen, für den Fall, daß sie noch dort sind. Vielleicht schleichen ein paar von den Rotaugen immer noch in der Gegend herum.«

Nachdem der Suchtrupp zusammengestellt worden war, befahl Adama, daß die übrigen zur Fähre marschieren sollten. Sie versuchten, möglichst schnell zu gehen, aber die Anstrengungen hatten ihren Tribut gefordert. Apollo fühlte sich wie ein Schlafwandler. Starbuck murmelte zu sich selbst, seine Stimme war rauh vor Erschöpfung: »Ich kann nicht behaupten, daß ich diesen Planeten vermissen werde. Ich hätte mich zwar ganz gerne noch ein bißchen umgesehen und . . . Apollo!«

Apollo drehte sich um, von dem erregten Unterton in Starbucks Stimme alarmiert. Mit hellrot leuchtenden Lichtern in ihren Helmen, die Uniformen staubig, kamen zwei Cyloner auf sie zu. Ihre Lasergewehre hielten sie in ihren dicken Armen, und plötzlich eröffneten sie das Feuer. Apollo sprang zur Seite. Er hörte, wie sich der Laserstrahl mit einem leisen Zischen in einen Steinhaufen grub, und kleine Steine fielen um ihn herum zu Boden. Er zog die Pistole und schoß zurück. Links neben ihm hatte Starbuck bereits seine Pistole im Anschlag und feuerte wild drauflos. Die Angreifer versteckten sich hinter einem Felsen.

Apollo schrie dem Rest der Gruppe zu, sie sollten sich verstekken, während er und Starbuck sich von einem Steinhaufen zum nächsten vorarbeiteten.

»Von dem Felsen da drüben habe ich mehr Übersicht«, sagte Starbuck. »Gib mir Feuerschutz.«

Als er seinen Kopf aus der Deckung streckte, schoß dicht neben ihm ein Laserstrahl vorbei.

»Ich glaube, sie wollen nicht, daß ich mich zuviel bewege.«

Apollo schob sich an die Seite des Steinhaufens, um Starbuck bei seinem Manöver Schutz geben zu können. Der Lieutenant hatte die Hälfte seines Weges zurückgelegt, als ein Cyloner hinter einer Ruine auftauchte und auf ihn anlegte. Starbuck ließ sich fallen und stieß dabei mit dem Fuß in einen Riß in der Straßendecke. Sein Gesicht verzog sich vor Schmerz. Apollo traf den cylonischen Krieger, bevor er einen weiteren Schuß auf den hilflosen Lieutenant abgeben konnte.

»Mein Gelenk ist verletzt!« schrie Starbuck.

»Warte, ich komme gleich!« schrie Apollo zurück.

Er war fast bis zu seinem verletzten Freund gelangt, als Serina aufschrie: »Nein, Apollo! Vorsicht! Auf dem Dach!«

Er fühlte, wie ein Laserstrahl fast seinen Brustkorb versengte, als er sich fallen ließ. Dann sah er Metall aufblinken – sein Gegner versteckte sich hinter einem Dach.

»Kannst du dich bewegen?« fragte er Starbuck.

»Ich werde mein Möglichstes tun.«

Apollo behielt das Dach im Auge, während Starbuck auf das nächste Gebäude zukroch. Serina kam mit gezogener Pistole aus ihrer Deckung gelaufen.

»Zurück, Serina!« schrie er sie an.

»Nein! Ihr braucht alle Hilfe, die ihr bekommen könnt!«

Serina hockte sich neben ihn und beobachtete die gegenüberliegende Straßenseite, während Starbuck langsam weiterkroch. Athena hatte sich bis zu dem Steinhaufen vorgearbeitet und gab den dreien Deckung. In der vollkommenen Stille war Starbucks Schlurfen zu hören.

»Das ist zu langsam«, stöhnte Starbuck. »Der Schmerz ist schwächer geworden. Ich glaube, ich kann das restliche Stück laufen. Hilf mir auf.«

Serina bot ihm ihren freien Arm an, und Starbuck zog sich daran hoch. Obwohl man ihm den Schmerz ansah, machte er einen Schritt vorwärts. Er brach beinahe zusammen.

»Apollo soll dir helfen«, sagte Serina. Starbuck legte einen Arm um Apollos Schultern, und der Captain stützte ihn. Sie hatten fast das schützende Gebäude erreicht, als Athena zu feuern begann. Vier weitere Cyloner waren plötzlich in der Kolonnade erschienen. Hinter ihnen stand eine roboterartige Figur, im Schatten aber nicht zu erkennen. Sie trug einen roten Umhang, und die Lichter in ihrem Kopf unterschieden sich von denen der einfachen Soldaten. Laserstrahlen schossen gleichzeitig aus den Pistolen der vier Cyloner.

»Schlepp ihn ins Haus«, sagte Serina, die auf die neuen Gegner angelegt hatte. »Ich gebe euch Deckung.«

Apollo zögerte, wollte ihr befehlen, Starbuck zu helfen, während er sich den Cylonern entgegenstellte, aber die Zeit reichte nicht für einen Wechsel. Er zog Starbuck in den dunklen Eingang, lehnte ihn gegen eine Wand und rannte wieder auf die Straße. Serina lag hinter einem Schutthaufen. Er lief zu ihr, ließ sich neben ihr fallen.

»Einer weniger«, murmelte sie, ohne ihn eines Blickes zu würdigen. »Beeindruckt?«

»Bleib in Deckung. Ich übernehme den Rest.«

»Spiel jetzt nicht den Helden. Wir werden das gemeinsam erledigen, alle zusammen. Keiner wird sich verziehen. Übrigens, ich liebe dich.«

»Das ist wirklich nicht der richtige Augenblick, um . . .«

»Halt den Mund und . . . o Gott! Achtung!«

Sie zielte rückwärts über ihre Schulter und schoß. Der Cyloner, der versucht hatte, sie in den Rücken zu treffen, wirbelte herum. Funken stoben von seinem metallenen Schutzanzug, wo Serina ihn getroffen hatte. Aber er war noch nicht außer Gefecht. Nachdem er das Gleichgewicht wiedergefunden hatte, kam er näher und schoß. Der Strahl ging nur Zentimeter weit an ihren Köpfen vorbei.

Serina schoß noch einmal. Diesmal fiel der Cyloner mit einem Krachen zu Boden.

»Und wieder wurde ein cylonischer Krieger heimgeschickt in sein . . . oh!«

Der Aufschrei klang eher erstaunt, als hätte man sie mit einer Nadel gestochen, aber sie krümmte sich und fiel auf den Schutt vor ihnen.

»Serina!« schrie Apollo. »Serina!«

Sie lächelte ihn traurig an, dann wurden ihre Augen glasig, und sie war ohnmächtig.

Wütend feuerte Apollo zurück. Seine Schüsse erlaubten Athena, aus ihrer Deckung zu kriechen und ihre Gegner ins Visier zu nehmen. Bruder und Schwester standen auf den beiden Seiten der Straße und feuerten auf alles, was sich bewegte, alles, was wie ein Cyloner aussah. Plötzlich wurde Apollo bewußt, daß Starbuck schrie: »Hey, stop! Sie sind tot. Alle!«

Apollo ließ seine Pistole sinken und blickte nach vorne, wo tatsächlich die Leichen von vier Cylonern auf der Straße lagen. Aber es waren nicht alle. Der Roboter verzog sich in die Schatten eines Hauses und war verschwunden. Normalerweise hätte ihn Apollo verfolgt, aber jetzt ließ er sich auf seine Knie nieder und umarmte seine bewußtlose Ehefrau.

Auf der *Galactica* schien die Zeit schneller als normal abzulaufen. Alles passierte viel zu schnell. Immer noch nicht hatten sich die Ereignisse in Apollos Gehirn zu einem sinnvollen Ganzen geordnet.

Er erinnerte sich daran, daß er vor der Krankenstation wartete. Boomer und Tigh kamen angelaufen, während Starbuck, mit ordentlich verbundenem Knie, versuchte, Apollo zu trösten.

Die Tür öffnete sich. Cassiopeia kam heraus, Tränen in ihren Augen.

»Das wird schon wieder werden«, sagte Starbuck und war vor Apollo bei Cassiopeia, trotz seines verbundenen Beines. »Oder nicht?«

Cassiopeia legte ihren Kopf an Starbucks Brust. Apollo rannte auf die Tür zur Krankenstation zu, als sein Vater, der mit Boxey zusammen den Korridor hinunterlief, schrie: »Warte!«

Apollo hielt inne, starrte seinen Vater an.

»Es ist mein Recht«, sagte er. »Ich muß bei ihr sein.«

»Das wirst du auch, das verspreche ich dir. Aber gib Doktor Salik eine Chance.«

Boxey lächelte. Natürlich, denn niemand hatte ihm erzählt, wie ernst es um seine Mutter stand. Apollo hatte das Gefühl, er müßte es sofort erfahren, aber die Worte blieben in seiner Kehle stecken. Starbuck flüsterte etwas in Cassiopeias Ohr, bat sie wahrscheinlich, fröhlich zu wirken, denn sie wandte sich mit einem steifen Lächeln an Apollo.

»He, Starbuck«, krähte Boxey, »ich habe gehört, du hast dich gut geschlagen.«

»Na ja, du weißt, wie das ist. Wenn du gut bist, bist du gut.«

»Du mußt mir alles genau erzählen, wenn ich Mutter besucht habe.«

Starbuck kämpfte um das Lächeln in seinem Gesicht. Apollo umarmte Boxey, als Dr. Salik die Tür öffnete und sie hereinbat. Sein Gesichtsausdruck verriet nichts über Serinas Zustand.

Apollo stieß den Arzt beiseite und rannte an Serinas Bett. Ihre Augen waren geschlossen, ihr Gesicht ausdruckslos. *Zu spät,* dachte er. Dann öffnete sie ihre Augen und versuchte ein wenig zu lächeln.

»Hallo, Liebling«, flüsterte sie. »Ich habe mich ein bißchen zu früh über meinen Treffer gefreut, glaube ich.«

»Oh, Serina, ich . . .«

»Ich liebe dich.«

»Mama!« schrie Boxey. Er hatte Angst. Er hatte die Wahrheit herausgefunden, ohne daß jemand sie ihm gesagt hätte. Er rannte an ihr Bett und kletterte am Gitter hoch.

»Boxey«, sagte Serina. »Ich freue mich, dich zu sehen.«

*Ihre Stimme ist so schwach,* dachte Apollo. *Sie kommt von so weit her.*

»Starbuck sagt, du hast den ganzen Krieg alleine gewonnen«, sagte Boxey.

»Ich hatte ein bißchen Hilfe«, lächelte Serina und streichelte die Wange das kleinen Jungen. Die Anstrengung war zu groß für sie, und sie ließ ihre Hand wieder fallen. Einen Augenblick lang schien das Leben aus ihren Augen zu schwinden.

»Serina«, bat sie Apollo. Sie durfte jetzt nicht sterben.

Ihre Augen öffneten sich wieder.

»Mama«, sagte Boxey mit tränenerstickter Stimme, »du gehst fort, oder?«

Apollo wußte nicht, was er tun sollte. Er wollte Boxey umarmen, ihn vor der Wahrheit beschützen.

»Ja, Boxey«, antwortete Serina. »Ich gehe. Aber dein Vater wird für dich sorgen.«

Als sie das gesagt hatte, zog sie Boxey an sich heran, als wollte sie ihn nie wieder loslassen.

»Und ich werde dich immer lieben«, flüsterte sie. »Du wirst das doch nicht vergessen?«

Boxey konnte seine Tränen nicht länger zurückhalten. Er sagte, er würde das niemals vergessen. Sie wischte die Tränen aus seinen Augen und sagte: »Weint denn ein junger Krieger?« Boxey kämpfte gegen seine Tränen an und hatte schließlich dabei Erfolg.

»So ist es besser. Viel besser.«

Adama nahm Boxey auf seinen Arm. Boxey lächelte auf Serina hinunter, die noch einmal sagte: »Das ist viel besser.«

Nachdem Adama den Jungen aus dem Raum gebracht hatte, sagte Serina zu Apollo: »Ich hätte das nicht tun sollen.«

Ihre Worte verwirrten Apollo.

»Was tun?«

»Ihm sagen, daß er nicht weinen darf, daß er sich wie ein junger Krieger benehmen soll. Die Schlimmste von allen sogenannten männlichen Tugenden. Ein Mann weint nicht und so weiter. Aber . . . aber ich konnte ihn nicht weinen sehen. Ich . . .«

»Es ist schon gut, Serina. Ich verstehe dich.«

Jetzt begann sie zu weinen.

»Nein, es ist nicht gut. Es ist nicht gerecht. Es ist nicht gerecht für dich.«

»Für mich? Wenn wir tauschen könnten . . .«

Sie legte eine Hand über seinen Mund und brachte ihre Tränen zum Versiegen.

»Ich verstehe dich«, sagte sie. »Aber ich will, daß du weißt, daß ich sehr, sehr glücklich bin. Auch wenn die Zeit, die uns gegeben war, nur so kurz sein durfte . . .«

»Wir werden noch mehr Zeit zusammen verbringen.«

Sie lachte schwach.

»Bitte nicht, Apollo. Du glaubst das nicht. Es ist nur eine Frage von . . .«

»Ich glaube es. Du hast mich überzeugt. Eine Seele wie du kann nicht einfach vergehen.«

Tränen stiegen wieder in ihre Augen.

»Das ist schon richtig. Die Idee mit der Seele glaube ich dir. Danke.«

Ein Schmerz zuckte durch ihren Körper und sie krümmte sich zusammen. Sie zog Apollo zu sich heran.

»Ich liebe dich«, flüsterte sie.

»Ich liebe dich«, antwortete er ihr, aber er würde niemals erfahren, ob sie ihn noch gehört hatte.

Er hielt den ersten Kristall wieder in seiner Hand, den, den er zu allererst angehört hatte – vor so langer Zeit, wie ihm schien. Er dachte daran, ihn noch einmal abzuspielen, noch einmal ihre Stimme zu hören, aber er wußte, daß er es nicht konnte. Nicht jetzt. Sorgfältig und vorsichtig legte er die Kristalle wieder in die

Schublade zurück, aus der er sie genommen hatte.

Irgend jemand hatte ihren Kampfanzug auf das Bett gelegt. Er hob ihn auf, um ihn zusammenzufalten, als etwas aus der Jackentasche fiel – ein seltsames, altes Stück. Als er es genauer betrachtete, entdeckte er, daß es eine Tonscherbe war, ein Teil einer alten Vase oder eines Kruges. Sie mußte es auf Kobol eingesteckt haben. Ein Souvenir. Plötzlich hatte er Angst, es könnte zerbrechen, und er stellte es so vorsichtig wie nur möglich auf den Tisch.

Jemand klopfte leise an die Tür.

»Wer ist da?«

»Ich bin's. Starbuck.«

»Was willst du?«

»Hier ist jemand, der mit dir reden will.«

»Ich will jetzt mit niemandem . . .«

»Gut, gut, hier ist jemand, der dich braucht. Mach endlich auf, verdammt noch mal!«

Er öffnete die Tür und sah Boxey neben Starbuck stehen. Die Augen des Jungen waren rot. Apollo nahm ihn in die Arme und hob ihn hoch.

»Ich bin unten in der . . . Ich bin irgendwo, wenn du mich brauchen solltest«, sagte Starbuck und humpelte den Gang hinunter, ohne auf eine Antwort zu warten.

Apollo trug Boxey in die Kabine. Der Junge blickte sich mit feuchten Augen um und schluchzte dann: »Ich wollte nicht, daß sie geht.«

»Ich weiß. Aber nur ihr Körper ist gegangen, Boxey. Nicht ihr Geist und auch nicht ihre Liebe zu uns. Das wird uns immer bleiben.«

Boxey nickte langsam. Apollo schaute in seine Augen. Würde er für ein Kind sorgen können? Würde er Serinas letzten Wunsch erfüllen können, und Boxeys Vater werden? Es schien unmöglich zu sein. Die Verantwortung war zu groß. In seinem Kopf hörte er die Stimme seines Vaters, der ihm erklärt hatte, daß keine Verantwortung so groß sein könne, daß man sie nicht tragen könne. Vielleicht konnte er, vielleicht konnte er nicht – das war gleichgültig. Er mußte!

Boxey rieb mit dem Handrücken seine tränenverschmierten Augen.

»Ich glaube . . .«, sagte er. »Ich glaube, ich will nicht Krieger werden.«

Apollo erinnerte sich an Serinas Bedauern darüber, daß sie Boxey vom Weinen abgehalten hatte. Er drückte den Jungen an sich und flüsterte: »Sohn, du bist ein guter Krieger. Aber ich hoffe, daß du nie einer zu werden brauchst. Ich hoffe ...« Er unterbrach sich, hielt ihn lange fest an sich gedrückt und setzte ihn dann auf den Boden. Er nahm seine Hand. »Komm, es gibt eine Menge für uns zu tun. Gehen wir.«

Bevor er die Tür hinter sich schloß, sah er einen Augenblick Serina im Dunkel stehen. Ein Schauer ging durch seinen Körper. Er wußte, daß es nur Einbildung war, aber er wollte nicht das Licht einschalten, um das nachzuprüfen.

# Epilog

Lucifer blieb im Schatten der Kolonnade, bis er sicher war, daß alle Menschen den Planeten verlassen hatten. Er wußte, daß es höchste Zeit war, zu handeln. Die Batterien in seinem Brustkorb wurden schon schwächer, und unter so gefährlichen Bedingungen konnte ein Versagen schwere Folgen haben.

Vielleicht war es ein Fehler gewesen, auf dem Planeten zu landen, eine tollkühne Idee, die aber gut zu seinem verrückten Plan paßte, endlich ein Commander zu werden. Die Schlacht war in vollem Gange gewesen, so daß niemand die Landung seines Schiffes bemerkt hatte. Seine einprogrammierte Loyalität gegenüber Baltar hatte ihn gezwungen, wenigstens einen Versuch zu unternehmen, diesen Mann zu retten. Anfangs schien die Idee gar nicht so tollkühn, denn es war völlig klar, daß die Cyloner die feindlichen Streitkräfte besiegen würden. Er hatte sich bereits in der verlassenen Stadt befunden, als sich das Blatt wendete. Ein weiteres Viperkontingent kam den Feinden zu Hilfe. So abstoßend diese Menschen auch sein mochten, sie verstanden es jedenfalls, eine Schlacht für sich zu entscheiden, selbst wenn die Chancen gegen sie standen. Fast hätte Lucifer sie bewundert. Vielleicht war die ganze Rasse so wie Starbuck, aufschneiderisch, aber schlau, unterhaltsam und ausdauernd. Als er sich eine ganze Rasse von Starbucks vorstellte, fragte er sich unwillkürlich, ob er nicht auf der falschen Seite stand. Aber sofort schaltete sich eine Sicherung in seinem Gehirn ein und ließ ihn diesen Gedanken vergessen. Seine Folgsamkeit gegenüber den Cylonern konnte nur durch eine komplette Umprogrammierung gelöscht werden.

Lucifer bedauerte, daß Starbuck zu der Gruppe gehörte, die seine Ehrengarde ausgeschaltet hatte. Das Wiedersehen war nicht so verlaufen, wie Lucifer es sich vorgestellt hatte. Alle vier Krieger lagen tot vor ihm. Sie waren farblos, als wäre der Glanz ihrer Rüstungen mit ihrem Leben zusammen verschwunden. Was wäre passiert, wenn die Menschen beschlossen hätten, ihn zu verfolgen? Seine Verbindung mit der Zentraleinheit konnte nur über ein begrenzte Distanz aufrechterhalten werden. Wenn sie ihn mit ihrem Schiff aus dem Wirkungsbereich dieser Verbindung geschafft hätten, wäre er dann zu einem toten Blechhaufen geworden – würde er wie ein verruckter Mensch gehandelt haben? Er legte keinen großen Wert darauf, sich die Folgen genauer auszumalen.

Es war Zeit, sich um Baltar zu kümmern. Er kam hinter seiner Säule hervor, und die Lichter in seinem Kopf leuchteten wieder mit voller Kraft. Die Schlacht war vorbei.

Ein kleiner Sender, den er heimlich an Baltars Kleidung angebracht hatte, zeigte ihm, daß sich der Mensch irgendwo in der Pyramide befinden mußte. Nicht gerade der ideale Ort, um jemanden zu suchen, dachte Lucifer. Während er das Labyrinth durchsuchte, und dabei immer den Rückweg aufzeichnete, spürte er, wie die Kraft seiner Batterie gefährlich nachließ. Im selben Augenblick, als er sich entschloß, umzukehren, fand er Baltar. Er lag unter zwei umgestürzten Säulen, die Augen geschlossen und schlafend. Lucifer rüttelte ihn wach.

»Lucifer! Was zum Teufel machst du hier?«

»Euch retten. Schon wieder.«

»Ich bin eingequetscht. Verletzt. Hol mich hier heraus, aber sofort.«

»Zu Euren Diensten.«

Indem er einen Zusatzmotor aktivierte und dadurch seine Kraft verdreifachte, hob Lucifer ohne Mühe die beiden Säulen von Baltars Beinen. Baltar blickte entsetzt auf seine befreiten Beine.

»Ich werde nie wieder gehen können«, wimmerte er.

Lucifer durchleuchtete kurz die Bruchstellen.

»Dein Bewegungsapparat wird keinen Schaden davontragen. Ein paar Brüche, das ist alles. Leicht zu reparieren. Wenn wir auf das Basisschiff zurückgekehrt sind, werde ich mich damit beschäftigen.«

»Auf das Schiff zurückkehren? Wie stellst du dir das vor? Soll ich vielleicht aus diesem Grab herausschweben?«

»Ich werde dich tragen.«

»Wie edel von dir.«

»Ja. Vielleicht werden wir beide noch zu einer Legende. Vielleicht auch nicht . . . eine Legende entsteht schneller, wenn man die Schlacht gewinnt.«

»Du . . . du hast verloren?«

»Es sieht danach aus.«

»Ich will mit dir über diesen Angriff reden, wenn wir auf das Schiff zurückgekehrt sind. Wie kannst du es wagen, ohne meinen ausdrücklichen Befehl einen Angriff zu starten?«

»Ein Irrtum, befürchte ich. Eine Fehlfunktion. Die menschliche Krankheit.«

»Die menschliche Krankheit?«

»Ich habe mich für klüger als den Gegner gehalten. Ich werde eine systematische Analyse meiner Vorgehensweise während Eurer Abwesenheit vornehmen müssen. Ich muß den Fehler finden.«

»Mach dir keine Mühe. Ich werde dir den Fehler zeigen.«

»Ich bin sicher, daß Ihr das werdet.«

»Lucifer, wenn ich mit dir fertig bin, dann wird dein Name Schlamm sein. Dein *geheimer* Name wird Schlamm sein.«

»Das kommt der Wahrheit nahe, aber es trifft sie nicht ganz. Krümmt Euren Rücken, damit ich Euch heben kann.«

»Kannst du das Gewicht tragen?«

»Ich kann jedes Gewicht tragen, ohne es zu spüren. Nur die Masse macht mir manchmal Schwierigkeiten. Glücklicherweise habe ich Euch eine Schlankheitskur verordnet.«

»Das war die reine Folter – he, vorsichtig! Au! Nicht so, das ist unangenehm.«

»Ich kann Euch nur auf diese Weise tragen. Der Weg ist nicht weit. Mein Schiff befindet sich in der Nähe der Pyramide.«

Lucifer trug Baltar durch die langen Gänge, ohne auf das Stöhnen, die Klagen und die Flüche des Mannes zu hören.

Nachdem Lucifer auf dem Basisschiff die Wunden des Menschen geheilt hatte, gewann Baltar wieder etwas an Lebensmut.

»Wir wären ein gutes Team, Lucifer«, sagte er mit seinem unangenehmen Lächeln.

Lucifer widerstand seiner Programmierung und schwieg. Er wollte die Möglichkeit, mit Baltar ein Team zu bilden, gar nicht erst in Erwägung ziehen. Er war, wie ein Offizier auf der *Galactica* es wohl ausgedrückt hätte, auf der Suche nach einem Ausweg aus der Mausefalle.